KB243008

하크

THE HARC

나민채 판타지 장편 소설

2

하크 2

나민채 판타지 장편 소설

초판 1쇄 찍은 날 § 2001년 10월 25일
초판 1쇄 펴낸 날 § 2001년 10월 30일

지은이 § 나민채
펴낸이 § 서경석
펴낸곳 § 도서출판 청어람
편집 § 문혜영 · 허경란 · 박영주 · 김희정 · 권민정 · 장상수
마케팅 § 정필 · 강양원 · 김규진

등록번호 § 제1081-1-89호
등록일자 § 1999. 5. 31
어람번호 § 제1-160호

주소 § 경기도 부천시 원미구 심곡1동 350-1 남성B/D 3F (우) 420-011
전화 § 032-656-4452 팩스 § 032-656-4453
e-mail § eoram99@chollian.net

© 나민채, 2001

값 7,500원

※ 잘못된 책은 바꿔드립니다.
※ 저자와 협의하여 인지를 붙이지 않습니다.

ISBN 89-5505-193-X (SET) / ISBN 89-5505-195-6 04810

나민채 판타지 장편 소설

2

전쟁이란

도서출판
청어람

C O N T E N T S

제11장 오크! 치르크 부족과의 만남

오크! 치르크 부족과의 만남

플레이트 메일을 벗고 와서 그런지 몸은 한층 가뿐했다. 산을 넘는데 하루면 충분했다. 어떤 것도 나와 샤아오를 막지 못하고 오히려 햇빛과 달빛의 축복을 받으며 지나갔다.

낮에는 벌레들이 많이 활동을 하진 않았지만 해가 뉘엿뉘엿 기울어 사라질 때쯤 어디선가부터 벌레들이 나타나더니 이제는 나의 다리까지 괴롭지만 우리 오크들의 피부는 이런 벌레들에게 물려도 아무 이상 없도록 인간의 피보다는 조금은 단단했고 질겼다. 가끔씩 숭숭 나 있는 털도 그 역할을 충분히 했다.

하나의 화폭을 만드는 듯 수억 개의 별들은 서로서로 어떤 의미를 가지는 듯한 위치 아래 존재했다. 흐르는 별들의 강 은하수… 밝게 빛나는 크고 작은 별들, 조금 모퉁이가 깎여 들어간 불안정한 보름달. 이 모든 것이 나를 보고 '하크여, 힘내거라!' 하고는 웃고 있는 것만 같았다.

신이란 건 있는 걸까? 저 바다 같은 별들의 삶의 터전에는 신이 존재하여 나의 모든 것을 꿰뚫어보고 지시하여 정해진 운명 아래 살아가게 하는 걸까?

자연계에 있는 것은 모두 인과(因果)의 법칙에 의해서 지배되므로 인과 관계를 더듬어서 점차 원인으로 거슬러 올라가면 최후에는 제1원인으로써의 신이 존재한다고 생각하지 않을 수 없다고 하는 우주론적 증명의 긍정적 주장.

지배자의 정치적 의도에 따라서 신이 생겼다고 하는 정치적 발명설 공포가 신을 창조하였다고 하는 공포 기원설, 허구설 등의 부정적 주장 등 많은 설들이 나와 있다.

하지만 신이란 게 정말 존재한다면 내가 이곳에 떨어진 이유는 무엇일까? 나의 사명은, 나의 운명은 어떻게 되는 것일까. 내가 오크로 태어난 것도 신의 뜻이고 오크로서의 사명도 존재할 것이다.

저녁 내내 한 번도 쉬지 않고 오로지 걷기만 하였다. 커다란 주먹만을 불끈 쥐고 있는 샤아오도 말이 많지 않아서 나는 몇 마디 하지 않았지만 시간은 빨리 지나갔다.

나름대로 생각을 가질 수 있었던 밤의 시간이 지나가고 조금씩 밝아오는 새벽의 시간이 되면서부터 걸어갈 때마다 스치는 풀들의 이슬이 샤아오와 나의 걸음을 더욱더 가볍게 만들었다.

"거기 누구냐!"

산을 거의 넘어가서 좀 피곤하여 나무 밑으로 가 쉬려 할 때 뒤에서 하라만도 전사들과는 다른 억양의 오크 어가 들려왔다. 확실히 소리를 낸 자는 오크였다. 이들이 치르크의 부족인들인가?

거의 1파얌 정도의 인원이었는데 이 정도면 상당히 많은 인원이었다. 나는 긴장을 했다. 치르크의 전사들의 생긴 모습은 우리 하라만도 전사들과 비슷하게 생겼지만 우리 전사들과는 달리 그들의 얼굴 표정은 조금 메말라 있었으며 걸치고 있는 하반부의 천도 피에 젖어 있어 피에 광포한 분위기를 풍겼다.

샤아오는 나를 한 번 힐끔 보더니 곧바로 그들 앞으로 달려나갔다. 상대 편 오크들도 맞대응하겠다는 듯 허리춤에서 좀 특이한 도끼를 꺼내 들고 같이 달려 들어갔다. 한차례의 싸움이 있었는지 그들의 도끼에서는 시뻘건 피가 뚝뚝 떨어지고 있었다.

"크아아아아! 죽이자! 죽이자! 피가 우리를 부른다!"

이게 아니야. 우린 협상을 하러 왔어. 싸우러 온 게 아니라고!

"샤아오여, 멈추시오! 모두들 멈추시오! 우린 싸우러 온 게 아니오!"

나의 말에 샤아오는 달려가다가 그 자리에서 멈춰 섰지만 치르크 전사인 듯한 오크들은 계속 소리를 지르며 달려왔다. 치르크의 전사들이 차고 있는 귀걸이와 코걸이들이 흔들리면서 작은 금속 마찰음을 냈다.

"Fire Arrow!"

싸움을 말리기 위해 날아간 나의 불화살은 샤아오와 마주 달려오던 오크들 사이로 떨어져 그 주위를 불로 태웠다. 샤아오와 상대편 오크들의 시선이 동시에 나를 향했다. 하지만 샤아오의 눈이 평온했다. 반면 상대 오크들의 눈은 한순간 커지더니 곧바로 자세가 흐뜨러지면서 도끼를 바닥으로 떨어뜨렸다.

"이… 이… 게 뭐지?!"

"창조의 힘? 우주의 힘? 아니면 파괴의 힘? 만물의 힘?!"

파괴를 증명하듯 나의 마법으로 붙은 불들이 주위로 퍼져 나가면서 나무들을 불태우고 있었다. 서너 그루의 나무들이 푸석푸석 소리를 내면서 타고 있는 모습을 보던 치르크의 전사들의 몸이 조금씩 떨리기 시작했다.

"Water!"

단순한 시동어 하나로 나의 손이 지정한 곳에서 물이 쏟아졌다. 물은 불의 축제를 멈추는 역할을 했고 주위에 피어 오르던 연기들을 잠재웠다. 그 순간 앞쪽의 1파얌의 오크들은 피가 흐르는 도끼들을 바닥으로 떨어뜨렸다. 그렇게 피에 굶주린 듯했던 치르크의 전사들이 순식간에 고양이 앞의 쥐처럼 웅크릴 뿐이었다. 불로 나무를 태우고 물로 불을 잠재우는 나의 마법이 끝나자 그들은 자세가 흔들리기 시작하더니 주인없이 버려진 도끼들과 마찬가지로 바닥으로 쓰러지듯 엎드렸다.

"파괴의 힘! 파괴의 신이시여!"

샤아오는 당연하다는 듯 고개를 끄덕이면서 나를 쳐다보았다. 샤아오 역시 나의 옆에서 조금 뒤로 물러서더니 살며시 무릎을 굽혔다. 갑자기 이러한 상황이 연출되자 나는 당황스러울 수밖에 없었다.

"당신들은 치르크의 전사들이오?"

"예, 그렇습니다, 파괴의 힘이자 피의 절대자인 프터시여."

프터라니? 피의 절대자와 창조의 힘이라니?

부족이란 건 거주 지역, 정치 조직, 종교 의례, 관습 규정, 언어 등을 공유한 집단을 말한다. 확실히 오크들은 부족 국가라서 자신들만의 신이 존재하는 듯하다.

치르크의 전사들의 신은 창조의 힘, 피의 절대자 프터인가?

하라만도 전사들이 나를 창조의 신을 샤코로움이라 불렀듯이 치르크의 전사들은 나를 파괴의 힘, 피의 절대자 프터라 칭하고 있었다.

마법 하나로 이렇게까지 추앙을 받다니… 확실히 이 세계에서 마법사는 드문 존재인 것 같다. 왕실 기사단에는 마법사 한두 명만이 붙어 있는 듯했다. 상당히 익히기 힘들고 성과가 없는 마법에 정신을 다하는 사람은 별로 없는 듯해서 마법사를 만나본 오크들도 거의 없었다.

나의 스승이자 친구인 클레이스는 특이한 자였다. 6클레스의 마법사. 지금에서야 안 것이지만 그때는 6클레스가 얼마나 대단한 것인지 몰랐었다. 6클레스는 인간을 훨씬 뛰어넘은 자였다. 그런 존재인 클레이스를 내가 만나게 된 건 신이 정해준 운명이었을까, 아니면 확률의 싸움인 운이란 것일 뿐일까?

"프터시여! 프터시여!"

치르크의 전사들은 바닥에 엎드린 채 프터만을 외치고 샤아오는 자기 나름대로 샤코로움이라고 중얼거렸다.

집에서 일을 하러 나온 동쪽에 떠 있는 태양은 산 밑으로 널리 보이는 넓은 평원을 보석처럼 빛나게 만들었다. 평원의 초록 풀들도 하나의 보석으로써 평원을 빛냈다. 생명의 상징인 태양. 그것이 나를 밝힌다. 나를 비춘다. 나에게 또 다른 생명을 준다.

"그만들 일어나시오. 나는 그대 치르크의 전사들의 지도자를 만나보고 싶소. 그곳으로 데리고 가줄 수 있겠소?"

"당연합니다, 프터시여."

치르크 전사들은 나를 인도하는 그룹과 나의 후방을 경호하는 그룹으로 나눠져 커다란 도끼를 흔들거리며 걸어갔다. 햇빛에 비친 도끼의 날이 유난히 날카롭게 보였다. 하지만 거기서 흐르는 피 역시 도끼의 날을 더욱더 무섭게 만드는 요인으로 작용했다.

어디서 묻은 피일까? 어떤 동물을 죽이고 온 것일까? 이 근처에 있는 다른 오크 부족을 덮친 것일까, 아니면 인간들을 죽이고 온 것일까?

광포하고 피에 굶주린 치르크의 전사들은 겉으로 보기엔 약간 포악하게 생겼을 뿐 나를 대하는 행동은 무척이나 조심스러웠다. 샤아오는 나의 옆에서 연신 같이 걸어갔다. 샤아오와 조금씩 떨어지면 떨어질수록 나는 이들에게서 프터라며 추앙을 받았고 나 역시 샤코로움이란 칭호 말고도 프터라는, 파괴의 신이라는 칭호가 맘에 들었다.

산을 내려오니 넓은 들판이 끝없이 이어져 있다. 심지어는 저 끝에 지평선까지 보일 정도이니 나는 그 평원의 넓이에 입이 벌어졌다. 그렇지만 왠지 산 위에서 보았던 만큼 평원은 내 기대에 미치지 못했다. 단지 넓이만 넓을 뿐 주위엔 생명체를 찾아볼 수 없었을 뿐더러 생명감을 느끼지도 못했다. 단지 인위적으로 부자연스럽게 모든 것이 존재하는 듯했다.

하라만도 전사들이 잘못 안 게 아닌가? 이들은 온순했다. 피에 굶주려 나를 덮치지도 않았고 샤아오를 덮치지도 않았다. 하지만 이들의 도끼에 묻어 있는 피가 왠지 신경이 쓰인다. 나를 경호하는 듯한 이 그룹의 형성도 나를 잡아 포박하기 위한 진형이 아닐까?

평원의 초록 풀들의 잎을 타고 온 바람 역시 삭막했다. 단지 건조해서일 뿐인가, 아니면 알지 못할 두려움이 나의 몸을 감싸고 있는 것인가?

나의 오른손은 아무 무기도 없는 무방비한 상태지만 난 어떤 위협이 있으면 바로 Fire Arrow(불화살)을 만들어 나를 보호하고 샤아오를 보호할 것이다. 이들이 지금까진 온순하나 하라만도 형제들의 말대로라면 이것은 이들의 진실한 모습이 아니다. 아니면 정말로 이들은 나를 신으로 생각하고 있어 나를 신성시 대하는 것일까?

확신이 들지 않는다. 저들의 날카로운 도끼 때문에.

내 앞에서 걸어가고 있는 한 치르크의 전사의 흔들리는 팔에 잡힌 커다란 도끼의 날에 반사된 햇빛이 나의 눈을 공격하여 눈을 감음으로써 방어를 했다. 연신 커다란 15개의 도끼가 나의 눈앞에서 흔들거린다. 다른 곳에 집중을 하려 해도 그 커다란 15개의 도끼만 시야에 들어올 뿐 주위의 환경은 그다지 신경 쓰이지 않는다.

도끼들은 또 왜 저렇게 크지? 왜 또 도끼에 피가 묻어 있는 거지?

조금씩 생명의 위협이 느껴졌다. 하라만도 전사들에게 들은 바로는 이들은 분명 피에 굶주린 광포한 존재들이다. 미리 접한 치르크 전사들의 사항과 성격 등 때문에 이들을 처음 만난 지금으로썬 그들의 도끼가 신경 쓰이지 않는다고 말한다면 거짓말쟁이라고 할 것이다.

이들은 나에게 어떠한 악의를 품지 않고 있을 수도 있다. 단지 나를 신으로서 자신들의 지도자에게 데려다 달라는 나의 부탁을 수행하고 있는 것뿐일지도 모른다. 하크여, 걱정하지 마라! 너는 이들에게 파괴의 신 프터이자 창조의 힘을 가진 존재로서 이들보다 우월하고 강하다!

치르크 전사들의 마을이 조금씩 보이기 시작했다. 단지 평범한 마을에 불과했다. 같이 뛰어놀다가 엎어지는 꼬마 오크가 있는 한편 도끼를 들고 뛰어다니는 청년 오크, 나무 밑에서 느긋하게 잠을 자고 있는 성인 오크들 등, 그들은 피에 굶주린 전사들이 아닌 우리 하라만도 형제들을 보고 있는 듯했다.

나무 위의 가지에는 여러 종류의 새들이 앉아 자신들의 알록달록한 색깔의 깃털을 자랑하고 있었고, 서쪽에서 불어오는 바람은 이 치르크 마을의 오크들에게 시원함과 편안함을 가져다 주고 있었다.

이들은 치르크의 전사들이 아닌가? 왜 이렇게 평화스럽지? 내가 잘못 온 게 아닐까? 마치 우리 하라만도 형제들의 모습을 보는 것 같구나.

"치르크의 전사여, 이곳이 정녕 당신들의 마을이 맞습니까?"

"그렇습니다, 프터여! 거의 다 왔습니다. 조금만 들어가면 우리들의 지도자 프터의 아들 치르크를 만나볼 수 있을 것입니다."

"치르크가 누군지요?"

"프터여, 당신의 아들 아니십니까? 당신의 자랑스러운 아들 치르크, 우리들의 지도자 말입니다."

아들이라니?! 아마 부족에서 지도자는 프터의 아들로서, 신의 대리인으로서 존재하는 듯하다. 하지만 나의 아들이라니… 왠지 꺼림칙하다. 나의 자식으로는 나의 딸 은희만으로도 충분하다. 귀여운 꼬까신을 신은 나의 은희! 나의 강아지만 있으면 된다.

내가 지나갈 때마다 치르크 마을의 오크들은 나를 한 번씩 쳐다보았지만 그들의 눈에선 적개심이란 걸 찾아볼 수가 없었다. 오로지 평안과 자유, 그것만이 보일 뿐 그들의 눈에는 사기가 없고 자유만 있다. 입가의 미소도 그걸 증명했다.

"이곳입니다, 프터시여. 이곳에 당신의 아들 치르크가 있습니다.

들어가십시오. 그리고 프터의 수행원, 당신은 이곳에 남아 있으시오.”

남아 있으라는 말에 샤아오는 나에게 어떻게 하겠느냐는 듯이 눈으로 말했다. 나는 살며시 고개를 끄덕여 이곳에 남아 있으라는 뜻을 전했다.

“그럼 들어가시죠, 프터시여.”

움막답지 않게 문의 역할을 하는 기다란 천을 젖히고 들어가니 좁은 공간에 모포 하나와 덩치가 커다란 오크 한 명이 보였다. 그 오크의 커다란 귀에는 다른 오크들과는 달리 많은 장신구가 달려 있었고 코에도 많은 장신구가 걸려 있었다. 오크는 한가운데에서 우리를 맞이하듯 서 있고 좁은 공간에는 모포 하나와 커다란 도끼 한 자루가 있을 뿐이었다.

“누구시지? 라코구, 누굴 데려왔소?”

치르크라 여겨지는 오크가 나의 옆에 있는 치르크의 전사를 향해 물었다.

“치르크여, 이분은 당신의 아버지이십니다.”

“뭐라? 이분이 나의 아버지 프터시란 말인가? 우리들의 아버지 프터 말이다.”

치르크는 내 옆의 치르크 전사 라코구의 말이 믿기지 않다는 듯 라코구에게 되물었다.

“그렇습니다. 이분은 피의 절대자, 파괴의 힘 프터이십니다.”

“라코구, 무슨 말을 하는 건가? 이자가 정말 파괴의 힘, 피의 절대자인 우리들의 아버지 프터란 말인가? 말도 되지 않네. 어떻게 믿나? 이자가 우리들의 아버지 프터이시란걸.”

라코구는 나와 자신들이 만날 경위를 치르크에게 손짓 발짓을 하며 자세히 말했다. 하지만 치르크는 라코구의 말을 믿지 못하는 듯 나를 의심의 눈으로 쳐다보는 것과 함께 파괴의 힘이 생성되어 있는 나의 오른손으로 시선이 쏠려 있었다. 조금 오랜 후에야 그들의 대화가 끝났고 나를 바라보는 치르크의 눈빛도 처음과는 달리 많이 관대해졌다.

"그럼 라코구, 나가보시오. 나는 이분과 대화를 해보겠소."

"옛!"

라코구가 입구의 천을 젖히고 다시 밖으로 나갔다. 천 밑의 빈틈으로 움막 밖에서 이곳을 지키고 있는 라코구와 샤아오의 발이 보였다.

"그대가 정말 프터시오? 진정한 파괴의 힘이시오?"

라코구가 나가자 이들의 지도자 치르크의 눈과 나의 눈이 서로 마주쳤다.

"나는 그대들이 말하는 프터인지 아닌지는 잘 모르오. 나는 프터로서 이곳에 온 것이 아니라 하라만도 전사들의 샤코로움으로서 이곳에 온 것이오."

"네? 샤코로움이 무엇인지… 당신이 하라만도 족의 전사란 말이오!"

"그렇소. 나는 하라만도 족의 자랑스러운 전사요."

"정말이오? 정말로 그대는 프터가 아니라 하라만도 족의 전사란 말이오?"

"그렇소! 정말이오. 나는 하라만도 족의……!"

하라만도 부족이라는 말에 치르크의 눈동자가 커졌고 그의 오른손은 벽에 세워져 있던 커다란 도끼의 자루를 움켜잡았다.

뭐지? 나를 죽이려는 건가? 하라만도 족이라는 이유로?

“잠깐 멈추시오, 치르크여!”

치르크의 도끼는 나의 말에 멈추지 않고 나의 목을 향해 날아들었다. 너무나 빠른 속도로 인해 나의 몸에 소름이 돋았다.

이것저것 생각할 것도 없이 무의식적으로 그것을 피하려고 허리가 밑으로 숙여졌고 숙인 허리 위로 커다란 도끼가 허공을 휘둘러졌다. 이런, 안 되겠어! 이러다가 죽고 말겠어.

“죽어라, 하라만도 전사! 우리들의 안정된 생활을 빼앗으러 왔는가? 죽어라! 너는 프터가 아니다!”

“자, 잠깐! 치르크여, 잠시만 내 말을 들어보시오!”

“죽어라! 하라만도 족이여!”

또다시 커다란 도끼의 날이 나의 머리를 덮치려 수직으로 내리찍어 오고 있었다. 도끼날에 걸린 장신구들끼리 부딪치는 금속 마찰음도 죽음의 경고 소리 같았다. 치르크, 그대가 이렇게 나온다면 나도 당하고만 있을 순 없어. 나는 그대보다 강하고 우월한 마법을 익힌 존재이고 그대들이 말하는 파괴의 힘을 가진 존재이다. 내가 가만히 이 자리에서 죽어줄 것이라고 생각한다면 큰 오산이다.

“High Fire Force(불의 힘).”

강력한 불의 힘을 부르는 시동어가 끝남과 동시에 나의 두 손은 불길에 휩싸였다. 그대로 머리를 향해 달려드는 도끼를 향해 나의 두 손을 교차하여 막았다. 툭— 하는 소리와 함께 도끼는 그대로 나의 팔에 의해 막혔고 점차 불길이 도끼의 자루로 옮겨 붙었다. 도끼 자루에 불이 옮겨 붙자 치르크는 도끼를 놓을 수밖에 없었다.

치르크는 나의 손을 덮고 있는 불에 놀라 뒷걸음치다가 발이 겹쳐 넘어져 버렸다.

　나의 두 손을 뒤덮으면서 모든 것을 삼킬 듯한 화기를 내뿜는 불들은 내 신체에는 전혀 영향을 주지 않고 오로지 주위의 것만을 태울 뿐이었다. 내 손이 잠시 닿은 곳에는 불이 붙어 탔고 나무 움막 구석도 나의 불로 인해 옮겨 붙었다.

　불은 곧 움막을 타 들어갈 듯 주위로 번졌고 연기로 인해 움막 안은 숨을 쉬기도 곤란할 정도가 되었다. 갑자기 요란한 소리와 함께 움막이 불에 타 들어가자 밖에서 대기하고 있던 치르크 부족의 전사들과 샤아오는 움막 안으로 뛰어 들어왔다. 움막 안의 작은 공간은 이내 연기로 가득 차 앞을 볼 수 없을 정도가 되었다.

　"프터의 아들 치르크시여, 어디 있습니까?"

　"여, 여기 있소……."

　쓰러져 있는 치르크가 대답함과 동시에 치르크 부족인은 치르크를 부축하여 움막 밖으로 나갔고 나를 찾은 샤아오도 나와 함께 밖으로 나갔다. 움막 밖으로 나오자 움막 주위에서 웅성거리던 마을 오크들이 몰려들었다. 이대로 가다가는 불이 마을을 전부 태워 버리고 말 것 같아 나는 치르크의 전사들을 처음 만난 날 평원에서처럼 또다시 물을 생성해 움막 위로 뿌려댔다.

　치르크 족의 오크들은 나의 손에서 갑자기 생겨난 물에 놀랐고 나의 마법을 보았던 1파얌의 치르크 전사들은 전보다 더 나를 공경하는 듯한 태도를 보였다.

　움막의 불이 꺼지자 치르크 부족 오크들의 시선이 나에게로 집중되었다. 어느새 치르크 부족 오크들은 바닥에 엎드려 '프터시여!' 라고 외치고 있었다. 오크들은 언제나 나의 능력을 보면 이렇게 엎드리면서 자신들의 신의 이름을 외친다. 하라만도 족은 샤코로움으로, 치르크 족은 프터라는 이름으로 말이다.

다른 많은 부족들도 나의 힘을 보면 이렇게 나를 추앙할까? 나의 힘은 절대적인 것일까? 하지만 나는 그렇게 대단한 존재가 아닌 단지 악한 인간의 마음을 가진 존재일 뿐이다. 이대로 이들에게 이렇게 추앙받아도 되는 것일까? 내가 그렇게 대단한 존재인가? 아니다, 나는 아직은 불완전한 오크일 뿐이다.

그들의 이런 행동은 칭찬이 과하면 부담과 불쾌함을 느끼듯 뿌듯하기보다는 부담감으로 다가왔다.

"그만들 일어나시오, 모두들!"

"옛! 프터시여."

"프터시여, 당신의 아들 치르크 여기 있습니다. 당신을 몰라뵈었던 저 자신이 부끄럽고 죄송할 뿐입니다. 용서해 주십시오."

하라만도 부족이라는 생각을 잊어먹었나? 나를 죽일 듯 도끼를 휘두르던 치르크도 고개를 숙이며 용서를 구했다.

"그만 들어갑시다, 치르크여."

"알겠습니다, 프터여."

치르크가 타버린 움막에서 조금 떨어진 곳의 비슷한 모양의 움막으로 나를 이끌었다. 치르크 마을의 오크들도 차츰 시간이 흐르자 주위로 흩어졌다. 해는 점차 저물어가 이내 어두운 저녁이 찾아왔다.

"프터여, 왜 우리 마을을 찾아오셨습니까?"

"치르크여, 우선 내가 하고 싶은 말은 제가 프터의 자격이 있느냐 하는 것과 나의 부족 하라만도의 안위 문제요."

나는 이곳에 프터가 아닌 하라만도의 샤코로움으로서 온 것이다. 하지만 내가 프터냐 샤코로움이냐를 떠나서 내가 신으로서 추앙받을 수 있는 존재인가가 문제이다. 신이란 신앙의 대상이 되는 초월적인 존재이나 그 존재의 성품과 인격 역시 무시 못할 것이다. 신으로서의 거룩함과 절대감이 필요한 이유가 바로 그것이다.

샤코로움이라 불리면서 나 자신이 자랑스럽게만 느껴졌었다. 마법을 쓰면서 하라만도 형제들을 보호할 수 있고, 또 그러리라 믿었다. 하지만 나는 하라만도 전사들의 세력을 약화시키고 이곳 치르크 전사들과 타협을 하러 왔다. 신이라……. 나는 오크의 몸을 가졌지만 인간의 성품을 가진 존재이다. 물론 오크가 되기 위해서 끊임없이 노력을 하며 인간들을 부정했지만, 나의 자아는 인간에게서 나왔다는 것을 결코 부정할 순 없었다. 내가 원래 인간으로서 오크들의 신으로 대우를 받고 있다는 것을 하라만도 형제들이 안다면 어떻게 생각할까? 그래도 나를 그들의 신 샤코로움으로, 프터로 여길 것인가? 아니면 그들의 적 추악한 인간으로 여길 것인가?

"프터여, 당신은 하라만도 부족인이라 했지만 우리들의 신이시오. 하라만도의 샤코로움과 우리 치르크 부족의 프터는 같은 신이오. 어떻게 말한다면 우리 동족들의 신은 일치하다고 할 수 있을 것이오. 그러므로 프터 하크시여, 당신은 우리들의 신이시오."

"만약 제가 추악한 인간이라면?"

"프터시여, 당신의 덩치는 확실히 인간과 비슷합니다. 그 호리호리하고 튼튼한 근육이 비슷하죠. 하지만 그것뿐입니다. 프터시여, 당신은 추악한 인간이 아닙니다. 인간일 수도 없구요."

"그러니까 말이오. 치르크여, 제가 인간이라면 말입니다."

"프터시여, 제가 인간과 우리 동족을 구분 못할 정도로 바보는 아닙니다. 프터시여, 당신에게서는 이상한 기운이 풍기지만 냄새만큼은 확실히 우리의 동족입니다. 그 이상한 기운은 당신의 능력, 절대적인 파괴의 힘이겠지요."

아닐 테지. 내게서 풍기는 기운은 인간의 추악함일 테지. 인간의 본성을 부정하지만 본능적으로 나오는 욕심, 쾌락, 의심, 질투, 시기, 탐욕 같은 부정적인 감정이 바로 이상한 기운의 정체! 그것이겠지. 얼마 전까지만 해도 나는 인간보다는 오크 쪽에 기울었다고 확신하고 있었지만 드워프 광산에서 본 드워프의 수공예품에서 그 확신은 무너졌다.

그때 당시 그것을 갖고 싶다는 생각이 나를 지배했었고 지금까지도 그것을 갖고 싶다는 생각이 가끔씩 든다. 추악한 욕심, 전혀 나한테는 필요없는 물건일 테지만 7년 전 이곳에 떨어지기 전의 인간 사회에 길들여진 물질에 대한 탐욕에 나 자신도 놀랐었다.

"그럼 치르크여, 하라만도 족은 어떻게 하겠습니까?"

"프터시여, 하라만도 족을 어떻게 생각하십니까?"

"전 자유의 의지로 자유를 집행하는 존재라 생각합니다, 치르크여."

치르크는 나의 말을 듣더니 고개를 끄덕였다. 알았다는 뜻인가? 뭘 알았다는 것이지?

"프터시여, 당신은 당신이 하라만도 족에서 오셨다고 했습니다. 하지만 저는 그 하라만도 족을 그렇게 좋게 생각하지 않습니다. 프터시여, 당신의 말씀대로 그들은 자유를 행하는 존재라 하였으나 그것은 우리 치르크 부족 역시 마찬가지입니다. 하라만도 족은 강력한 힘으로 우리들을 억눌렀고 자유를 억압했었습니다. 그 덕에 우린 강력한 힘을 원할 수밖에 없었습니다. 생명을 지배하는 피. 그것에 집착할 수밖에 없었습니다."

그런가? 하라만도 전사들에게서 듣던 치르크들의 광포함의 본질은 그들의 자유를 찾기 위한 몸부림이었나? '강해지기 위해 피에 집착할 수밖에 없었다'. 결국 자유란 것은 강력한 힘을 바탕으로 행하는 것이었나? 지금의 치르크 부족인들이 이렇게 평화스럽게 살 수 있는 이유가 바로 그것이었나?

하지만 내 앞의 이 치르크라는 리더는 뭔가 다른 오크들과는 다른 느낌이 든다. 그의 눈동자에선 자신감이 넘쳐흘렀는데, 그 자신감의 원천은 능력이다. 그리고 내 앞의 이 오크와 같이 나와 말이 잘 통하는 오크 형제는 본 적이 없었다. 자유의 본질을 아는 내 앞의 치르크라는 부족의 리더는 대체 어떤 존재일까? 정말 오크가 맞나?

"치르크여, 그대는 대체 어떤 자요? 확실히 오크가 맞소? 뭔가 다른 느낌이오. 그대의 눈을 보니 자신감이 넘쳐흐르는구려."

"저는 자랑스런 당신과 같은 존재입니다, 프터시여."

같은 존재라니? 오크로서? 아니면 인간으로서?

치르크에게 '인간인가?' 라고 묻고 싶었으나 치르크는 벌써 나와 같은 존재라고 대답한 상태이다. 인간인가? 라고 묻는다면 나는 '인간이오' 라고 내뱉는 꼴이 된다.

"그나저나 우리 하라만도 부족은 어떻게 할 생각이시오? 그대들은 강력한 힘을 자연적으로 얻었소. 그대들 맘대로 자유를 행해도 우리 하라만도 종족으로선 강력한 힘이 없는 이상 어쩔 도리가 없소. 어떻게 하시겠소?"

"프터시여, 당신은 하라만도 부족의 일에 상관하지 말라는 어투로 말씀을 하십니다. 프터의 말씀이시니 따라야겠지요."

"치르크여, 정말 당신과는 말이 잘 통하오. 하하하, 저는 이만 가보 겠소. 정말이지 참으로 통쾌한 대화였소."

나는 통쾌한 감정을 숨길 수 없어 뒤로 고개를 젖히며 웃어댔다. 이 렇게 오랫동안 진솔하게 대화를 해본 적이 없었다. 하라만도 형제들 과 이렇게 진솔하게 대화하기에는 좀 무리가 있었다. 하라만도 형제 들을 무시하는 것은 아니지만, 다 문화의 차이 덕에 그러겠지만 왠지 이 치르크라는 오크와는 정말이지 진솔하게 대화를 할 수가 있었다.

"잘 가십시오, 프터시여. 하지만 그대는 다시 이곳에 올 것이오. 그 대가 원하는 일을 행할 시에."

"뭐라 하셨소, 치르크여?"

"아닙니다. 잘 가십시오. 다음에 또 뵙죠."

나는 치르크에게 눈으로 안부 인사를 한 후 움막에서 빠져나왔다. 어느새 하늘엔 수천 개의 별들이 달과 어울러져 멋진 장관을 이루고 있었다.

"샤아오여, 이제 그만 갑시다."

"옛, 샤코로움이시여. 그런데 샤코로움이시여, 이상합니다. 광포한 치르크 부족이 이렇게 평화스럽게 바뀌었다니 말입니다."

"자유의 집행 때문이오."

"예? 샤코로움이시여, 무슨 말씀이시온지?"

"아닙니다. 그냥 중얼거린 말에 불과합니다."

샤아오와 내가 우리들의 하라만도 형제들이 있는 장소로 향하고 있 는데 치르크 마을 사람들은 내가 가는 줄을 어떻게 알았는지 달려 나 와 엎드리면서 '프터시여' 라고 중얼거리며 배웅했다.

하라만도 형제들을 향해 가는 발걸음은 치르크 부족을 향해 갔던 발걸음보다 훨씬 가벼워 창공을 나는 듯했다. 나의 발을 간지럽히는 숲 속의 땅벌레들조차 사랑스러웠고 귀를 파고들어 가려는 날벌레들조차 귀여웠다. 커다란 고목들 사이의 풀숲으로부터 여러 벌레와 동물 울음소리가 들려왔다. 나의 발이 그곳을 지나갈 때마다 모두들 긴장한 듯 울음소리가 없어지고 내가 그곳에서 멀어지자 다시 뒤에서 시끄럽게 울어댔다.

우리 하라만도 부족은 당분간은 안전할 것이다. 치르크 부족의 리더와의 예상외의 쾌담(快談)으로 치르크 부족의 문제를 해결할 수가 있었다. 목표를 달성했다는 생각에 가슴 한가운데부터 시작한 푸근한 감정이 나의 가슴을 꽉 채우면서나 자신이 자랑스러워졌다.

하라만도 형제들이 나를 기다리고 있다. 어서 가자. 가서 마을을 예전 이상으로 복원시켜 강력한 힘! 자유를 집행해야 한다. 가자! 가자!!

요 이틀 동안 샤아오와 나는 한숨도 자지 않고 걸었었고, 또한 치르크 마을에서도 자지 않고 잠깐 대화만 하고 돌아오는 길이라서 그런지 발걸음이 가벼움에도 불구하고 빠른 속도로는 걸을 수 없었다.

어서 빨리 하라만도 형제들을 만나고 싶었지만 마음만 굴뚝같았다. 다리에 피곤이 몰려 힘이 빠져 한 걸음 한 걸음 내디딜 때마다 지쳐갔고 내 옆의 샤아오 역시 마찬가지였다.

"샤아오여, 우리 그만 이 나무 밑에서 밤을 지새고 가는 게 어떻겠소? 더 이상 걷는 건 무리인 듯싶소."

마법 역시 이 상태에선 소용이 없었다. 체력이 뒤따라주어야 정신력도 살아 있는 법. 이렇게 피곤으로 지친 지금으로썬 마법을 사용한다 해도 별 효과가 없을 게 뻔했다.

"그러시지요, 샤코로움이시여."

커다란 나무 밑으로 가 돌들을 주위로 치워냈다. 등을 찌를 돌이 없음을 확인하고 큰대 자로 뻗어 누워버렸다. 저녁이라서 그런지 한기가 등에서 올라왔지만 다리에서 느껴지는 평온함에 상관할 바가 못되었다.

별들이 수놓은 바다 같은 하늘이 나뭇가지 사이로 보이고 내 옆의 샤아오는 어느새 잠이 들어 죽은 듯이 누워 있다. 샤아오는 이 하늘을 보지 않고 자는 건가? 아쉽군. 이렇게 아름다운 밤하늘을 보지 않고 잔다는 것이.

아름다운 밤하늘을 머리에 기억시킨 후 천천히 눈을 감았다. 눈 주위가 따뜻해지면서 몰렸던 피곤함이 가시는 듯했다. 피곤함이 가시면서 나의 눈에 들어온 것은 수면이었다. 수면은 온몸을 지배했고 나는 그대로 잠이 들었다.

눈을 뜨게 한 건 '일어나라' 라고 말하는 어느새 중천에 뜬 태양의 빛이었다. 샤아오는 아직까지도 옆에서 깊이 잠이 들어 햇빛의 공격에도 꿈쩍하지 않고 있는 상태이다. 나는 자리에서 일어나 나무에 기대어 환하고 따뜻한 주위를 느끼면서 샤아오가 깨기를 기다렸다.

잠시 후 샤아오는 눈을 비비면서 일어났고 우리는 누운 자리에서 일어나 다시 마을을 향해 걸어갔다. 역시 하루 잘 자고 일어나서 그런지 온몸은 가벼웠고 기분까지도 명쾌했다. 그렇게 또다시 해가 서쪽 하늘로 사라졌을 때쯤에서야 하라만도 형제들의 모습이 하나둘씩 눈에 들어왔다. 다행히 마을은 아무 이상도 없고 평온하였다.

"샤코로움께서 돌아오셨다!"

나를 본 하라만도의 아이 오크는 움막 사이를 돌아다니면서 외쳤고 그 결과 내 주위로 하라만도 형제들이 순식간에 모여들었다. 익숙하고 친근한 얼굴들, 비록 못생기고 추한 얼굴이지만 무척이나 친근하다.

"샤코로움이시여, 돌아오셨습니까? 샤아오도 왔습니까?"

기르츠와 이히리가 많은 하라만도 형제들의 앞에 서서 우리들을 반겼다. 그들은 곧 우리들을 향해 커다랗게 입을 벌렸다.

"그렇습니다. 치르크 부족과도 만나고 왔습니다, 기르츠여."

"어떻게 되었습니까? 그 포악한 치르크 부족과 만나고도 이렇게 돌아오시다니… 정말 샤코로움이십니다."

"그들은 무척이나 평온한 상태입니다. 그들에게서 포악함을 찾아볼 수 없었고 피에 미친 광기도 찾아볼 수가 없었습니다. 저는 그들에게서 우리들을 공격하지 않겠다는 약속을 받아왔습니다. 이제 우리 하라만도 형제들은 마을을 복원하는 데 힘써야 할 것입니다. 치르크 부족이나 인간들에게 신경을 끊고 말입니다."

"우리들을 공격하지 않겠다는 약속까지……."

하라만도 형제들의 얼굴에는 웃음꽃이 활짝 피면서 나에게 감사하다고, 역시 샤코로움이시라고 말했다. 우리 형제들은 분명 치르크 부족이 언제 쳐들어올까 내심 걱정하면서 하루하루를 불안에 떨면서 살아왔었다. 하지만 그 근심 걱정이 이제는 사라졌다. 포악한 치르크 부족은 우리들의 적이 아니다! 같은 동족, 자랑스런 자유를 집행하는 오크 부족인 것이다.

제12장

요기 드워프 광산을 빼앗자!

오크! 드워프 광산을 빼앗자!

하라만도 형제들과 이곳에 자리를 잡고 지낸 지 거의 한 달이 지나
간다. 한 달 전의 치르크 족과의 쾌담 덕분에 이곳에 자리를 잡는 데
는 아무런 문제가 없었다. 더군다나 앞으로는 강이 흐르고 뒤로는 산
이 막아주니 식량과 추위를 막기엔 최고의 조건이었다. 전사 2파얌,
그러니까 60명, 여자 오크 70명, 아이 오크 20명에서 이제는 한 달여
만에 전사 3파얌, 여자 오크 80명, 아이 오크 20명으로 늘어났다. 아
이 오크는 한 달여 정도 만에 성장이 급격히 이루어지므로 이 상태로
전투를 하지 않고 1년 정도 후가 되면 많은 인원이 모이게 될 것이다.

우리 하라만도 족이 강력한 힘을 갖기 위해선 각자 자기만의 기량
도 필요하겠지만 무기, 방어구, 그것들이 필요하다. 하라만도 형제들
은 단단한 피부 덕분에 얇은 천 하나로 하반부를 가리고 있다 해도 훈
련받은 기사의 검에 의해서 상처를 입게 되는 건 당연한 일이었다.

무기와 방어구를 얻기 위해서는 철을 얻을 수 있는 광산이 필요하다. 지난번 드워프의 광산처럼 엄청날 정도로 시설이 잘돼 있고 옆에 공작소까지 있는 광산이면 정말 금상첨화이다. 그러나 그 광산을 빼앗기란 쉬운 일이 아니다. 드워프의 힘은 커다란 철광석을 한 손으로 들 수 있을 정도로 굉장했고, 겉으로 보기에도 그들의 육체는 작기는 하지만 단단하고 알차서 만만하게 볼 상대가 아니었다.

우리들의 전사는 90, 그들은 20. 거의 5배가 차이가 나는 병력이다. 하지만 그들이 신성시 여기는 작업장인 광산을 빼앗는다면 대규모로 우리를 공격해 올 것은 당연한 일이다. 그것에 대한 계책을 준비하기 전까지는 이곳에서 우리 하라만도 전사들은 힘을 키우며 훈련을 할 수밖에 없었다.

하라만도 전사들이 전투를 한다 해도 그것은 본능일 뿐이다. 그러므로 그 본능을 뛰어넘는 훈련이란 게 필요하다. 많은 인원을 효과적으로 통솔하고 효과적으로 공격하기 위해서라도 훈련은 급선무였다.

훈련은 순조로웠다. 하라만도 전사들은 내가 제시하는 훈련법을 잘 따랐고 나 역시 그 훈련에 동참했다.

진형. 많은 인원으로 적을 공격할 때에는 포위하는 방법이 가장 좋듯이 우리 전사들의 많은 인원을 효과적으로 사용하기 위해선 위치 선정과 공격법 등 진형 연구가 체계적이 되어야 한다.

오크들은 인간 기사들보다 움직임이 둔하긴 하지만 체력과 힘은 인간 기사들보다 월등히 뛰어나다. 해서 급격히 돌파하여 한순간에 끝내는 전투보다는 천천히 몰고 가는 전투가 더 유리할 것이다. 하지만 지금 내가 생각하고 있는 상대는 광산에서 작업을 하고 있는 엄청난 힘과 체력을 소유한 드워프들이다.

우리 전사 3파얌, 즉 90의 인원이 드워프 20을 상대하지 못할까 하는 걱정을 하는 것은 아니지만, 최소한의 피해로 최대한의 이익을 얻기 위함이요, 또 광산을 빼앗은 다음에 얼마 안 되어서 쳐들어올 드워프들의 반격에 대한 대비이다. 그러니 광산을 영원히 지킬 수 있는 전사들의 힘을 키울 때까지는 이곳에서 단련을 할밖에.

하긴, 이 정도의 인원이라면 드워프 20을 상대하는 데 진형 같은 걸 쓸 필요도 없이 인해전술(人海戰術) 같은 걸로 밀고 나가도 될 것이다. 한국 전쟁 때 압록강까지 진출했던 남한의 군사들이 다시 패하여 후퇴에 후퇴를 거듭하게 된 것도 중국군의 인해전술 때문이었다.

물론 인해전술도 전술의 하나이지만 그것은 생명을 경시하고 남의 생명을 업신여기는 지도자급의 생각에서 나온 것이다. 그 자신이 그 인해전술의 선두에 서서 적을 향해 돌진하라고 한다면 인해전술을 결정한 그들은 하나같이 손을 내저으며 뒤로 물러설 것이다. 죽음을 담보로 하는 인해전술, 이기적인 우두머리 인간이 만들어낸 전술 같지 않은 전술인 것이다.

내가 생각해 낸 전술은 나, 샤오, 이히리, 기르츠가 동서남북 사방향으로 각각 1파얌씩의 인원을 맡아 통솔해 공격하는 것이다. 물론 시간이 지나면 많은 전사들이 탄생할 테니 인원은 문제가 될 바가 아니다. 진형은 마름모꼴로, 우리 네 명은 마름모꼴의 진형 가운데에서 1파얌씩 되는 전사들을 훈련받은 대로 통솔할 것이다. 그리고 1파얌의 추격단을 만들어 미리 후방에 배치시켜 놓았다가 후퇴하는 드워프들을 저지할 것이다. 드워프들보다는 움직임이 빠르고 인원도 많은 우리 전사들로선 첫 번째 광산을 빼앗는 것쯤이야 식은 죽 먹기일 것으로 예상된다. 그 뒤에 드워프가 얼마나 많은 인원으로 보복을 해오느냐가 문제일 뿐.

"샤코로움이시여, 왜 그러십니까?"

마름모꼴 진형 훈련, 본능에 의지했던 전투가 아닌 서로 협력하고 상황을 생각하면서 전투하는 훈련에 임하고 그것을 통솔하고 있던 기르츠가 나를 보면서 말했다.

"아니오. 우리 형제들이 무척이나 거대해 보여서 그렇습니다."

"저도 그렇습니다. 당분간은 어색한 면이 없잖아 있겠지만 지금 이렇게 많은 인원이 한꺼번에 훈련에 임하다니… 정말 대단합니다. 훈련 소리에 산이 떠나갈 것 같습니다. 크르르르~"

"그렇소. 나도 우리 전사들의 훈련 소리에 산이 떠나갈까 봐 걱정이오. 그래서 이렇게 멍하니 전사들을 쳐다보고 있지 않소? 크르르……."

90의 전사들이 나의 말에 맞춰 진형을 옮기고 자세를 바꾸며 행동하는 모습에 '내가 이렇게 많은 인원들을 제대로 통솔하고 있구나' 하는 생각이 들어 주먹을 꽉 쥐었다.

드워프들의 광산을 우리 것으로 만들고 그곳에서 생산되는 철로 무기와 방어구로 무장한다면 인간 기사단에 걸맞는 우리 하라만도 전사들이 탄생할 것이다. 빼앗을 광산을 드워프들로부터 영원히 지킬 수만 있다면 인간 기사들을 두려워하지 않아도 될 날은 머지않게 된다. 어쩌면 인간 기사단이 본능과 전술이 겸용된 우리 하라만도 전사들을 두려워할지도 모른다.

훈련은 평온했고 모든 것이 순조로웠다. 훈련이 끝날 때쯤 되는 저녁이 되면 전사들의 땀 냄새가 산을 뒤덮었고, 우리들은 그 땀 냄새에 취해 서로를 향해 입을 벌리며 소리를 질러댔다.

소리를 내지르면 반대 편 산에서 불어오는 시원한 바람이 노력의 결과 땀으로 뒤덮인 우리 전사들의 몸을 '그렇게만 해나가라' 는 듯이 어루만져 주었다. 지금도 시원한 바람이 나의 몸을 어루만져 주면서 나를 격려하며 칭찬하고 용기를 주고 있다.

이마에 맺혀 있는 땀을 손등으로 훔친 다음 우리 하라만도 전사들이 훈련이 끝나고 모두 활짝 미소를 지으며 커다란 바위 위에 앉아 있는 모습을 보았다. 요즘 들어 시간이 무척이나 빨리 갔다. 훈련에 임한 지 어언 한 달. 훈련을 시작한 게 마치 어제 일처럼만 느껴진다. 한 달 동안 무얼 했냐고 묻는다면 생각이 나지 않아 단지 훈련에 임했다고만 할 것이다.
커다란 고목 나무 옆에 있는 초록빛 풀잎들이 바람에 살랑살랑거리고 풀잎 위에 있는 무당벌레는 바람에 날아가지 않으려 풀잎을 꼭 잡고 놔주지를 않는다.
"기르츠여, 오늘 훈련은 여기서 마치고 이만 마을로 돌아갑시다."
"예."
우리 3파얌의 전사들은 고된 훈련이 끝났다는 기쁨과 오늘 역시 무사히 훈련에 임했다는 것에 대해 자랑스러워하며 어린아이가 어머니에게 칭찬을 받은 듯한 표정을 지으며 마을로 향했다.
마을에선 우리 남자들이 돌아오니 여자 오크들은 자신의 남편을 찾으면서 이름을 불러댔다. 자신의 남편을 찾은 여자 오크는 남편의 커다란 가슴으로 뛰어들었고, 남편 역시 그런 여자 오크를 향해 이름을 불러대다 여자 오크의 날아드는 몸을 두 팔로 꽉 껴안았다.
아이 오크들도 엄마 오크를 따라 아빠 오크의 다리를 꽉 껴안으며 침을 질질 흘릴 만큼 웃고 있었다. 아빠 오크는 자신의 다리를 붙잡고 있는 아이 오크를 두 손으로 번쩍 들어 어깨 위에 올려놓으며 아내의 손을 잡고 한 가족이 쉴 수 있는 움막을 찾아 들어갔다.

하나같이 '나는 가족이 있어 행복하다' 라는 표정이었다.

가족? 자신을 사랑해 주는 존재가 있다는 것은 얼마나 좋은 일인가? 하지만 난! 난 이곳에서 외톨이인가? 잠을 자려고 빈집을 찾아 들어가 모포를 깔고 누웠지만 갑자기 계속 나는 외토리라는 생각만 날 뿐 잠은 오지 않고 오로지 나의 눈을 막고 있는 건 아무것도 보이지 않는 어둠뿐이었다. 가슴을 채우지 못한 텅빈 듯한 허전함에 가슴 한구석이 아파왔다. 오른손으로 아파오기 시작한 부분을 꼭 잡고서는 가로 누워 자려 시도했던 몸을 반대쪽으로 뒤틀었다.

나를 사랑해 주는 존재가 있는가? 아니, 역으로 말해 내가 사랑하는 존재가 있는가? 내 딸 은희… 내 아기 앵무새… 내 귀여운 꼬까신 은희… 내가 사는 이유이자 나의 증명이었던 은희. 그런 은희의 얼굴이 8년에 의한 시간에 의해 가물가물하다. 맨 처음 이 세계에 왔을 때 오크들로 인한 공포와 후에 그들에게 익숙해져 오크들의 자유에 취해 한동안 은희를 생각하지 않았었다. 이전 세계에선 눈에 넣어도 아프지 않을 만큼 사랑했었는데.

나는 왜 이곳에서 처음 눈을 떴을 때 은희를 잊어버렸던 것일까? 그렇게 사랑했었는데. 물론 이곳엔 나의 친구, 전우, 형제인 하라만도 전사들이 있다지만 그들은 나를 추앙의 대상이자 절대자인 신으로 여기고 있다. 신으로서 절대적인 믿음과 행동으로 나를 대하는 것이지 사랑하는 존재로서는 아닐 것이다. 왜 이렇게 주위는 깜깜한 걸까. 왜 아무것도 없이 이 커다란 움막 안에 혼자 있는 것일까.

내가 살던 세계에서는 지금도 내가 돌아오길 기다리고 있을까? 한국에선 나의 아내와 딸이 나를 기다리고 있을까? 벌써 8년이라는 세월이 지나가는데. 아니면 나를 잊고 평안히 살고 있을까? 시간이 가면 갈수록 가슴이 시간에 의한 풍화 작용으로 점점 깎여 들어가고 있었다. 깎여 들어간 공간을 채우는 건 외로움과 그리움뿐.

고민을 하는 동안 어느 정도의 시간이 흘렀는지는 알 수 없었다. 어느새 밖에서 떠들면서 뛰어다니던 아이 오크들도 잘 곳을 찾아 들어갔는지 소리는 나지 않고 부엉부엉 하는 부엉이 소리와 귀뚜라미 소리 등 여러 가지 곤충과 동물 소리만이 들려올 뿐이었다.

밤은 무척이나 길고 그토록 기다리는 아침은 오지 않았다. 언제야 이 밤이 끝날지… 오늘처럼 가족에 대한 그리움과 외로움에 시달려 잠을 자지 못하는 건 이 세계에 와서 처음이다. 그동안 왜 나는 가족을 잊고 살았나? 그동안 생각이 나지 않다가 왜 이제야 가족이 그리운 걸까?

그리움과 외로움에 뒤척이다 언제 잠에 들었는지는 모르지만 눈을 뜨고 나니 어느새 태양 빛이 움막 천장 사이사이로 비춰들어 움막 안을 밝게 만들고 있었다. 그렇지. 오늘도 시작이다! 다시 새롭게 시작하자고!

가족에 대한 그리움이 또다시 나를 찾아오기 전에 평소보다 활발하게 몸을 움직였고 하라만도 형제들도 그런 나를 보며 웃음을 머금었다. 이들은 내가 그리움과 외로움 때문에 이런다는 것을 알기나 할까?

오늘 역시 한 달 동안 계속된 통솔자의 말에 진형을 만들고 흩어지고, 다시 모이고 뛰어가기를 반복하였다. 하라만도 전사들이 서 있는 발 밑의 땅은 하라만도 형제들의 땀으로 적셔져 있었고, 형제들은 갈수록 힘들어지는 훈련에 죽을상을 지었다.

힘들기야 하겠지. 하지만 형제들은 이 훈련이 끝나면 또 그들의 가족에게 돌아가겠지. 훈련으로 인해 지친 몸과 정신을 가족이라는 따뜻한 공간 안에서 녹이겠지. 그렇지만 난? 나는 어디서 차가운 몸과 정신을 녹인단 말인가?

애정의 결합체, 운명의 공동체인 가족. 나의 딸 은희… 은희야…….

마침 오크 형제들의 본능을 더욱더 개발하기 위한 대련 시간이 찾아왔다. 나는 오크 형제들과는 달리 커다란 고목 앞으로 가서 등에 메고 있던 도끼 두 자루를 왼손과 오른손에 쥔 채 고목을 향해 양손을 교차하며 무자비하게 도끼질을 하기 시작했다. 계속된 도끼질에 팔에서 힘이 빠지기 시작했고 땀을 흘릴 때마다 그리움과 외로움까지 땀에 섞여 몸에서 빠져나가 그것들을 떨쳐 버릴 수가 있었다.

털썩.

더 이상은 힘이 들어 도끼질을 할 수 없어 고목 밑에 큰대 자로 뻗어버리자 중천에 떠 있는 햇빛이 강렬하게 나의 눈을 공격했다. 벌써 한낮인가. 점심 식사 때가 다 되었군.

두 손에 힘을 넣고 땅을 받친 다음 겨우 일어나 단상에 올라가서 훈련에 임하고 있는 하라만도 형제들을 향해 말했다.

"형제들이여, 점심 시간입니다. 한 시간 후에 다시 봅시다."

단상에 올라온 나를 본 하라만도 형제들은 나의 말이 끝나자 모두 고함을 내지르며 좌우로 흩어지면서 산 깊숙이 들어가 어느새 이 넓은 훈련장에는 나 홀로만이 남아 있었다.

아무도 없는 이 커다란 공간에 나 혼자 있자니 그리움과 외로움이 다시 나의 마음을 파고들 것 같아 도끼질로 인해 피곤해졌다는 몸의 말도 무시한 채 북쪽의 숲을 향해 뛰어갔다.

자신이 먹을 식량은 그날 사냥에서 잡아야 한다. 그게 우리 하라만도 형제들의 훈련법 중의 하나였다. 토끼, 노루 같은 온순한 초식 동물도 있겠지만, 오크의 성격상 그런 것보다는 멧돼지 같은 공격적인 육식 동물을 사냥하는 게 더욱더 흥미있고 맛도 있었다. 훈련에 의해 본능이 억압되는데 그것을 풀어주는 게 이 점심 시간이다. 본능을 이용한 사냥법인 것이다.

원래 오크들은 무리를 지어 사냥을 하지만 점심 시간에 홀로 사냥을 하면서부터는 오감을 더욱 발달시켜 자신들의 몸이 예전보다는 훨씬 더 민첩해졌다는 것을 확실히 느낄 수가 있었다.

이 산은 우리 하라만도와 치르크 부족의 활동 구역이라서 인간들도 웬만하면 이곳에 길을 만들지 않을 뿐더러 이 산을 넘는 법이 없어서, 이곳은 자연 상태 그대로 많은 동식물이 존재했다.

수많은 나무들이 띄엄띄엄 존재했는데 그 사이사이로 뛰어다니면서 냄새를 맡았다. 한 달 동안 맡아온 익숙한 산짐승의 냄새가 내 앞의 고목 나무 밑 부분에서 나기 시작하여 왼쪽 방향으로 그 냄새가 이어졌다. 냄새를 따라 왼쪽으로 가니 수풀 사이로 푸르륵거리는 소리가 들려왔다. 푸르륵거리는 소리와 함께 수풀 속에서 나를 향한 살기가 느껴지면서 커다란 두 눈이 수풀 사이로 보였다.

저 눈은? 크르르르~ 멧돼지군.

다리 밑에서 나의 발바닥을 찌르는 커다란 돌을 주워 들고 멧돼지를 향해 살짝 던졌다. 돌을 던지자 화가 난 멧돼지는 콧바람을 씩씩거리면서 수풀 사이를 비집고 나왔다. 커다란 갈색의 탄탄한 몸을 가진 멧돼지의 공격적인 날카로운 이빨이 나를 긴장하게 만들었다. 비록 산짐승에 불과하지만 멧돼지의 날카로운 이빨을 보고 방심했다가는 그 이빨에 갈기갈기 찢겨져 손과 발이 따로 놀 것은 당연하였다.

마법을 쓴다면 이런 멧돼지 따위는 통구이로 만들어 먹을 수는 있겠지만 점심 시간에 오감을 키우자는 목적 아래 최근 들어 나는 웬만하면 마법을 쓰지 않기로 하였다.

다시 주위의 커다란 돌을 찾아 들어 이번에는 좀 전과는 다르게 있는 힘껏 멧돼지를 향해 던졌다. 날아간 돌은 멧돼지의 몸에 맞아 그 부위에 커다란 상처를 냈고, 그곳에서는 피가 끝없이 흘러나오면서 멧돼지의 양다리를 타고 땅으로 흘러내렸다.

아픔을 참지 못하고 고통의 비명 소리를 내지르면서 나를 향해 박차오는 멧돼지의 속도는 무척이나 빨라 어느새 나의 코앞에 도달해 있었다. 나는 달려오는 멧돼지의 속도와 타이밍을 맞춰 제자리에서 껑충 뛰어올랐다.

나를 공격하지 못하고 허공을 가로지르는 멧돼지의 두툼한 목이 눈에 들어오는 순간, 두 손에 힘을 준 나는 멧돼지의 목을 향해 그대로 내리찍자 멧돼지는 목이 찍혀 그 자리에서 몇 발자국 더 달려가더니 그대로 풀썩 쓰러져 버렸다. 쓰러진 멧돼지 가까이에 가서 멧돼지의 배가 하늘을 쳐다보도록 뒤집었다.

배를 뒤덮고 있는 잔털들을 매만졌고 왼손으로 배를 꽉 누르면서 오른손의 도끼날로 목부터 시작해 천천히 엉덩이까지 그어내렸다. 잘려진 부분을 양손에 힘을 줘 벌리니 돼지의 누런 생식 기관들이 그대로 드러났다. 꾸불꾸불한 누런색의 창자와 갈색의 간 등을 밖으로 끄집어냈다. 손에서 느껴지는 물컹물컹한 느낌도 이제는 한 달 동안 산짐승을 사냥하고 다니다 보니 아무렇지도 않고 단지 내장이구나 하는 생각만 들었다.

뱃속을 말끔하게 정리한 후 도끼를 하늘 높이 쳐든 다음 그대로 내려쳐 멧돼지의 목을 잘라 버렸다. 성난 이빨을 드러내고 있던 멧돼지의 목이 산비탈을 따라 데굴데굴 굴러가기 시작하여 시야에서 점점 멀어졌다.

"Fire(불)."

간단한 시동어와 함께 배가 뻥 뚫리고 목의 없어진 멧돼지의 몸은 불에 휩싸였다. 적당히 익었겠다 생각됐을 때 물을 사용하며 불을 껐고 강렬한 빛을 이용하여 멧돼지의 몸을 데웠다.

사냥은 마법을 쓰지 않지만 잡은 동물만큼은 마법으로 말끔히 익혀야 먹을 만했다. 다른 형제들을 보면 그대로 생고기를 씹어 먹지만 나는 이전 세계의 물질 문명에 길들여져 있어 그렇게는 못했다. 그렇게 시도는 해보려 했으나 헛구역질을 한두 번 해본 것이 아니라서 그 이후론 이렇게 마법을 사용한다.

멧돼지의 팔과 다리를 하나씩 뜯으니 다 익혀지지 않았는지 피가 좀 보였지만, 힘든 훈련 끝에 먹는 음식이라서 그런지 피 따위는 신경 쓰이지 않았다. 고기를 씹고 목구멍을 넘기는 맛은 일품이었다. 커다란 멧돼지는 얼마 되지 않아 뼈만 앙상하게 남았다. 오크의 몸으로 엄청난 식욕을 가지게 된 것도 어떻게 보면 행복으로 볼 수도 있었다.

많이 먹어도 배가 부르지 않으니 그 음식의 맛을 오랫동안 음미할 수 있었다. 예전에 내가 살던 세계의 중세에 로마라는 국가가 있었다. 그 로마라는 나라는 포에니 전쟁에서 승리한 후, 일개 도시 국가에서 지중해 세계 전체에 걸친 세계 제국으로 발전하여 넓은 영토와 많은 식량 등 엄청난 부를 누릴 수 있었다.

특히 로마 시대 축제 때를 보면 화장실을 두 개 준비하는데, 한 개는 일상적인 화장실이고 나머지 한 개는 음식을 더욱더 먹기 위한 화장실이었다. 로마의 귀족들은 축제 때 많은 맛있는 음식을 먹고 배가 부르면 그 화장실에 가서 구토를 하고 다시 와서 배가 부를 때까지 먹었다.

그들은 그렇게 음식의 맛을 즐겼다. 그 당시 로마에는 많은 노예들이 굶어 음식을 먹지 못하고 죽어가고 있었는데도 말이다. 이 음식을 즐기기 위한 화장실은 인간의 맛에 대한 집착과 자기만을 아는 이기주의와 탐욕, 사치를 나타내는 장소였다.

제13장

오크! 그것은 내 것이다!

오크! 그것은 내 것이다!

　시간은 흐르는 물처럼 유연히 흘러간다고 누군가 그랬던가. 또다시 하라만도 형제들과 서로 땀을 흘리며 웃던 시간은 어느새 3달이 넘어 갔다. 벌써 훈련만 4개월째라서 그런지 하라만도 전사들의 몸놀림과 집단 협동력은 4개월 전과는 비교할 수 없을 정도로 일취월장하여 흡사 비호와 같다고 할 정도의 정예로 탈바꿈하였다.

　정예라고 해도 서운하지 않을 4파얌의 전사들은 나의 전술 계획대로 바닥을 향해 축 쳐져서 걸을 때마다 흔들거렸던 배의 비계 덩어리는 탄탄한 구릿빛 근육으로 바뀌어져 있었고, 그들 개개인 하나하나가 힘은 장사요 빠르기는 비호 같았다.

　본능과 훈련의 결합이라고 할까?

　이번 단련은 무척이나 성공적이었고 오크들의 전투적 본능에 의한 훈련은 전사들을 더욱더 강인한 존재로 만들었다. 마을을 다시 복원한 후 4달이 지난 지금까지 한 번의 전투도 치른 적이 없어 인구의 성장은 급속도로 증가하여 우리 하라만도 형제들은 거의 500명에 가까워져 이전의 하라만도 마을보다는 약간 뒤떨어졌으나 조만간 이전 하라만도 마을의 규모를 월등히 뛰어넘을 것 같았다.

다만 이상한 것이라곤 4개월 전 우리 전사들에 의해 대규모의 1개 군의 추적 기사단이 전멸당했음에도 불구하고 이곳까지 인간 순찰대가 오지 않았다는 것이다. 그 덕에 이렇게 마을의 규모가 예전과 비슷할 정도로 되었지만 그게 무척이나 신경이 쓰인다.

하지만 이제는 100명 정도의 한 기사단 이 우리 마을을 쳐들어온다고 해도 그들에게 맞대응할 수 있을 정도의 전투력을 가지고 있다고 생각한다.

총 8파얌, 즉 240명의 전사들이지만 그중에 처음 달과 두 번째 달부터 시작한 4파얌의 전사들을 빼놓은 나머지 4파얌의 전사들도 정예 전사들의 뒤를 잇기 위해 열심히 훈련을 하고 있는 중이다.

이제 남은 건 훈련 중인 4파얌의 인원을 마을을 보호하는 데 경비의 임무를 주고 정예 4파얌의 인원으로 드워프의 광산으로 공격해 가는 것이다.

"기르츠 형제여, 4파얌의 전사들은 준비가 되었소?"

"옛!"

기르츠는 당연하다는 듯이 힘차게 대답해고 나도 그런 기르츠를 향해 고개를 한번 끄덕여 준 뒤 이히리를 향해 고개를 돌렸다.

"이히리 형제여, 내가 말했던 식량은 준비가 되었소?"

"예, 원래 4파얌의 전사들을 먹이기 위한 10일 간의 식량보다 그 식량을 운송한 1파얌의 전사들의 몫까지 추가하여 육류, 어류는 4,

500크리(1크리=1kg)를 채소류는 500크리를 준비해 놓았습니다, 하라
만도여.”

　직접 지휘관급이 되어 상황을 돌이켜 보니 식량, 병력, 자연 환경,
후퇴로 등 생각해 볼 것이 너무나 많았다. 그중에서도 가장 중요한 건
식량으로, 자고로 옛 중세의 전투 때에도 적군을 섬멸, 중요 지점을
차지하는 것 말고도 승리하는 방법은 적의 식량로를 차단하거나 식량
을 우리 것으로 만들지 못하면 태워 없애 버리는 방법이 있었다. 그만
큼 식량은 중요한 것으로 아군 사기의 모든 것이라고도 할 수 있었다.

　두 달 전이었다. 이 정도의 식량을 얻기 위해선 그 식량을 보존할
방법과 식량을 취득할 방법이었는데, 마침 새로 성장한 전사 2파얌을
사냥에 참가시켰고 식량의 보존은 훈제법을 택하였다. 훈제법은 수분
을 제거하여 건조 상태로 만드는 동시에 연기 속에 있는 방부 성분을
침투시켜서 보존성을 가지게 하여 오랫동안 보존할 수 있고, 육류와
어류 특유의 비린내를 없애줘 더욱더 맛있게 만든다.

　또 나무를 베어오는 1파얌의 인원도 따로 지정하여 그중 반 파얌은
훈제에 사용할 나무를 베어올 인원으로 침엽수보단 활엽수 쪽으로,
약한 것보단 단단한 것으로 베어오게 하였다. 또 나머지 반 파얌은 식
량의 운송 수단인 수레, 달구지를 만들기 위하여 널찍한 판자 모양으
로 나무를 베어오게 하여 30개의 수레를 만들었다.

　물론 무게를 재는 저울도 만들어야 했기에 1kg과 비슷한 무게의 돌
을 찾아 그걸 토대로 양팔 저울을 만들었다. 그러나 큰 물량의 무게를
재야 할 지금의 상황으로썬 이 저울을 효율 가치가 없어 과거의 로마
저울과 비슷한 것을 만들기로 했었다. 지렛대에 눈금을 매긴 것으로,

물체의 무게에 따라 추의 위치를 적당히 이동시켜서 균형을 이루는 위치의 눈금을 읽음으로써 무게를 측정하는 것으로 추는 1kg 정도 무게의 돌을 사용했다.

총 5,000크리(5톤)의 식량을 운반하기 위해선 1파얌의 운송대를 따로 만들어 총 30개의 수레가 필요했다. 한 오크당 300크리씩은 운반할 수 있지만 바퀴를 사용하니 험한 산과 포장되지 않은 도로에서 식량과 형제들을 편안하게 하기 위해선 한 수레에 약 160크리씩 담을 수밖에 없었다.

수레를 이용해 식량을 운반한다는 것을 다른 종족들은 물론 우리 하라만도 족도 생각도 못했겠지.

전사들이 뒤쳐지지 않게 하기 위해 식량 운반을 담당하는 전사들을 사방으로 둘러싸는 이동 체계를 구축했다. 앞은 내가 맡고 뒤는 이히리, 좌우는 기르츠와 샤아오가 맡아 1파얌의 정예 전사들을 준비시켰다.

"형제들이여, 모두 준비되었소?"

"샤코로움이시여, 저희 모두는 승리를 얻기 위한 준비가 되어 있습니다."

"그렇습니까? 자랑스러운 하라만도 전사들이여, 그럼 갑시다."

우리들은 훈련을 하던 널찍한 장소에서 그대로 모든 전투 준비를 한 뒤 산을 내려가기 시작하면서 우리 전사들의 우렁찬 발걸음 소리가 온 산을 뒤덮어 용맹을 과시했다. 비록 수레를 이용한 식량의 운송 때문에 우리 5파얌 전사들의 이동 속도가 떨어지긴 했지만 그리 서둘이유는 없었다.

풀잎에 맺힌 이슬 하나가 땅으로 떨어지고 막 떠오르기 시작한 태양이 나무를 밝히면서 그 가지 사이로 빛들이 들어왔다. 여기저기에서 산새들의 울음소리가 나의 고막을 자극했으나 그 흥미도 잠시뿐 우리 하라만도 전사들의 발걸음 소리에 놀라 산새들은 멀리멀리 도망쳐 날아갔다.

쉼없이 걸어가자 떠오른 지 얼마 안 된 것 같던 해도 어느새 서쪽 자신의 보금자리로 뉘엿뉘엿 기울고 있었다. 지금의 속도로 봐선 하루 정도 더 가야 우리들의 목표 드워프 광산에 도착할 것이다.

해가 완전히 기울고 달이 자신의 세상인 양 수천 개의 부하를 데리고 밤의 세상을 지배하러 나왔을 때쯤에야 나는 우리들의 잠자리를 찾기 위해 주위를 두리번거렸다. 마침 5파얌의 인원이 잘 정도의 넓은 분지가 눈에 들어와 그곳 차가운 땅 위에 모포 한 장만 달랑 덮은 채 누웠다.

등과 다리, 어깨 곳곳에서 크다고도 할 순 없지만 그렇다고 작다고도 할 수 없는 돌멩이들이 피부를 자극했다. 대충 손으로 그 돌들을 치운 후 150의 인원이 자는 모습을 지켜본 후 눈을 감았다.

다음날 또다시 행군은 시작되었다. 하지만 모두들 더욱더 발걸음이 가벼운지, 아니면 우리를 축복하는 신이 힘을 넣어준 것인지 어제보다 빠른 속도로 산을 타면서 곧 있을 전투에 대한 기대에 모두들 흥분을 하고 있었다.

몇 개월 만의 전투인가? 5개월 만인가? 나 역시 알지 못하는 흥분에 휩싸여 주먹을 불끈 쥐었다. 곧 있으면 나의 이 두 손으로 그 거만한 드워프들의 얼굴에 피를 흘리게 할 수 있겠지.

그들은 나와 상관없는 생명체. 죽여도 아무 이상도 없을 뿐더러, 이번 전투는 우리 하라만도 전사들에겐 절대적으로 필요한, 생명의 안전을 위한 전투이다.

　"형제들이여, 거의 다 왔소. 모두들 준비하시오."

　주위의 산천이 눈에 익었을 때쯤 나는 하라만도 형제들을 향해 말했다. 조금만 가면 드워프들의 광산이 나온다.

　이상하게 오늘따라 광산의 산 언저리에 소나기라도 쏟아질 것 같은 먹구름이 걸려 있었다. 그 먹구름에 가까워질수록 이상한 고함 소리와 철기가 부딪치는 소리가 들려왔다.

　이게 무슨 소리지?

　5파얌의 전사들 역시 광산에서 들려오는 철기와 고함 소리에 이상하다는 듯 광산의 언저리를 쳐다보았다. 소리에 점점 가까워지면서 하라만도 형제들은 자신들의 도끼 자루를 더욱 힘차게 잡고는 입도 굳세게 다물었다. 그들도 이 소리가 무엇인지는 잘 모르나 본능에 의해서 손을 꽉 쥐고 있는 듯하다.

　이 언덕만 넘으면 이 소리의 실체를 눈으로 확실히 확인할 수 있을 것이다. 아마 이 소리는 무척이나 익숙한 그 소리. 나의 본능 한구석에서 무럭무럭 피어 오르는 그 소리.

　발걸음을 재촉하여 언덕을 넘자 그 소리의 실체가 나타나기 시작했다. 소리와 함께 피비린내가 나의 코를 찔렀다.

　헉! 지금 이건 어떤 상황이야?!

　인간과 드워프의 전투? 광산의 입구 앞 커다란 장소에서는 벌써 수십 명의 인간의 시체와 여러 구의 드워프 시체가 널려 있었다. 드워프의 팔인지 인간의 팔인지 분간이 안 갈 정도로 분리된 팔과 다리들이 주위에 쓰레기처럼 너저분하게 널려 있었다.

찬란한 흰색의 갑옷에 흐르고 있는 피들을 신경도 쓰지 않고 대충 드워프의 5배 정도의 병력으로 인간 기사들은 각각 드워프를 상대하고 있었다. 대략 열둘 정도의 드워프가 남아서 인간 기사에게 대항하고 있는데 인간 기사들의 월등한 병력에 점점 밀려나자 인간들의 사기가 하늘을 찌르는 듯했다. 전투를 하고 있는 인간의 발길질에 잘려진 드워프의 머리가 데굴데굴 굴러가 광산의 어둠 속으로 사라져 버렸다.

"샤코로움이시여, 이게 지금 무슨 상황인지……."

"기르츠여, 잠시 두고 봅시다."

5파얌의 전사들은 모두들 이 전투를 쳐다보면서 이 상황에 대해서 대화하기 시작했다.

드워프와 인간 모두 피로 샤워를 한 듯 피로 범벅이 되어 있었다. 인간 기사단의 기다란 칼과 드워프들의 도끼가 부딪치면서 커다란 금속 마찰음이 산을 울렸다.

"이 인간들! 우리들의 신성한 작업장을 피로 물들이다니! 모두…… 컥!"

피로 얼룩진 기다란 수염을 가진 드워프가 자신을 향해 달려오는 인간 기사를 향해 소리를 내질렀다. 하지만 그 드워프는 자신의 뒤에서 목덜미를 향해 날아오는 또 다른 검을 보지 못한 듯 그대로 목과 몸이 분리되어 땅에 엄청난 피를 흘리며 쓰러졌다. 드워프의 목을 자른 인간 기사의 투구 안의 눈은 미묘한 웃음을 짓고 있었다.

드워프의 피는 기사의 검을 따라 흘러 땅으로 떨어져 대지의 품으로 돌아갔다. 드워프들이 그토록 신성시하던 작업장은 피로 더럽혀져 이전의 작업장이 아니게 되었고, 더러운 피비린내가 나는 잔인한 전투장으로 변해 버렸다.

"샤코로움이시여."

지금의 상황에 정신을 빼앗긴 나를 향해 샤아오가 침착한 어투로 말했다.

"왜 그러시지요, 샤아오여."

"지금 이곳은 전투 중입니다. 우리들은 어떻게 해야 하겠습니까?"

우리들은 이 광산을 차지하기 위해 5개월 간의 고된 훈련을 끝내고 엄청난 물량과 식량을 가지고 온 것이다. 이대로 돌아갈 수는 없어! 이 광산은 우리의 것이다! 하지만 난 누구의 편을 들어야 할까? 드워프인가, 아니면 인간인가? 나는 원래 인간이지만 왠지 인간의 편을 들고 싶지는 않다. 한데 우리 하라만도 전사들이 추적기사단 한 부대를 전멸시켰는데도 그들이 우리들에게 복수를 하지 않았던 이유가 바로 이 광산 때문일까?

그때 마침 황금으로 치장된 갑옷을 입은 기사단의 대장인 듯한 기사가 화려한 안장을 메고 있는 말 위에 앉아 멀리서 자신들의 기사들이 드워프들을 죽이는 광경을 보면서 흐뭇한 미소를 짓고 있는 모습이 보였다. 드워프의 목들이 하나둘씩 그들의 몸에서 떨어져 바닥으로 구를 때마다 그 기사단장의 얼굴엔 흐뭇한 미소가 갑절이나 늘어났다.

기사단장의 손에는 기사의 상징인 검 대신 한 가지 물건이 들려 있었는데 무척이나 눈에 익은 것이었다. 둥글둥글하면서 검은색 광택을 띠는 하나의 수공예품. 이전에 내가 드워프의 광산에 왔을 때 신의 예술 작품이라 칭했던 수공예품이었다. 기사단장은 천천히 그것을 쓰다듬으면서 알지 못할 미소를 떠올리고 있었다.

드워프들이 눈에서 뻘건 선혈을 흘리며 죽어가고, 드워프들의 도끼에 인간의 투구가 갈라져 그대로 쓰러져 가는 것 따위는 눈에 들어오지 않는 듯했다. 오로지 신의 작품인 수공예품만 눈에 들어오는 듯했다.

그 신의 예술 작품을 네가 왜 가지고 있는 거지? 인간 기사단장이여, 왜 그것을 쓰다듬는 거냐! 더러운 인간의 손으로! 네가 기사라면 검을 들고 있어야지, 왜 그 예술 작품을 가지고 있는 거냐! 그건 내 것이다! 더 이상 만지지도 말고 그 이상한 미소도 짓지 마라! 탐욕스런 인간! 나는 가슴속에서 나의 밖으로 튀어나오려는 어떤 것을 잠재울 수 없었다. 귀 부분부터 뜨거워지기 시작한 열기는 곧 얼굴을 뒤덮었고 그 열기에 나의 얼굴은 발기되어 씩씩거리며 숨을 쉬었다.

"왜 그러십니까, 샤코로움이시여?"

"죽여!"

나의 입에서 나왔다고 생각할 수 없을 정도의 어두운 어투가 튀어나왔다.

"옛? 누구를 말씀이십니까, 샤코로움이시여?"

"인간들 말이오! 저 이기적인 인간들을 전부 죽이고 대지의 자식들이라는 드워프들을 구하시오!"

"승리를 위하여 나갑시다, 하라만도 형제여!"

식량을 운반하는 부대만 빼놓고 나머지 4파얌의 전사들이 네 방향으로 나뉘어져서 인간 기사단과 드워프들의 전투가 치열한 전쟁터로 뛰어들었다. 우리 하라만도 형제들이 네 방향에서 갑자기 나타나자 인간 기사들과 드워프들은 어리둥절해하며 달려드는 우리들을 한동안 지켜보았지만 곧 정신을 차리고 우리를 신경을 쓰며 전투에 임하기 시작했다. 산은 온통 신음 소리와 고함 소리로 꽉 차버리고 그 소리들은 메아리쳐서 다시 되돌아왔다.

첫 번째로 달려든 샤아오의 거대한 주먹이 인간 기사의 면상에 꽂혔다. 인간 기사들은 자신들을 향해 달려드는 우리 전사들에게 칼을 겨누고 드워프들은 믿기지가 않는다는 듯한 표정을 지으며 인간과의 전투에 더욱더 박차를 가했다.

인간들과 드워프들의 전쟁터는 우리 하라만도 전사 4파얌의 인원이 가세하면서 엄청난 혼란을 이루었다. 인간 기사단장도 우리의 갑작스런 등장에 들고 있던 드워프의 수공예품을 자신의 말안장 옆에 달려 있는 주머니에 급히 넣은 후 허리춤에서 기다란 검을 꺼내 들었다.

'훗! 인간 기사단장! 그 수공예품은 내 것이라니까!'

말을 향해 달려가는 나의 발에 인간 기사의 시체가 걸렸다. 인간 기사의 시체는 어깨 부분이 잘려 나가고 목이 반절 꺾여 선혈을 흐르는 두 눈을 부릅뜬 채 죽어 있었다. 하지만 그런 시체에 대한 거부감은 느껴지지 않았다.

나는 그 인간 시체를 뛰어넘어 황금 갑옷을 입은 기사단장을 향해 뛰었다. 나의 뒤를 따르는 1파얌의 전사들도 우리들을 저지하려는 인간들에 의해 하나둘씩 멈춰 서서 그들과의 전투에 임하고 있었다.

"뭐야, 이 오크들은?! 죽어라!"

거의 같은 의미의 소리들이 들려왔다.

인간 기사들의 병력이 어느 정도인지는 모르겠으나 대략 우리 하라만도 전사만큼의 숫자로 예상되었다. 일방적으로 드워프들을 공격하던 인간 기사들도 우리 하라만도 전사들에 의해 차츰 목숨을 잃어가기 시작했다.

"으아악!"

마침 커다란 나무 옆의 인간 기사단장을 향해 달려가는 나의 눈에 샤아오가 한인간 기사를 상대하고 있는 게 보였다. 기사의 기다란 검이 샤아오를 향해 수직으로 베어 들어갔지만 샤아오는 간단히 피한 후 그의 거대한 주먹으로 기사에게 공격을 가했다. 면상을 주먹으로 가격당한 기사의 눈은 반쯤 풀려 생기가 없어졌고, 이어 들어온 샤아오의 주먹에 뒤로 넘어져 그 위를 덮치는 샤아오의 전사단에 의해 목이 베어졌다. 목이 베인 기사의 시체에서 흘러나온 뻘건 피가 냇물을 이뤘고 다른 죽은 시체들에서 흘러나온 피와 합쳐져 거대한 강을 만들었다.

샤아오의 전투 장면에 정신을 빼앗긴 나의 눈앞에 갑자기 날카로운 검날이 날아 들어왔다. 기다란 검을 피하기 위해 옆으로 몸을 굴리자 마침 인간 기사와 전투를 하고 있던 드워프 한 명과 몸이 부딪쳐 자연스럽게 그 드워프와 나의 눈이 마주치게 되었다.

"너, 너는 그때 그 오크?!"

나를 알아본 드워프는 이내 자신에게 날아드는 거대한 검날을 피하기 위해 다른 곳으로 몸을 돌렸고, 나 역시 황급히 몸을 일으켜 세운 뒤 배를 찔러 들어오는 검을 몸을 돌려 피한 후 도끼로 세차게 기사의 검을 내려쳤다. 나의 도끼와 충돌한 기사의 검은 그 충격을 이기지 못하는 듯 부르르 떨리다가 바로 땅바닥으로 떨어졌다.

많은 양의 핏물이 고여 있던 땅으로 기사의 검이 떨어지자 핏물이 주위로 퍼지면서 벌써 피로 뒤덮인 나와 인간의 다리를 다시 한 번 물들였다.

검을 떨어뜨린 내 앞의 인간은 어쩔 줄을 몰라 하다가 곧바로 나의 얼굴을 향해 주먹을 내뻗었다. 갑자기 날아든 주먹에 나는 왼쪽 볼에 커다란 충격을 받으면서 땅으로 쓰러져 버렸다. 마법을 쓸 생각조차 들지 않게 만든 그 충격에 눈앞이 깜깜해지고 시야가 아물아물거렸다.

눈에 보이는 건 또다시 나를 치려는 거대한 기사의 주먹. 나는 기사의 주먹을 왼쪽으로 몸을 굴러 피한 후 도끼로 세차게 인간의 다리를 찍었다. 하지만 갑옷 때문인지 다리엔 상처를 입히지 못하고 하반부 갑옷과 나의 도끼가 충돌하면서 묵직한 느낌이 도끼의 자루를 통해 느껴져 왔다.

갑자기 어떤 것이 그 기사를 스쳐 지나갔다. 몇 초 간의 정적이 깨지고 난 후 떨어진 건 그 기사의 머리였다. 투구 사이로 피가 가득했고 목만 달린 투구가 쓰러져 있는 나의 몸에 부딪혀 다시 옆으로 굴러 갔다. 그 잘린 목은 인간과 우리 하라만도 전사들이 전투를 하고 있는 곳으로 데굴데굴 굴러가더니 전투를 벌이고 있는 인간 기사의 발길질에 의해 다른 곳으로 다시 굴러가 버려 어디로 사라졌는지 알 수가 없게 되었다.

목이 없어진 거대한 몸집의 기사의 몸에선 쉴 새 없이 피가 흐르더니 곧 나의 옆으로 쓰러졌다. 그 기사의 시체를 손으로 멀리 밀어버린 나는 위를 쳐다보았다.

"샤코로움이시여, 괜찮으십니까?"

기르츠였다. 기르츠의 도끼에선 인간의 피가 뚝뚝 떨어졌고, 그 도끼의 날 곳곳엔 지워지지 않는 피의 흔적이 남아 있었다.

"괜찮네. 어서 가시게."

"옛!"

나는 땅을 짚고 일어나 다시 황금의 갑옷을 입은 기사단장을 향해 뛰어갔다.

"으아아악~"

드워프나 우리 하라만도 형제들의 공격에 신체의 일부가 베인 인간 기사들의 비명 소리가 귓속에 꽉 들어찼다. 예상밖으로 하라만도 전사들은 인간의 기사들보다 강했으면 강했지 절대 약하지 않았다.

수십 개의 검과 수십 개의 도끼가 나의 눈을, 수십 개의 음성과 수십 개의 고통의 신음 소리가 나의 귀를, 피비란내가 나의 코를, 머리 어디 부분부터인지는 모르지만 그곳에서 흐르는 피가 나의 입술에 닿음으로써 나의 입을 자극했다.

여러 개의 신형이 왔다 갔다 하고 여러 줄기의 피가 이곳저곳에서 뿜어져 나오면서 광산 앞은 악마가 피의 축제를 연 듯했다. 방금 전에도 나의 뒤쪽에서 따뜻한 느낌이 다가왔었다. 그 느낌이 무엇인가 해서 뒤를 돌아보니 드워프 한 명이 인간 기사의 팔을 베면서 튀긴 피가 나의 목을 자극했던 것이다.

어떤 곳에선 여러 명의 기사와 드워프 한 명이 생명을 걸고 전투를 벌이다 목이 베이는가 하면 다른 곳에선 우리 하라만도 전사들이 한 명의 기사를 둘러싸 목숨을 빼앗는 경우도 보였다.

그들에게 찾아볼 수 있는 공통점은 모두들 뻘건 피로 뒤덮여 그들의 얼굴 표정을 자세히 알아볼 수 없다는 것이었다. 보이는 거라곤 어느 순간부터인지는 모르겠지만 물러간 먹구름의 공간을 차지한 달이 내뿜는 달빛에 반사된 검날과 도끼날뿐이었다.

또다시 옆에서 기사의 목이 우리 하라만도 전사들의 도끼에 의해 떨어져 나감으로써 피가 뿜어져 나왔다. 그 뿜어져 나온 피는 주위의 기사들을 덮쳤고 그 피를 뒤집어쓴 기사들의 투구 안의 눈은 충혈된 것인지 피로 뒤덮인 것인지 빨갛게 변해 날아드는 우리 하라만도 전사의 도끼를 피하기 위해 안간힘을 썼다.

수십 개의 핏줄기가 여기저기서 뿜어져 나오면서 달려가고 있는 나의 몸을 축복이라도 하듯 덮쳤고, 그 덮친 피들에 의해 나의 몸은 순식간에 물들어갔다.

어느덧 수십 구의 시체가 바닥을 뒹굴면서 나의 발걸음을 막고 있었고, 나는 그 시체들에 의해 발이 걸려 넘어지지 않게 조심하면서 그 황금 갑옷의 기사단장을 향해 뛰어갔다.

기사단장은 우리가 이 전쟁터에 뛰어들면서부터 승세가 바뀐 걸 알았는지 전투에 참가하지 않고 말을 뒤로 살며시 몰아 이 전쟁터에서 조금씩 멀어지기 시작했다. 기사단장의 주위엔 호위 기사 10명 정도가 있었는데 그 덕분인지 그 주위엔 전투가 벌어지지 않았다.

기사단장은 황금 갑옷의 가슴 언저리에 피가 튈 때마다 얼굴을 찌푸렸다. 자신의 기사단원의 목이 잘려 붉은 선혈을 흘리면서 눈을 부릅뜬 채 죽어가는 모습을 보면서도 짓지 않던 그 표정을 지으면서 뒤춤에서 손수건을 꺼내 피를 닦아냈다. 어느덧 하얗기만 하던 손수건은 피로 인해 빨갛게 변해 있었다.

"후퇴! 후퇴해라!"

마침내 한 번도 전투에 참가하지 않던 기사단장은 기다렸다는 듯이 말머리를 돌리면서 말했다. 말머리를 돌리는 순간 말의 안장 옆에 수공예품이 달려 있는 주머니가 달랑거리며 또다시 나의 시야로 쏟아져 들어왔다.

　그것. 그 수공예품은 내 것이란 말이다! 인간의 기사여, 그것은 내 것이야! 그것을 가진 채 어딜 가려는가, 이 이기적인 인간아!

　또다시 나의 옆에서 쿵! 하며 생명을 잃어버린 인간 시체 한 구가 쓰러졌다. 하지만 나는 주위에 피를 흘리면서 비참하게 죽어버린 인간 시체 따위에는 신경도 쓰지 않았다. 신경 쓰이는 건 오로지 내가 그토록 갖고 싶었던 수공예품을 잘못하면 이대로 놓쳐 버릴 수도 있겠다는 것뿐.

　"기르츠! 샤아오! 어디 있나?"

　나의 외침에 잠시 후 뻘건 피로 얼굴을 알아볼 수 없는 세 개의 생명이 도끼날을 번뜩이면서 다가왔다.

　"모두 후퇴 저지 진형으로!"

　"옛? 어리석은 인간들이 후퇴를 한답니까? 하지만 후퇴하는 자들을 왜 저지하는 겁니까? 훈련을 하면서도 그것이 가장 궁금했었습니다."

　그들의 '왜?' 라는 질문에 대답할 말이 없었다. 하지만 난 저 기사단장이 갖고 있는 수공예품을 얻고자 한다! 그건 신의 작품! 인간 따위가 갖고 있을 것이 못 되는 것이다! 나는 그런 내 마음을 숨기며 말했다.

　"저들은 벌써 우리들 하라만도 형제들의 많은 목숨을 가져갔습니다. 용서를 할 수 없습니다."

　"하지만 샤코로움이시여, 우리 하라만도 형제들은 저 인간들에 의해 목숨을 잃었지만 승리의 한 부분이 되는 것입니다."

　"그렇기야 하겠지만 저 인간들이 후퇴를 한 다음 또다시 우리 하라만도 마을에게 이전과 같이 패배를 가져다 줄지도 모릅니다. 아니, 어쩌면 그보다 더 악한 일을 행할지도 모릅니다."

"악한 일?"

기르츠, 이히리, 샤아오는 약간 갸우뚱거렸지만 이내 알겠다는 듯 수긍의 표시로 고개를 끄덕이면서 좌우로 흩어져 인간의 피로 목욕한 듯한 자신의 전사단 사이로 들어가 훈련을 받은 대로 행동하기 시작했다.

수십 구의 시체들이 버려진 쓰레기처럼 전쟁터 이곳저곳에 너저분하게 버려져 있었다. 터진 쓰레기 봉투처럼 목이 잘려 뻘건 피를 흘리거나 눈이나 코, 팔다리 어디 한 부분이 없는 것은 그나마 다행이고 심지어는 사지가 전부 잘려진 시체까지 있었다.

소름이 돋을 듯한 신음 소리가 사방에서 들려오지만 인간 기사단장은 그런 신음 소리에는 상관도 없다는 듯 자신들의 부하 시체로부터 점점 멀어져 갔다. 깃대를 가지고 따르는 5명 정도의 보병이 멀어져 가는 기사단장을 쫓아 점점 숲 깊숙이 들어갔다.

독수리가 검을 잡고 날아가는 문양이 그려져 있는 깃발은 빨간 피로 재염색되어 시체들을 위로하는 듯 슬피 울며 펄럭였다. 말 옆구리 검정 주머니 감옥에 갇힌 수공예품은 자신을 꺼내달라고 아우성치는 듯 나의 시야에서 떠날 줄을 몰랐다.

기사단장! 도망갈 수 있을 것 같나? 우리 하라만도 전사들을 우습게 보면 안 되지. 기사단장, 신의 물건을 내놓으란 말이다! 너 같은 놈이 가지고 있을 게 아니다!

기사단장은 멀리 벗어났는지 히이잉거리는 말의 소리도 이제는 들리지 않았다. 이 전쟁터에는 이곳을 벗어나기 위해 몸부림을 치는 인간 기사들로 가득할 뿐이었다. 하라만도 전사들과 비슷비슷했던 인간 기사단의 숫자는 눈에 보일 정도로 월등히 줄어들어 있었다. 우리 하라만도 전사들이 다가가자 그들은 처음에 당당했던 표정과는 다른 구타에서 벗어나기 위한 동네 황견처럼 겁에 질린 듯한 표정을 지으며 뒷걸음질만 쳤다.

"으아아악… 으아아악… 사, 살려줘……!"

생명의 마지막 순간을 장식해 주기 위해 우리 하라만도 전사들이 다가가자 어떤 키가 큰 기사 하나가 생명과도 같은 투구가 벗겨진 줄도 모르고 검조차 버린 채 두려운 도끼들로부터 도망치기 시작했다.

"죽어라! 인간!!"

털썩.

뒤를 방어하지도 않던 기사는 그 기사의 피를 먹기 위해 날아드는 우리 하라만도 전사단원이 던진 여러 개의 도끼에 의해 목이 잘려졌고, 또다시 반복되는 피의 분수에서 뿜어내는 빨간 액체들은 대지를 흐르는 피의 강과 합쳐졌다.

또다시 반복되는 살인.

왜 죄책감이 들지 않는 걸까? 이런 끔찍한 장면을 보면서 왜 죄책감이 들지 않는 거지? 하기야 난 이곳에서 처음 살인을 했을 때조차도 그 쾌감에 미소를 지었었다. 그러나 인간 기사단을 불태워 죽일 때는 그 이유 모를 괴리감에 나 자신이 무척 혐오스러웠었지. 한데 지금은 뭐지? 왜 이런 시체들이 아무렇지 않게 보이는 걸까? 아무리 사악하고 잔인하며 더러운 인간의 시체지만…….

하지만 당연한 건가? 이것은 살인이 아니다. 여긴 전쟁터야. 내가 살기 위해선 적을 죽여야만 하는 약육강식의 법칙이 존재하는 곳! 자연의 법칙이 존재하는 곳이지. 죽어서 쓰러져 버린 인간들이 불쌍할 뿐 그들에게 미안한 감정은 생기지 않았다.

"후퇴! 후퇴! 후퇴~! 모두들 후퇴하라!"

"크르르르~"

피에 의해 광란의 축제가 벌어진 이 분주한 광산 앞 전쟁터. 기사단장이 사라진 방향에서 사라졌던 기사단장의 목소리와 함께 그 뒤를 쫓던 우리 하라만도 전사들의 웃음소리가 반갑게 들려왔다. 하지만 인간 기사단장은 우리들이 반갑지 않은 듯했다. 그는 한참을 쫓겨다녔는지 투구 사이로 보이는 그의 뺨은 땀에 의해 번지르르하게 변해 있었다.

"헉! 다시 이곳으로 오다니. 모두들 후퇴! 우리 주 파스리안님이 우리를 돌볼 것이다! 후퇴!!"

기사단장은 광산에서 멀리 떨어진 곳까지 도망을 쳤지만 그 뒤를 쫓는 우리 후퇴 저지 진형, 기르츠 정예 전사들 때문에 다시 이곳으로 몰려와 구석에 몰린 쥐 꼴이 될 수밖에 없었다.

이제 끝났어. 너희 인간들은 전부 포위당했다!

이제 저 신의 물건은 내 것이다. 흐흐.

슬며시 차 오르는 따뜻하지만 뿌듯한 감정. 나의 표정은 점점 누그러들었고 이제는 은근한 미소가 얼굴의 표정을 지배했다.

"형제들이여, 저들은 완전히 기가 꺾였소!"

"우아! 우아!! 크르르~!"

나의 말에 소리를 질러대는 우리 하라만도 전사단의 웃음소리에 인간 기사단원들은 전의를 상실한 듯 기사단장을 중심으로 옹기종기 모여 우리를 향해 검만 들이댈 뿐 앞으로 나선다든지 하지는 않았다. 이 전투에서 벗어나 생명을 지키려던 기사들은 이제 우리 하라만도 도끼의 사냥감밖에는 되지 못했다. 도끼의 날 끝엔 인간 피의 흔적이 연연히 남아 있었다.

기사단장은 우리 하라만도 형제들에 의해 포위당해 어쩔 줄을 모르며 주위를 두리번거리기만 할 뿐 그 이상의 행동은 취하지 않았다. 이제 나의 물건을 되찾자! 신이 내게 내려준 신의 물건! 저 인간 녀석이 가로채 간 나의 물건을!

미묘한 정적이 흘렀다. 우리 전사들과 기사단 사이의 텅빈 공간에선 세찬 바람을 피하느라 이리저리 도망 다니는 낙엽과 정열을 불태우고 있는 것 같지만 지극히 불쌍한 피의 강이 흐를 뿐이었다.

"영광의 승리가 눈앞에 있소, 형제들이여! 공격!!"

나의 외침 소리는 인간과 우리 전사들 사이의 정적을 깨뜨리며 곧 많은 피를 불러왔다. 인간들에게 달려드는 수십의 우리 전사단의 도끼에 의해 인간들은 하나둘씩 쓰러져 갔다. 나도 내 앞의 인간 기사를 향해 달려들었다. 인간 기사는 내가 달려들자 두 손으로 꽉 잡고 있던 장검에 한껏 힘을 주는 듯 뻣뻣한 자세를 취하며 방어를 했다.

어서 신이 내려준 나의 보물을 되찾자!

눈앞의 기사에게 달려든 나를 향해 기사의 기다란 검이 찌르듯 덮쳐 들어왔다. 나는 오른손에 든 도끼로 그것을 살짝 비껴가게 만든 후 반대 방향으로 몸을 살짝 돌렸다.

하지만 몸을 돌린 그곳에선 또 다른 인간 기사의 검이 입을 쫙 벌려 나를 물려는 독사처럼 베어 들어왔다.

간신히 데굴데굴 굴려 몸을 피한 나는 머리가 많이 달린 히드라처럼 계속해서 찌르며 들어오는 검을 피하느라 정신이 없었다. 주먹만 한 돌들이 나의 등에 깔려 등이 아파와도 그것을 느낄 여유조차 없었다.

얼마나 굴렀는지는 모르나 상당히 오랫동안 구르다 보니 어느새 인간 기사의 검과 나의 거리는 조금 멀어져 있었다. 조금의 간격을 두고 내가 땅을 박차고 일어나자 나를 향해 달려오던 인간 기사는 더욱 빠른 속도로 달려오고 있었다. 등 뒤에 메고 있던 다른 도끼 하나를 꺼내 든 나는 달려오는 기사를 향해 던졌고, 그 기사는 생각도 못했다는 듯 허둥지둥 그것을 피했다.

피 냄새가 배인 바람이 도끼를 던짐과 동시에 인간 기사를 향해 달려드는 나의 몸에 와 닿았다. 그 바람은 나의 몸을 머리끝부터 발끝까지 훑고 지나가 땀과 피로 가득한 나의 몸을 일순간이나마 시원하게 만들었다.

"크르르~"

자연스럽게 흘러나오는 웃음소리와 함께 인간 기사를 향해 찍어가는 내 도끼엔 힘이 실려 있었다. 인간 기사는 나의 도끼를 검을 들어 막았지만 거기에 정신을 쏟느라 복부를 향해 질러가는 나의 발길질까지는 막을 수 없었다.

나는 발길질에 넘어진 인간에게 빠르게 다가가서는 그 인간이 일어나기 전에 투구 사이로 보이는 눈을 향해 도끼로 찍어버렸다.

"으아아아악!"

인간의 비명 소리는 주위의 다른 인간들의 신음 소리에 파묻혀 더이상 퍼져 나가지 못하고 나에게만 들려올 뿐이었다.

이만 죽어야지, 인간? 여긴 전쟁터 아닌가. 이렇게 전사한 걸 영광으로 알아야지. 적어도 기사라면 말이야.

"죽어라, 악한 인간!"

　마지막 내뱉은 나의 인간어 음성에 인간 기사는 보이지 않는 눈으로 소리가 나는 나의 얼굴 쪽 방향을 올려다보았다. 고개를 올리자 인간 기사 목의 구릿빛 피부가 갑옷 사이로 얼핏 보였다. 눈에서 흐르는 피가 뺨을 타고 턱을 타면서 목까지 흘러내린 모양인지 갑옷 사이로 얼핏 보이는 피부는 뻘건 피로 뒤덮여 있었다.

　쌩―

　그동안 충분한 훈련으로 인해 사람 목 하나 정도는 간단히 베어낼 수 있게 된 나는 도끼를 내려쳐 인간의 목을 갈랐다. 그리고 이내 그 목 잘린 기사는 나의 기억에서 지워져 버렸다. 지금 나에겐 오로지 인간 기사단장이 가지고 있는 드워프들의 수공예품만이 중요할 뿐이었다. 이 인간 기사와의 전투가 끝난 후 이상한 기분이 들어 주위를 둘러보니 벌써 많은 수의 기사와 우리 하라만도 전사들이 바닥에 피를 흘린 채 죽어 있었다. 하지만 대략 2파얌 정도의 전사들이 살아남아 3명밖에 남지 않은 인간 기사단원과 기사단장을 향한 포위망을 점점 좁혀가고 있는 중이었다.

　"형제들이여, 모두들 멈추시오!"

　나는 전투로 인해 수공예품이 상할까 걱정되어 하라만도 전사들을 향해 뛰어가면서 외쳤다. 다행히 그 결과 하라만도 전사들은 일제히 나를 쳐다보며 '왜 멈추란 말이오?' 라는 듯한 눈빛을 보냈다.

　"형제들이여, 저 인간 기사단장은 우선 살려둘 필요성이 있소. 형제들이여, 우리는 이제 다른 종족 생각도 해보아야만 하오. 여기는 영광스런 승리의 전쟁터이기는 하나 그전에 이곳은 드워프들이 신성시 여기는 신성한 작업장이오. 저 기사단장을 살려두고 이곳 드워프들에게 마지막 처리를 맡기는 게 우리를 위해서도 좋을 것이오."

"우리를 위해?"

"그렇소. 우리를 위해! 그것은 조금 뒤에 알 수가 있을 것이오, 자랑스런 하라만도 전사들이여!"

이 전쟁터의 흥분에 못 이겨 도끼를 좌우로 휘두르던 하라만도 전사들은 나의 말에 순응하는 듯 입을 크게 벌리면서 그 자리에 서서 인간 기사단을 향해 도끼를 쳐들었다.

"단장님, 저 오크들이 지금 뭐라고 하는 겁니까? 왜 공격해 오지 않는 것일까요? 우리 주 파스리안님의 이름으로 이곳에서 자랑스럽게 전사합시다. 저 추악한 오크들이 비록 많은 수이긴 하나 우리 주 파스리안님이 우리들을 가엽게 여겨 힘을 주실 것입니다."

"지누스, 우린 지금 저 오크들에 의해 목숨이 경각을 달리네. 하지만 우리는 여기서 영광스럽게 전사하는 거야. 우리 주 파스리안님의 이름으로 말일세. 한데 그대는 저들이 두렵지 않은가?"

"단장님, 저 추악하고 더러운 오크새끼들이 두렵다니요! 말도 안 됩니다! 오크들이 어서 공격해 오기만을 기다릴 뿐입니다!"

"나도 그렇다네! 주 파스리안 이름으로 우리는 이곳에서 영광스럽게 전사를 할 것이네! 우리 모두 목숨을 걸고 저 추악한 오크들의 무리를 하나라도 더 죽이세!"

우리 하라만도 전사들에 의해 포위당해 가운데로 몰린 3명 중 투구가 벗겨져 기다란 금발을 자랑하는 훤칠한 키의 사내와 금빛 갑옷의 기사단장이 우리들을 노려보면서 대화를 하고 있었다.

하지만 우리들과 목숨을 걸고 싸우겠다는 저 기사단장은 오른손을 여전히 말의 허리춤에 달려 있는 주머니만 쓰다듬을 뿐 우리들을 향해 달려들거나 하는 태도는 보이지 않고 심지어 공격적인 자세조차 취하지 않고 있었다.

저 기사단장 말 한번 잘하는군. 주 파스리안 이름으로 이곳에서 영광스럽게 전사를 하자고? 훗! 그러기 전에 그 주머니에서 손을 떼어놓지 그래?

금발의 훤칠한 사내는 기사단장과는 달리 기다란 장검을 우리 전사단을 향해 꼿꼿이 세워 들었다. 쳐든 검의 끝에서부터 방울방울 흘러내린 피가 한줄기의 물이 되어 사내의 손목을 타고 흘러내렸다.

"형제들이여, 저 인간들을 모두 사로잡아야 합니다. 천천히 앞으로 포위망을 좁혀 나가면 되오!"

흥분의 파티가 벌어진 이곳에서 나의 의사를 전달하기 위해선 목에 힘줄이 돋도록 외쳐야 했다. 그렇게 외친 후 내가 앞발을 내밀자 하라만도 전사들은 나의 뒤를 따라 커다란 원이 조그마한 점이 되도록 조금씩 조금씩 포위망을 좁혀 나갔다.

"단장님, 저들이 다가오고 있습니다. 아마 저 가운데 있는 오크 놈이 대장인가 봅니다."

"나도 그렇게 보네. 우리 모두 여기서 영광스럽게 전사하자. 저 추악한 오크 놈들에게 목숨을 잃는다는 게 억울하지만, 우리 주 파스리안님이 저 추악한 오크들을 용서하지 않을 걸세."

우리들이 포위망을 좁혀 나가자 가운데에서 꼼짝도 못하던 4명의 인간들은 칼을 휘두른다든지 침을 뱉는다든지 하면서 조급함을 떨쳐 버리기 위한 행동을 취하고 있었다.

포위망은 이제 완전히 좁혀져 바로 열 발자국 앞에서 인간 기사들과 대치하게 되었고, 그들의 손을 타고 흐르는 식은땀까지 볼 수가 있게 되었다. 한 기사의 검은 곧 바닥으로 떨어질 듯 덜덜덜 떨리고 있

었다. 인간 기사단장은 아예 말의 안장에서 주머니를 떼어내 자신의
허리춤에 매달아놓았다.

기사단장, 이제 죽을 건데 뭘 그렇게 챙기나? 죽으면 다 그만이라
고. 참 허망한 일이지. 그렇게 물건에 집착하지 마라. 죽으면 다 헛수
고니까. 또한 그 신의 작품은 네 것도 아니고 내 것이 아닌가! 크르르
르~

"Arrest(포박)."

Arrest란 마법의 운용은 시간이 오래 걸려 상당한 시간이 지난 후에
야 내 머리 위로는 커다란 빛의 테가 나타났다. 머리 위에 둥둥 떠 있
는 커다란 빛의 테는 모든 이들을 밝게 비췄으며 시선을 빼앗아갔다.

"오… 샤코로움이시여."

"헉! 저것은 마법 아닌가?!"

두 종류의 다른 반응이 서로 다른 종족에게서 표현되었다. 하지만
본질적으로 그들의 반응은 같은 것이었다. 멀리서 우리들의 행동을
지켜보고 있던 드워프들도 나의 마법을 유심히 보고 있었다.

"단장님! 저것은 마법이 아닙니까? 어떻게… 마법이 저 추악한 오
크에게서 시동될 수 있는지."

"…저것이 마법이 확실한가? 나도 몇 번밖에 보지 않아서 모르겠지
만 저것은 마법이 아닐 것이다. 추악한 오크 따위가 어떻게 마법을 쓸
수 있겠나. 저것은 다른 것일 거야. 마법이 어디 흔한 것인가? 우리 왕
국에도 마법을 할 수 있는 사람이 왕정 마법사와 그의 제자들 빼고는
없을 걸세. 그런데 저렇게 추악한 오크 따위가 마법을 쓸 수 있겠나?
그렇지 않나?"

격분한 어투의 음성이 금빛 투구 밖으로 쉴 새 없이 흘러나왔다.

"단장님, 저것은 마법이 틀림없습니다! 저도 몇 번 전투를 하면서 마법을 본 적이 있는데 바로 저렇게 밝게 빛이 났습니다. 그리고 곧 그것은… 적의 목숨을 단숨에 앗아갔지요. 하지만 간단한 마법은 칼부림 정도로 소멸시킬 수 있다고 교육받았습니다."

"나도 아네! 안다고! 단지 부정하고 싶을 뿐이지! 하지만 저것은 간단한 마법이 아닐 것이야, 저렇게 오랫동안 운용을 하는 걸 보니."

투구에 가려 기사단장의 화난 얼굴은 보이지 않았지만 그의 어투로 인해 그가 성이 났다는 것만 짐작할 수가 있었다.

"단장님, 그럼 어서 가서 저 대장인 듯한 오크를 저지해야지 않겠습니까?"

"어떻게 말인가! 저 오크들의 무리로 뛰어들자고 하는 건가?"

"바로 그것입니다, 단장님. 저희들은 이곳에서 죽을 것이 뻔합니다. 저 오크들에 의해 목이 베여 죽든지 저 마법에 의해 죽든지 똑같이 목이 베여 죽는 건 마찬가지입니다. 차라리 전 이왕이면 영광스럽게 전투를 하다가 죽고 싶습니다!"

금발의 사내의 목소리에는 점점 힘이 들어갔다.

"…영광스런 전사라… 그래, 우리들은 자랑스런 파스리안님의 아들들이 아닌가. 그래, 그래야겠지. 저들에 의해 죽든 마법에 의해 죽든 똑같겠지. 자! 가세나!"

"오크! 죽어라!!"

막 사내가 땅에서 발을 떼었을 때 나의 마법 운용이 끝나 빛의 테는 그들을 향해 날아갔다. 무척이나 빠른 속도로 날아가는 빛의 테두리에 단장과 사내, 그리고 나머지 인원들은 어쩔 줄 모르고 멀뚱히 바라볼 뿐이었다. 그들의 눈동자엔 빛의 테두리 상이 맺혀 밝게 빛나고 있었다.

빛의 테두리는 4개로 나뉘어 기사 한 명 한 명을 감싸 안 듯 포박해 갔다. 빛의 테두리가 그들의 몸을 완전히 뒤덮자 기사들은 간단히 꺾여 버린 꽃의 줄기처럼 힘이 풀린 듯 다리가 꺾이더니 그 자리에 차례로 쓰러졌다. 그들이 완전히 힘이 빠져 쓰러지자 몸을 감싸고 있던 빛의 테두리는 그들의 몸 안으로 흡수되어 보이지 않게 되었다.

"이게… 이게… 단장님, 이게 뭡니까? 왜 힘이 빠져 몸을 움직일 수가 없는 겁니까, 단장님?"

"단장님! 다리가 왜 이럽니까? 말을 듣지 않습니다!"

"단장님! 이대로라면 완전 허수아비 신세입니다! 저 오크들에 의해 잔인한 죽음을 피하지 못할 것입니다!"

세 명의 호위 기사는 이 황당한 상황과 곧 자신들에게 닥칠 죽음에 대한 공포로 뒤범벅이 되어 나를 멍하니 쳐다보고 있는 기사단장을 바라보며 말했다. 그들의 말에 대답하지 않는 기사단장의 시선은 나에게서 자신의 허리춤에 매여 있는 주머니로 옮겨져 있었다.

내가 가까이 다가가자 시끄럽게 떠들던 그들은 꿀 먹은 벙어리마냥 한순간에 입을 다물었다. 인간들의 시끄러운 소리가 그치자 하라만도 전사들도 소리를 내지 않고 기사들을 바라본 까닭에 알 수 없는 정적이 또다시 시작되었다.

나의 발걸음이 멈추자 기사들은 모두들 나를 올려다보았다. 그들의 투구 사이로 보이는 눈동자는 조금씩 흔들렸고 어떤 이는 눈물을 머금고 있었다. 다만 기사단장은 자신의 허리춤에 매여 있는 주머니만 바라볼 뿐이었다. 내가 허리를 숙여 황금색 갑옷에 달려 있는 주머니를 매가 먹이를 낚아채듯 가져가자 기사단자의 시선은 자연스럽게 나로 바뀌었다.

이 주머니 안에 신의 작품이 들어 있다 이거지? 드디어 이것은 내 것이 되었다.

주머니 안을 살짝 들여다보자 특이한 검은 광택과 동시에 비취색 광택을 내는 둥그스름한 수공예품이 검은 바다를 홀로 헤엄치는 황금의 고래처럼 검은 주머니 속에서 밝게 빛나고 있었다.

나는 드워프들이 주머니 속의 수공예품을 알아볼까 봐 얼른 주머니의 끈을 다시 묶고 나의 허리춤에 달았다. 나의 허리에 신의 작품이 매여져 있다! 매여져 있다고! 이제 이것은 내 것이다!

"어딜 가느냐, 이 추악한 오크! 그것을 내놔라! 이 추악한 오크자식아! 이런 개자식!"

하라만도 전사들이 모여 있는 곳으로 향하는 나의 뒤통수를 향해 기사단장의 목소리가 강하게 쏟아졌다.

"다, 단장님!"

"단장님, 왜 그러십니까!"

단장의 이런 행위를 처음 보았는지 호위 기사들은 어이가 없다는 듯 기사단장을 바라보고만 있었다.

"이런 더러운 오크새끼야! 네가 그것을 왜 가져가냐? 그것은 내 것이란 말이다!"

"이것이 네 것이라고?"

말도 되지 않는 기사단장의 말에 나는 똑바로 알아들을 수 있도록 인간어로 반박했다.

"…오크가… 말을 한다. 말을 해. 소, 소문은 사실이었나?"

소문이라니? 어떤 소문 말인가? 인간 말을 한다는 오크가 있다는 소문이 떠돌고 있나? 소문은 아니지. 엄연한 사실이지. 여기 너희들 앞에 존재하고 있으니 말이다.

기사들은 나에게 동물원 우리에 갇힌 원숭이 보듯한 시선을 보내면서 인간어를 한다는 사실에 경악을 금치 못하고 있었다.

"이 오크새끼야! 내 것을 내놔라! 이 추잡한 개자식아!"

"뭐라고 하는 건가, 인간! 이것이 어째서 네 것인가? 이것은 내 것이다. 너희 같은 더럽고 잔인한 인간의 것이 아니란 말이다."

"뭐, 뭐?! 이 더러운 오크자식아! 어째서! 그것이 네 것이냐? 그것은 내가 애써서 얻은 노력의 결과다! 너 같은 추잡한 오크자식이 그것을 가로채다니! 우리 주 파스리안님이 너를 용서하지 않을 것이다, 이 개자식아!"

화려하고 웅장한 황금으로 치장된 갑옷은 죽음이 눈앞에 있음에도 불구하고 물건에 집착하는 이 어리석은 인간에게 어울리지 않는다. 나는 인간 대장의 투구를 두 손으로 잡고 한 번에 확 벗겨내었다.

투구가 벗겨지자 충혈된 눈을 부릅뜨며 나를 노려보는 중년의 성난 남자 얼굴이 나타났다. 그 핏기가 서린 눈하며 침을 튀기며 열변을 토하는 기사의 얼굴이 꼭 먹이를 빼앗긴 성난 돼지같아 보였다.

주먹으로 기사단장의 얼굴을 치자 기사 단장의 얼굴이 돌아가면서 한 움큼의 피를 토해냈다. 이 기사단장의 처리는 드워프들에게 맡기고 이만 돌아가려고 몸을 일으키니 기사단장의 격한 음성이 또다시 들려왔다.

"이… 이… 그것을 얻으려고 내가 얼마나 노력했는지 아는가? 이 기사단을 동원하기 위해 장로원에 얼마나 많은 금을 주고, 또 드워프들이 인간들을 죽였다는 혐의를 씌우기 위해 얼마나 고생을 했는지 아는가? 인간을 죽인 드워프들에게 복수를 하기 위해 내가! 이 내가 얼마나 고생을 했는 줄 아는가! 어서 내놓거라, 이 추악한 오크 개자식!!"

"단… 장……."

단장의 말이 끝나자 3명의 수호 기사들은 얼굴을 부들부들 떨었고 단장을 노려보면서 입술을 깨물었는지 입가엔 피를 흘리고 있었다.

"단장! 고작 저 오크자식이 가져간 주머니 때문에 우리 기사단을 희생시킨 것인가? 단장, 고작 그런 것 때문인가? 드워프들에게 복수를 하기 위한 것이 아니었나? 당신의 욕심을 채우기 위한 행동이었단 말인가? 그리고 지금까지 당신이 보여준 용맹과 행동은 무엇이었단 말인가! 모든 것이 위선이었나? 목숨을 걸고 영광스럽게 전사하자는 우리들의 약속은 어떻게 된 것인가! 고작 저런 주머니 때문에 수백의 희생을! 네가 그러고도 인간이냐!!"

언제인지 모르지만 다쳤는지 굳어버린 피가 아름다운 금발에 뒤엉킨 사내가 너무나 격분한 나머지 눈물까지 흘리며 기사단장을 노려보고 있었다. 그 뒤의 2명의 기사들 역시 투구로 인해 얼굴은 보이지 않으나 같은 표정을 짓고 있을 게 뻔했다.

당연하겠지. 너희들은 이 추악한 인간의 욕심에 의해 놀아난 것이니까. 지금까지 기사단장으로서 보여준 권위는 전부 위선이었다는 것을. 너희들도 마찬가지일 것이다. 모두들 자신의 역할에 맞춰 가면을 쓰고 있다는 것을 아직도 알지 못하는 건가? 어리석은 인간들아!

"고작… 저 오크자식이 가져간 주머니 때문에?! 단장! 네가 인간이냐? 네가 그러고도 인간이냐 말이다!!"

"훗. 지누스, 지금 나에게 뭐라고 하는 것인가? 호위 기사 따위 주

제가! 고작 주머니라고 했는가? 훗! 너도 주머니 속에 들은 물건을 본다면 눈이 휘둥그레져 저 오크를 죽이고 가져가고 싶어질걸? 헤헤거리면서 마누라 치마를 그리워하는 것보단 저것을 보는 게 더 낫다고 생각할 것이다!"

기사단장은 콧수염을 씰룩거리면서 지누스라 불리는 금발의 사내에게 대꾸를 했다.

"뭐라고? 내가 너 같은 인간인 줄 아느냐! 단장! 너 같은 놈의 뒤를 한평생 따랐다는 게 정말 억울할 뿐이다! 나의 인생을 어떻게 보상할 것인가? 단장! 보상까진 바라지도 않는다! 너 같은 놈의 면상조차도 보기 싫다! 어떻게 그동안 이렇게 추악한 면을 숨기고 산 것이냐! 정말 위선으로 가득 찼군! 파스리안님이여, 당신은 정녕 계신 것입니까? 이런 놈이 세상에서 판치도록 보고만 계시다니… 파스리안님이여, 심판을 내려주소서! 크윽!"

지누스의 입가에서 흐르던 핏줄기가 이내 커다란 강줄기로 변해 쉴 새 없이 대지로 흘러내렸다. 지누스의 얼굴의 격한 표정도 점차 사라져 무표정한 얼굴로 변한 뒤 눈을 감고 그대로 드러누워 버렸다. 한동안 쓰러져 몸을 부르르 떨며 경련을 일으키던 지누스에게선 이제 더 이상 생명이 느껴지지 않았다.

죽어버린 건가, 금발의 사내? 그렇기도 하겠지, 추악한 인간의 본성을 보았으니 말이야. 추악한 인간에 의해 놀아난 것이 억울한 나머지 혀를 깨물고 만 것일 테지.

나는 금발 인간의 죽음 후 더 이상 소리를 고래고래 지르는 기사단장의 소리가 듣기 싫어 귀를 막은 후 우리 하라만도 전사들이 모여 있는 곳으로 다가갔다.

"하라만도 형제들이여, 우리는 자랑스런 영광의 승리를 또 얻었소!
크르르르~!"

사실은 신의 작품을 얻은 것에 대한 기쁨의 웃음소리였지만 하라만
도 전사들은 모두들 승리에 취해 나를 따라 커다랗게 웃었다. 산 구석
구석에는 우리 하라만도 오크들의 웃음소리로 가득 찼다.

잠시 후 살아남은 드워프들은 광산의 주위를 돌아다니며 죽은 자신
들의 종족들의 시체를 하나하나 정성스레 수거하기 시작했다. 잘려
나간 종족의 팔다리 또한 모두 빠짐없이 수거하여 한곳으로 모았다.

깨끗이 시체가 치워진 이 광산 앞의 빈터는 이제 피로만 가득 채워
져 있을 뿐이었다. 어디서 이렇게 많은 피들이 흘러나온 것일까? 엄청
난 양의 피가 바닥을 뒤덮고 있었다.

으크! 철기 문물을 도입해라!

오크! 철기 문물을 도입해라!

인간들의 시체가 광산 구석에 겹겹이 싸여져 있는 반면에 죽은 드워프와 오크들의 시체는 그들의 종족에 의해 나란하게 누워 편안한 죽음을 맞이하고 있었다.

"오크, 네가 왜 우리들의 전투에 참견이냐?"

모든 일들이 끝나고 나자 지난번에 광산에서 대화했던 드워프가 성난 얼굴을 하며 다가왔다. 그 드워프의 뒤로 살아남은 열일곱의 드워프들은 하나같이 얼굴이 발기되어 도움을 준 나에게 성을 내고 있었다.

왜 성을 내는 건가? 너희들을 도와준 게 아닌가? 이 자식들, 은혜를 원수로 갚는 건가?

"드워프, 지금 무슨 소릴 지껄이는 거냐! 지금 너희들이 우리 하라만도 전사들에게 그런 소리를 지껄일 수 있는 위치인가? 너희들은 정말 은혜를 모르는 종족이로다!"

하라만도 전사들은 성을 내고 있는 드워프들의 얼굴을 보며 허공을 도끼로 가르고 있었다. 마치 화풀이를 하듯이. 우리 하라만도 전사들은 어이없는 그들의 행위에 기가 찰 것이 분명했다.

"뭐! 오크, 이 자식들! 너희들 때문에 우리들의 작업장이 더러워졌지 않나!"

컥! 나는 한순간 기막힘에 어쩔 줄 몰라 손으로 가슴을 턱턱 쳤다.

"이 자식아! 너희들의 생명을 우리들이 구해주었는데 뭐? 작업장이 더러웠졌다고?"

"추악한 오크 자식, 우리 대지의 자식이 너희들에게 도움을 받았다니! 너희들은 우리들의 전투를 방해했다. 또한 우리들의 신성한 작업장을 더럽혔다."

갈수록 기가 막히는 드워프의 말에 도끼 하나를 뽑아 들어 땅을 향해 내려쳤다. 땅을 울리는 파동음과 손에서 느껴지는 묵직한 감촉에 흥분된 감정을 조금은 억누를 수 있었다. 생각할수록 이 드워프란 종족은 이상했다.

도움을 받아 살아날 수 있었으면 생명의 은인이라 부르며 감사하는 게 당연한 도리 아닌가? 하지만 이들은 도움을 받았으면서도 오히려 전투에 끼어들었다며, 작업장을 더럽혔다며 화를 내는 것이다.

"드워프, 너희들은 우리들에게 도움을 받지 않았다는 건가?"

도끼날을 드워프의 얼굴로 쳐들으면서 억양을 높였다.

"훗! 추악한 오크, 너희에게 도움을 받다니. 우리들은 너희들에 도움을 받은 일이 없다. 어서 이곳에서 떠나라. 너희들의 피가 우리 대지를 더럽혔지만 이번에는 특별히 용서해 주마. 어서 가라!"

대지를 적시고 있는 우리 하라만도 전사들의 피에서 슬픔이 느껴졌다. 하라만도 전사들은 나의 명을 받아 드워프들을 도와주기 위해 인간들과 사투를 벌이다 이렇게 아까운 생명들이 사라져 갔다. 그런데 이런 말밖에 듣지 못하다니… 우리 하라만도 전사들의 희생은?

"생명이 무엇이라고 생각하느냐, 드워프!"

"생명? 쓸데없는 소리는 그만 지껄이고! 오크, 어서 떠나지 않으면 너의 그 추악한 얼굴이 몸에서 떨어지게 만들어주마!"

드워프 과연 너희들이 나의 목을 나의 몸에서 분리시켜 놓을 수 있다고 생각하는가? 어이없군.

"살아서 활동하는 데 근원이 되는 힘, 다른 말로 목숨이라고도 한다. 생물이라면 어느 것이나 다 지니고 있고, 살아 있다면 누구나 쉽사리 느끼고 있는 것이다. 하늘로부터 부여받은 우리들의 모든 것이며, 그 자체만으로도 그 어떤 것보다 신성한 것이다."

"그게 어떻다는 거냐, 오크!"

"훗, 주위를 둘러보아라! 너희 드워프 종족의 시체에서 느껴지는 게 없는가? 또 그 시체에서 떨어져 나간 눈이며 팔다리에서 무엇이 느껴지는가? 너희 드워프는 지금 우리 오크들에 의해 생명을 유지할 수가 있었다. 우리들의 도움 없이는 죽을 수밖에 없는 상황이었지. 부정하지 마라, 엄연한 사실이니! 너희들은 우리들의 도움을 받고 살아 있다는 것에 대해 분노를 하고 있다. 하지만 너희들의 친구, 전우가 죽어 있는 모습을 보니 두 가지 감정이 느껴지지 않는가? 너희들은 속으로 이렇게 생각하고 있을 것이다. 대지로 돌아가고 있는 나의 친구 전우를 다시는 볼 수가 없어서 슬프다라는 생각과 나는 지금 살아 있다. 계속 살아갈 수 있다라는 생각 말이다. 너희들은 살아 있음으로써 안도감을 느끼고, 이미 죽어버린 전우에게서 느껴지는 죄책감에 우리 하라만도 전사들의 도움을 부정하는 게 아닌가? 다시 한 번 주위를 둘러보아라. 너희들은 우리들 오크를 추하다고, 더럽다고 하고 있다. 하지만 우리 전사들은 너희 드워프들을 위해 자신들의 목숨을 과감히 내놓았다. 너희들의 생명을 위해서 말이다. 너희들의 생명을 위해 죽어버린 우리 전사들을 추하고 더럽다고 한다면, 그럼 너희들의 생명은 얼마나 값진 것인가?"

나는 눈에 힘을 줘 드워프를 내려다보았다. 드워프들은 나의 말에 한동안이 말을 않고 땅만 바라보았다. 땅에 흐르는 드워프와 우리 하라만도 전사들의 피를 보면서 그들은 입술을 꽉 깨물었으며 그와 반대로 눈은 점점 나른하게 변하고 있었다. 계속되는 정적 속에서 들리는 것이라곤 그들의 커다란 숨소리와 나의 심장 박동 소리뿐이었다. 시원하게 불어오는 바람 소리도 한몫을 더하긴 했지만.

나의 말을 듣던 드워프들은 이제 언제 화를 냈냐 싶게 안색이 평소대로 돌아와 있었다. 그들은 얼굴이 반쪽으로 잘려 눈과 입이 찢어져 죽어버린 우리 하라만도 전사의 시체를 바라보면서 무언가 생각하는 눈치였다.

"……."

"…그렇다, 오크. 우리들은 너희들의 도움을 원치 않았다. 그렇지만 너희 오크들이 생명을 희생했기에 우리들의 생명을 보호할 수 있었다는 것은 엄연히 사실로 존재한다. 바꿀 수 없는. 우리들은 도움을 원치 않았지만 받았다. 무엇을 원하는가? 왜 우리들을 도와준 것인가?"

열지 않을 것만 같았던 입은 드디어 열리고 낮은 톤의 목소리가 말라 버린 입술 사이로 흘러나왔다.

"드워프, 너희들을 도와준 건 너희들을 위해서였다. 그 이상도 그 이하도 아니다."

물론 드워프들에게 말하는 것은 모두 거짓말인 게 사실이다. 우리들이 이곳에 온 건 저 드워프들의 광산을 빼앗기 위함이었다. 더욱더 강력해지기 위해서. 그렇지만 추한 탐욕에 길들여진 인간을 보니 그들보다도 인간들을 더 죽이고 싶어졌었다.

"그런가, 오크? 하지만 무엇을 원하는가. 우리들도 너희들에게 도움을 줌으로써 오늘 받은 너희들의 도움을 말끔히 없애 버리고 싶다."

입술을 꽉 깨물면서 말하는 드워프는 나와 땅을 흐르는 피를 번갈아 쳐다보면서 말했다

훗! 내가 원했던 대답이 드디어 나왔다. 무엇을 원하느냐고? 당연한 것 아닌가. 광산과 너희들의 머리 속에 들어 있는 제련 기술! 그것을 원한다.

"드워프, 정말인가?"

"훗! 오크, 더러운 너희들에게 도움을 받았다는 사실이 정말이지 수치스럽다. 원시적이며 낮은 문명의 너희 더러운 오크들에게……. 하지만 지난번에도 느꼈지만 넌 왠지 이 오크들과는 다른 냄새가 난다."

"정말로 도움을 원한다면 우리들에게 너희들의 머리를 달라."

머리를 가리킨 나의 손가락에 드워프의 눈동자가 커졌다.

"머리? 우리들의 목숨 말인가, 오크?"

"아니, 어쩌면 목숨보다 더 귀중한 것일 수도 있다, 너희들의 머리 속에 들어 있는 제련 기술과 광산은. 그것을 원한다. 물론 그것을 준다면 너희들에게 주었던 도움은 역으로 더 큰 은혜로 우리들에게 돌

아올 것이다."

"더 큰 은혜라… 너희들의 도움보다 더 크단 말이지, 오크?"

"그렇다, 드워프. 더 커다란 은혜로 돌아오겠지. 신의 창작이라고 말해도 좋을 너희 드워프들의 기술은 대단하다. 너희 일곱의 생명을 보호해 준 은혜는 우리 형제 수천 수만을 보호할 수 있는 것이다."

드워프의 입은 점점 옆으로 벌어지더니 결국 뒤로 고개를 젖히며 커다랗게 웃기 시작했다. 다른 드워프들 역시 그들의 도끼를 쓰다듬으면서 흐뭇한 미소를 지으며 자신들의 광산을 쳐다보았다. 비록 피로 뒤덮인 광산이지만 탄탄한 기둥이 서 있는 광산은 굳센 기상이 느껴졌다.

"잠시만 기다려라, 오크!"

나의 앞에 있는 긴 수염의 드워프는 나머지 드워프를 이끌고 공작소 안으로 들어갔다. 그들의 발걸음은 피로 촉촉이 적셔져 진흙이 되어버린 땅에 선명한 발자국을 만들었다.

"저 오크들의 도움을 없앨 수만 있다면 그들에게 더욱더 커다란 은혜를 주는 것을 찬성합니다!"

잠시 후 조용히 앉아서 휴식을 취하고 있던 우리 전사들에게 들려온 소리.

시체들이 대부분인 조용한 밤에 워낙에 커다란 소리였기 때문에 그 소리는 꽤 먼 거리임에도 불구하고 똑똑히 들려왔다. 이어서 그와 비슷한 뜻의 소리가 들려오고 기다란 수염의 드워프 말이 끝났다.

투벅투벅.

걸어오는 그들의 발소리는 힘이 없는 것 같으면서도 한편으론 힘이 가득 찬 듯했다.

"오크! 결정했다. 우리들은 너희 오크들에게 커다란 은혜를 베풀기로 했다. 크하하하! 이로써 우리들은 너희들에게 도움을 받은 적도 없는 것이다! 오히려 우리들이 너희들에게 커다란 은혜를 베풀었을 뿐이다."

그렇겠지. 몇백 년 동안 이룩한 문화를 한순간에 전수받을 수 있다면 그 어떤 일인들 안 할 수 있을쏘냐. 도움이니 어쩌니 그런 것을 따질 일이 아니다. 이로써 드워프 종족과는 전쟁을 안 벌여도 되고, 또 광산 말고도 제련 기술 또한 얻을 수 있으니 일석이조가 아닌가.

"드워프, 고맙다. 우리 하라만도 전사들 모두 너희 드워프의 커다란 은혜에 고마워할 것이다."

한순간에 은인은 뒤집혀져 버렸다. 드워프들은 우리들의 도움을 씻을 수 있다는 생각에 지금과 같은 행동을 하는 것 같았다. 제길! 그렇지만 마음속 진실의 입에선 자연스럽게 욕이 튀어나왔다.

우리들의 도움이 그렇게 싫은 것일까? 우리 오크들이 더럽고 추해서 도움이 오히려 방해가 되었다니. 결국 끝은 좋지만 근본적으론 저들 드워프는 아직까지도 우리 전사들을 무시하고 있는 것이다. 더럽고 추하다며. 제길! 나의 전우, 나의 친구가 더럽고 추하다니. 하지만 지금과 같은 상황에선 고개를 숙여야 하는 것이 상책이다. 저 드워프들보다 더욱더 대단한 존재란 것은 나중에 보여줘도 된다. 지금은 우리 하라만도 형제들을 보호하기 위해 제련 기술을 배우는 것이 우선이다.

뭔가를 이뤘다는 뿌듯한 감정도 있었지만 입에서 감도는 씁쓸함을 침과 섞어 억지로 삼켜 버렸다.

"하라만도 전사들이여, 우리들은 곧 강력한 철제 무기를 스스로 생

산할 수 있을 것이오. 형제들을 더욱더 안전하게 지내게 할 수 있을
것이오."

휴식을 취하고 있는 형제들에게 말하니 형제들의 눈빛은 더욱더 깊
어졌다. 전사들의 눈을 덮고 있는 촉촉한 물기는 눈을 한없이 깊어 보
이게 만들었다.

얼마 후 내가 자리에서 털썩 주저앉자 드워프의 수장 역시 내 앞에
털썩 앉아 서로의 눈 높이가 맞도록 했다.

그 이후 계속되는 대화에서 알 수 있었던 건 내 앞의 드워프 수장의
이름은 '미스크론토포 런디프' 란 것과 300살 정도의 노장이라는 것
뿐이었다. 어느 정도 계속된 드워프 수장 런디프와의 대화가 끝났을
때쯤 뒤로 보이는 드워프 여러 명이 하는 행동에 의아심이 들었다. 드
워프들은 팔과 다리, 목이 잘려진 인간의 시체를 뒤적거렸고, 광산 주
위 곳곳을 돌아다니며 무언가를 찾는 것 같았다. 혹시?

대화가 끝난 드워프 수장 런디프는 한 손으로 턱을 괴며 무언가를
골똘히 생각하고 있었다. 이제는 근심이 수장 런디프의 적이 되어 수
장의 얼굴을 공격하고 있었다. 런디프의 초점은 밝은 빛을 내고 있는
먼 하늘의 별들에 맞춰져 있었다.

"런디프, 무슨 근심 걱정이 있는가?"

눈 높이를 맞추고 오랫동안 대화를 한 끝에 어느 정도 이 런디프란
드워프에게 이전과는 다른 어투로 말할 수가 있었다. 톤이 높기만 했
던 나의 억양은 낮은 톤으로 잔잔하게 바닥에 깔리는 듯했다.

"하크, 혹시 이만한 크기의 작품을 보지 않았나? 녹색과 검정색 광
을 띤다."

드워프의 말을 듣자마자 나도 모르게 허리에 달려 있는 주머니를 뒤로 숨겨 버렸다.

"그것이… 무엇인가, 런디프?"

"루샤로."

"루샤로? 루샤로란 게 무엇인가?

허리를 긁는 척하면서 보일 듯 말 듯 숨긴 주머니를 확실히 뒤로 밀어넣어 깊숙이 숨겨 버렸다.

"루샤로. 우리 대지의 자식들에겐 300년에 한 번씩 선택된 수장이 태어난다. 수장에겐 대지의 영혼이 담겨져 있는데 생을 마감할 때가 가까워질 때쯤에 대지에서 부름이 온다. 살면서 수많은 작품을 만들지만 대지에서 부르는 소리가 들리면 마지막 작품을 만드는데 그게 바로 루샤로이다. 루샤로는 미스릴이라는 금속을 이용해서 만드는데, 그 미스릴은 100년에 한 번 발견될까 말까 할 정도로 구하기 힘든 금속이다. 미스릴로 만들어졌다는 데 의미가 있는 게 아니다. 루샤로의 의식이 끝나면 수장이 지니고 있는 대지의 영혼은 루샤로로 들어가 루샤로는 새로운 금속으로 바뀌게 된다."

"새로운 금속이라니?"

수장 런디프는 한동안 뜸을 들이더니 번뜩이는 눈으로 나를 쳐다봤다. 그의 눈에서 반사된 나의 모습이 투명하게 비춰지자 이 런디프의 영혼은 깨끗하고 순수하다는 걸 알 수가 있었다.

"우리 대지의 자식에게 보통 300년에 한 번씩 보검이 나오지. 그 보검을 바로 이 루샤로를 녹여 만든다. 루샤로가 어떤 금속인지는 우리도 아직까지 완전한 실체는 파악하지 못하고 있다. 그런데 이번 저 탐욕적인 인간들에 의해 그 루샤로가 어디론가로 없어져 버렸다. 나의 영이 들어 있는 그 루샤로가……."

끝맺음을 맺지 못하고 입속에서만 맴도는 런디프의 말에 나는 뒤로 숨긴 주머니를 앞으로 내놓을까도 생각해 보았지만 '이것은 내 것이다' 라면서 솟아오르는 내심에 내놓으려던 주머니를 더욱더 깊숙이 숨겨 버렸다.

"수장 런디프, 그거 안됐네. 잘 찾아보면 나올 것이다. 한데 광산과 제련 기술은 어떻게 할 것인가?"

"오크, 광산은 이곳 말고도 얼마든지 터를 탐색한다면 만들 수 있다. 너희들의 마을과 가까운 곳에서 광량을 찾기만 한다면 그곳에 새로운 광산 정도는 쉽게 만들 수 있다. 그 이후 우리 대지의 자식 중의 한 명이 너희들에게 영광의 지식들을 전수해 주겠다."

한숨을 푹 쉬며 주위를 두리번거리는 드워프 수장 런디프는 나에게 눈짓을 보내더니 양날 도끼로 땅을 짚고 일어나 인간 시체 더미를 향해 뛰어갔다. 다른 드워프들과 같이 내가 가지고 있는 루샤로란 것을 찾기 위해 인간들의 시체를 커다란 손으로 집어내면서 먼지가 나도록 뒤적였다.

그들의 행위는 산 너머로 우리들을 반기며 찾아온 태양이 중천에 떠오를 때까지 계속되었다. 하라만도 전사들은 중천에 떠오른 태양빛이 얄미운지 그 빛을 피하기 위해 피 냄새에서 멀리 떨어진 커다란 나무 밑으로 가 단체로 배를 드러내고 누워 코를 골고 있었다.

태양이 조금씩 서쪽으로 기울고 반대 편 산에서 불어오는 바람에 산들거리는 깨끗한 꽃잎들의 향기에 이것이 바로 행복이다라고 맘속으로 외쳤다. 전투를 승리로 이끈 다음에 맛보는 행복감이란 바로 이런 것이리라.

전투를 벌인 다음엔 언제나 죄책감에만 시달렸었다. 하지만 이번만은 죄책감 따위는 느껴지지 않았다. 우리 하라만도 전사들을 무시하는 드워프들의 행위에 약간은 찜찜한 감정이 남아 있다지만 저렇게 배를 드러내고 커다랗게 코를 고는 전사들의 행복한 모습을 보니 그 찜찜한 감정은 밀려 어디론가 없어져 버렸다.

"오크, 너희들은 언제 이곳에서 떠날 텐가?"

어느새 다가온 런디프의 거친 음성이 나의 뒤통수를 때렸다.

"드워프, 너는 제련 기술을 가르쳐 줄 수 있는 자를 보내준다고 하지 않았나? 그런데 루샤로만 찾기 위해 혈안이 되어 있다. 언제서야 약속을 지켜주겠나?"

"훗! 그것만 지킨다면 저 오크들을 데리고 이곳에서 너희들의 마을로 떠나갈 텐가?"

"당연하지 않은가? 우리들도 이곳에 있기 싫다."

"그럼 조금만 기다려라."

런디프는 고개를 뒤로 돌려 모두들 이곳에 모이라는 신호로 커다란 소리를 질러대자 순식간에 6명의 드워프들이 모였다. 지금까지 인간들의 시체를 뒤척거리던 드워프들의 손에서 코를 찌르는 악취가 풍겨져 자연스럽게 나는 얼굴을 찡그릴 수밖에 없었다.

"대지의 자식들이여, 우리들 중 한 명은 여기 오크들에게 약속한 바 영광의 기술을 전해주어야 한다. 누가 갈 텐가?"

6명의 드워프들은 서로를 쳐다보기만 할 뿐 누구 하나 선뜻 나서지 않을 뿐더러 런디프의 말에 얼굴을 찡그리며 한 걸음씩 뒷걸음을 치기까지 했다. 런디프는 선뜻 나서지 않는 드워프들을 보면서 뭔가 골똘히 생각하는 듯하더니 다시 한 번 물어보았으나 역시 누구 하나 나서지 않았다. 런디프의 시선을 받은 드워프들은 하늘과 땅만 쳐다볼 뿐 런디프의 시선과 맞추지 않으려고 노력했다.

"카로퍼오토! 형제여, 그대가 가겠는가?"

런디프의 말에 흠칫 놀라는 드워프는 제일 왼쪽에 서 있었다. 자신이 주목당한 것에 대해 상당히 불쾌하다는 듯 얼굴을 찡그리면서 대답 대신 고개를 뒤로 돌려 침을 퉤 뱉었다.

"퍼토프! 형제여, 그대는 어떤가?"

퍼토프라 불리는 드워프 역시 조금 전 카로퍼오토와 같은 행동을 하며 런디프의 시선을 애써 피했다.

"아무도 없는가? 아무도?"

모두들 애써 시선을 피하자 런디프는 가슴을 두 손으로 쾅쾅 치면서 억양을 높였다. 런디프의 그런 행동을 예감했다는 듯 드워프들은 묵묵히 고개만 숙일 뿐 다른 행동은 하지 않았다. 어디선지 모르지만 '런디프님께서 가시는 게?' 라는 물음이 나오면서 드워프 6명은 하나같이 런디프를 쳐다보았다. 런디프는 그런 시선이 불쾌한지 거대한 양날 도끼를 번쩍 들어 땅을 향해 온 힘을 다해 내려친 후에 한숨을 쉬면서 나를 쳐다보았다. 런디프는 다시 고개를 돌려 자신을 뚫어져라 쳐다보고 있는 드워프들을 보면서 깊은 한숨을 내쉬더니 굳게 다물었던 입을 열었다.

"나보고 가란 말인가? 저 추악한 오크들에게?"

뭐라 하는가, 드워프?! 지금 우리 하라만도 전사들을 추악하다고 하는가? 너희 드워프들이 제련 기술을 빼고 나면 무엇이 그리 잘났단 말인가? 하지만 시기가 시기인만큼 이번만은 그냥 지나가 주마.

하크, 참아라, 참아! 이번만이다. 이번 제련 기술만 터득하면 다시는 이런 경멸을 당하지 않도록 하겠다. 참아라, 참아.

역시 런디프의 격한 음성을 듣고도 그 누구도 나서는 이는 없었다. 런디프는 땅에 깊게 꽂혀 있던 거대한 양날 도끼를 꺼내 들어 공간을 한참을 가로질렀다. 런디프가 허리를 돌릴 때마다 땀방울이 공중으로 흩어졌다.

"이런! 정녕 저 오크들에게 갈 드워프는 아무도 없단 말인가? 그래! 내가 가마! 나 런디프가 가면 되는 것 아닌가? 내가 간다! 내가 가!!"

런디프는 누구에게 소리를 지르는지조차도 모를 정도로 하늘을 향해 괴상한 고함을 내지른 후 몰려 있는 드워프들을 손으로 밀치면서 공작소 안으로 성큼성큼 걸어 들어갔다. 런디프가 공작소 밖으로 나왔을 때 그의 등에는 커다란 갈색 배낭이 매어져 땅을 끌릴 정도로 축 늘어져 있었다.

"카로퍼오토! 퍼토프! 나를 뒤따라라! 그리고 퍼프만은 우리들의 마을로 가 광산을 만들 30여 명 정도의 형제들과 같이 이곳 광산으로 모여라. 나는 카로퍼오토와 퍼토프와 함께 이 오크를 따라가 광량을 찾은 후 이곳으로 다시 돌아오겠다."

"알겠습니다, 런디프님."

"오크, 이만 가자! 자고 있는 저놈들을 깨워라!"

런디프는 저 멀리 커다란 나무 그늘 아래 코를 골며 자고 있는 우리 하라만도 전사들을 향해 두터운 검지손가락을 뻗었다. 검지손가락엔 숭숭 갈색 털들이 나 있었고 모공이 보일 정도로 깨끗하지 않은 거친 피부를 가지고 있었다.

"드워프! 저놈들이라니! 우리 하라만도 전사들을 무시하다간 언젠가 너희들의 잘난 얼굴이 잘려 나갈 수도 있다! 명심해라!"

가슴을 찢어내고 나온 충동적인 나의 말에 나 역시 놀랐다. 하지만 가슴을 확 뚫어내는 시원스런 기분에 그런대로 괜찮은 기분이었다.

"오크, 지금 뭐라고 했는가? 얼굴이 잘려 나가? 이 추악한 오크! 봐주니 한도 끝도 없구나!"

"드워프. 훗! 의미를 또 잘못 알아들었군. 얼굴이란 자고로 옛부터 명예를 의미했다. 너희 드워프들의 명예, 그것을 어떻게 생각하는가? 솔직히 우리들의 문화가 너희들보다는 뒤떨어지는 건 사실이다. 즉, 약한 종족이란 거지. 그런 약한 민족을 억압하려는 너의 어투, 그것이 드워프 족 전체의 명예를 상실시키는 행위가 아니고 무엇이겠는가?"

"그런가, 오크?"

겨우 말을 돌려 충동적인 나의 행동을 겨우 회피할 수 있었다. 나는 드워프가 이상한 말을 꺼내기 전에 커다란 나무 곁으로가 코를 골고 있는 전사들의 몸을 흔들었다.

"일어나시오, 형제들이여. 이제 우리들은 우리들의 마을로 돌아가야 하오."

하나둘씩 눈을 비비면서 일어났고 손을 뒤로 쫙 펴 기지개를 켜는 전사들도 있었다.

"이제 우리들의 마을로 가는 겁니까, 샤코로움이시여?"

이제 갓 잠에서 깨어난 기르츠가 입을 크게 벌리고 하품을 하며 물었다.

"그렇소. 이제 우리들의 마을로 갑시다. 아참! 그전에 할 일이 있소. 잠시만 기다리시오. 형제들을 모두 깨워놓으시오. 조금 뒤에 오겠소."

인간의 시체 쪽으로 이동한 나는 피로 완전히 뒤덮이지는 않은 백색 갑옷이 강하게 내리쬐는 태양 빛을 반사해 내는 것을 발견했다.

"저것… 이라면?"

100여 명 정도의 기사 시체가 너저분하게 쌓여 있는 것을 보고 문득 빛나는 백색 갑옷에서 느껴지는 웅장한 기운에 자연스럽게 인간들의 시체로 다가갔다. 비록 코를 찌르는 악취가 있었으나 태양에 의해 빛나는 갑옷의 강력함이 나의 뇌를 스치고 지나갔다. 피가 굳어버려 특유의 질퍽함이 느껴지는 갑옷을 한번 쓰다듬고는 아직까지도 격분하면서 땅을 향해 도끼질을 하고 있는 런디프에게 다가갔다.

"대지의 위대한 수장 런디프! 부탁이 있소."

땀으로 뒤덮인 런디프는 도끼질을 멈추고 나를 올려보았다.

"무엇인가, 오크! 지금 내가 너희들을 따라가게 되었는데 다른 것도 못할 것 같은가? 뭔가! 어서 말해라!"

나에게 화풀이를 하는 듯한 런디프의 어투에 감정이 상하긴 했지만 감정을 겉으로 표현하지는 않았다.

"저기 죽어버린 인간들이 착용하고 있는 갑옷을 녹여 우리들의 갑옷을 만들어주면 안 되겠소? 당신들은 위대한 대지의 종족 아니오. 여기 살아남은 우리 60명 정도의 인원이 착용할 갑옷이라면 거뜬히 만들 수 있을 것으로 아오. 대충대충 만들어도 인간들이 만든 것보다는 천 배 만 배 이상 좋을 것이니 당신들이 만들어준 갑옷을 꼭 입고 싶소. 이게 우리 하라만도 전사들의 공통된 소망이며 꿈이오."

"훗, 오크! 웃기지 않은가? 어째서 우리가 그런 번거로운 일을 해야 하는 거지? 추악한 너희들을 위해?"

"드워프, 추악한 우리들을 위한 일이 아니다. 물론 너희들의 갑옷을 입고 싶은 것은 우리들의 공통된 소망이긴 하나 그것보다는 너희들이 이번 전투로 인해 갑옷을 못 만들게 된 건 아닌가 하는 걱정 때문이다. 신성한 작업장이 이 모양이 되고 더러운 인간의 피로 덮인 너희들의 정신에서는 훌륭한 방어구가 나올 순 없는 거겠지.”

“뭐라?! 우리들이 만들 수 없다고?”

단순한 런디프를 흥분시키기 위해선 역시 역으로 말하는 방법이 가장 쉬운 방법이었다. 벌써 나의 계획대로 조금씩 넘어오고 있었다. 말꼬리를 올리는 흥분의 초기 단계가 이 런디프의 표정으로 나타났다.

“그렇다. 너희들은 이제 인간들보다 더 나아진 갑옷을 만들 수 없는 게 분명한 것이다.”

“오크! 무슨 말을 그렇게 하는 건가! 죽고 싶은 건가?”

“훗! 그렇다면 실제로 보여주면 되는 게 아닌가?”

“참! 그러면 되지! 이번 주 내로 전부 만들겠다! 지켜보거라, 우리 대지의 자식들의 영광의 기술을! 마침 이곳에 30여 명의 형제들이 올 것이다. 그 정도면 갑옷 60개 정도쯤이야 거뜬하다. 눈 감고 만들어도 인간들보다 더 잘 만들 것이다.”

“그럼 약속한 것이다, 드워프!”

왜 이렇게 단순한 거지? 런디프는 단 몇 마디에 나의 의도대로 행동을 보여준다. 이런 단순한 말장난 같은 것에 넘어가다니. 드워프들의 하늘 높은 줄 모르는 자존심은 이들의 명예이다. 이들은 나의 말에 어리석게 넘어간 것은 아닌 것이다. 이들의 영혼은 누구에게도 속아본 적이 거의 없는 깨끗한 영혼이다. 거짓말만 하는 인간들을 몇 번 만나보지 않아서 이렇게 단순히 넘어가는 걸지도.

흥분된 목소리를 토해내던 런디프는 그렇게 말한 뒤 자신의 공작소로 걸어갔다. 바쁘고도 한가했던 하루는 그렇게 지나갔고, 잠이 깬 하라만도 형제들에게는 미안하지만 며칠 더 머물 것이라고 말했다.

런디프는 다음날에도 씩씩거리며 돌아다녔고 광량을 탐사할 생각은 하지 않았다. 2일 동안 씩씩거리며 돌아다니면서 곧 올 30여 명의 드워프들을 기다리는 런디프는 우리 형제들을 볼 때마다 눈살을 찡그렸다.

나는 그런 런디프의 행위가 괘씸했으나 어떻게 할 도리가 없어 형제들과 식량을 맡고 있는 1파얌의 전사들과 합세하여 광산의 밑으로 내려갔다.

반나절을 찾아 헤맨 끝에 앞엔 강이 흐르고 과일 나무가 있는 상당히 널찍한 장소를 찾을 수가 있었다.

3일 정도 무척이나 한가한 하루하루를 보내고 있던 어느 날 어디선가부터 커다란 발걸음 소리가 들려왔다. 런디프가 말했던 대로 30여 명의 드워프들이 커다란 양손을 앞뒤로 흔들면서 광산 쪽으로 가고 있었다.

드워프 30여 명이 올라간 후 4일 정도 후에 광산에 올라가자 무척이나 분주하고 바쁘게 행동하는 나머지 말을 거는 것조차 미안할 정도였다. 내가 올라오자 새로운 드워프들은 오크가 올라왔다는 이유 하나만으로 도끼를 휘두르고 욕을 하며 나를 맞이했지만, 슬며시 다가온 런디프에 의해 그들은 다시 공작소 안으로 들어갈 수밖에 없었다. 공작소 안으로 들어가면서도 고개를 뒤로 돌려 나를 죽일 듯 노려보는 것을 잊지 않으면서.

드워프, 우리 하라만도 전사들은 너희들의 생명의 은인인데 이런 대접이라니. 정말 너희들은 은혜를 모르는 종족인 거냐?

"오크, 왜 우리들의 작업장에 온 건가?"

"런디프, 약속한 기일은 7일이다. 벌써 4일이 지났다. 약속은 잘 지켜가고 있는지 보러 온 것이다."

"하크! 훗, 우리 드워프들은 한번 뱉은 말은 꼭 실행하고야 만다. 거의 완성되었다. 3일 후에 와라! 약속 기일이 끝나는 날! 그전에 온다면 영광의 기술이고 뭐고 이 작업장을 더럽힌 너의 머리를 저 밑으로 굴려주겠다."

"알았다. 그럼 3일 후에 다시 오겠다. 그러나 말을 너무나 함부로 하지는 마라. 그러다가 후회할 날이 있을 테니."

말을 툭 뱉고 돌아서는 나에게 뭐라고 소리치는 드워프의 음성이 들려왔으나 대충 의미는 예측할 수 있었으므로 그리 신경 쓰지 않아도 되었다.

그 후 3일 동안 전투로 인해 피곤했던 몸도 풀려서 그런지 하라만도 전사들은 시키지도 않았던 훈련에까지 스스로 임하면서 산 곳곳을 뛰어다녔다.

우리 전사들이 달려갈 때마다 놀라는 산토끼와 여러 산짐승들은 도망 다니느라 정신이 없었다. 한 떼의 산새들은 푸드덕거리면서 파란 하늘 깊숙이 숨어들었고, 자그마한 곤충들 역시 슬그머니 고목 뒤로 숨어 들어갔다.

하라만도 전사들이 스쳐 지나갈 때마다 흔들리는 꽃잎에 맺힌 이슬은 땅으로 떨어졌다. 마치 바람도 우리 하라만도 전사들을 축복하는 듯 반대 편에서 시원하게 불어왔다.

이렇게 3일은 어느샌가 지나가 버려 드워프들이 약속한 날이 다가왔다. 이제 우리 전사들이 착용할 60여 개의 갑옷들을 찾으러 갈 일만

남았다. 곧 우리 2파얌의 전사들은 철로 된 갑옷을 입을 수 있게 될 것이다.

드워프들이 만든 것들이라면 보지 않아도 뻔한 것! 인간들의 갑옷보다도 월등히 높은 강도를 지니고 있겠지. 은빛 갑옷을 입고 전장을 누비면서 갑옷에 반사된 햇빛이 전쟁터 곳곳을 물들이고 힘찬 도끼질에 적들은 목숨을 하나둘씩 잃어갈 것이다. 어서 가자! 우리들의 착용할 영광의 갑옷을 위해 어서 광산으로 올라가자!

2파얌의 인원을 데리고 광산으로 천천히 올라가자 산중턱에서 한 드워프가 뜨거운 태양 빛을 받으면서 거대한 양날 도끼를 땅으로 짚고 우리를 기다리고 있었다.

"수장 런디프, 이곳까지 나오다니 우릴 기다린 것인가?"

밝은 태양 빛은 런디프의 양날 도끼에 반사되면서 나뭇가지에 걸렸고 무릎까지 닿는 기다란 흰 수염은 털썩거리면서 바람에 휘날렸다.

"그렇다, 오크. 너희들을 기다렸다. 이런! 우리 대지의 자식이 오크를 기다리다니……. 약속대로 60개의 방어구는 다 만들어졌다. 우리들은 영광의 자식, 한번 뱉은 말은 언제나 실행하고야 만다."

투벅거리며 걷는 런디프를 뒤따라 광산으로 들어갔다. 2파얌의 전사들의 웃음소리가 나무 사이사이 곳곳으로 퍼졌으나 곧 많은 드워프들의 눈초리에 웃음소리는 사그라들었고, 왠지 모를 살기만 뿜어져 나왔다.

"오크, 오크가 왔다. 저런! 정말 추악하군. 저런 자식들 때문에 우리가 갑옷을 만들었다니! 믿기지 않는군."

수군거리는 드워프들의 소리가 나의 귓속을 지나 신경 세포를 자극해 나도 모르게 도끼 자루를 꽉 쥐게 되었다. 제길! 드워프들은 여전히 우리들을 경멸하는군. 너희 드워프들은 무엇이 그렇게 잘났나?

하지만 드워프들의 말을 알아듣지 못하는 우리 전사들은 수군거리며 살기를 내뿜는 드워프들을 향해 도끼 자루만 움켜쥘 뿐 그 이상의 행동은 하지 않았다.

"따라와라, 오크!"

퉁명스럽게 내뱉는 런디프의 말이 귀엣 가시처럼 걸리긴 했지만 강력해질 우리 전사들의 모습을 생각하니 이런 말 따위는 가볍게 무시할 수 있었다. 피 냄새로 가득 찼던 광산의 넓은 터는 짙은 흙 내음으로 바뀌어 우리를 맞이했다. 흙 속에 파묻힌 모래와 작다고 할 수 없는 돌들의 거친 촉감도 마찬가지였다.

런디프가 횃불을 들고 어두운 동굴 안으로 들어가자 어둡기만 했던 동굴은 환하게 밝혀져 동굴 속이 훤히 보이게 되었다.

터벅터벅.

우리 하라만도 전사들이 걷는 소리에 동굴은 메아리쳐 다시 되돌아왔다. 이것은?

꽤 걸어 들어갔을 때 커다란 무언가가 런디프를 가로막고 더 이상 나아가지 못했다. 횃불을 가까이 들이대자 드러난 그것은 하늘에서 막 뿌린 새하얀 눈처럼 하얀 갑옷들이었다. 질서정연하게 놓여 있는 하얀 갑옷들. 갑옷의 새하얀 색은 조금만 입고 있어도 바로 더러워질 것 같아서 관상용이지 실제로 입기 위한 것이라고는 생각할 수가 없을 정도였다.

"샤코로움이시여, 이것은 무엇입니까?"

새하얀 갑옷의 위용에 입을 쫙 벌리고만 있던 샤아오가 갑옷을 뚫어지도록 쳐다보면서 말했다.

"샤아오, 이것은 우리들의 갑옷이오. 인간들과의 전투에서 2파얌의 형제가 희생당한 것은 분하지만 그것은 그들보다 낮은 우리들의 문명 때문이었소. 하지만 이제부터는 다를 것이오. 몇 년 뒤면 그들은 우리들의 문명을 못 따라오게 될 것이오."

"이것이 우리들이 입을 것입니까? 이 갑옷들이 말입니까?"

"그렇다오, 샤아오여."

나의 대답이 뜻밖이라는 듯 샤아오는 옆의 오크에게 나의 말을 그대로 전했고, 그 옆의 오크는 앞뒤로 전해 순식간에 모든 전사들이 저 갑옷이 우리들이 착용할 것이란 걸 알고 흥분했다.

"어떤가, 오크. 이것이 우리 대지의 자식의 작품이다. 너희들은 상상하지 못할 정도이지. 너희들이 아무리 추한 오크라고 하지만 작품은 신성한 것! 대충대충 만들 수는 없었다. 철은 그대로 인간의 갑옷을 녹여 사용하려 했지만 인간의 갑옷을 녹이면서 불순물이 껴 강도가 낮아지므로 페톰이라는 우리들의 기술을 사용했다. 색도 무척이나 하얗지 않느냐?"

"하야면 무엇 하는가, 금방 더러워질 것을."

나는 런디프의 말을 듣자마자 당연하다는 듯이 런디프의 말을 비꼬았다. 사실상 이런 흰 갑옷은 한 번의 전투로 적의 피로 물들어 녹슬 것이 뻔했다. 전혀 실전에는 필요없고 관상용으로만 만든 것 같은 이 갑옷들을 보면서 한 말이었다.

"오크, 우리 대지의 자식들을 뭘로 아는가. 내가 말했지 않았나! 페톰의 기술을 사용했다고! 역시 오크란……. 절대 이 갑옷은 더러워지지 않는다. 액체와 고체는 그대로 흘러내려 더러워질 수가 없다."

더러워질 수가 없다고? 거울로 사용해도 좋을 정도로 투명하고 하얀 이 갑옷이 더러워지지 않는다고? 대단하군. 역시 우리 전사들을 무시하는 그들의 행동은 정말 괘씸하지만 그들의 기술 하나만은 인정해 주어야겠군.

"그럼 이제 가져가도 되는가?"

"그렇다, 오크."

나는 그 말을 기다렸다는 듯 듣자마자 몸을 돌려 2파얌의 하라만도 전사들을 향해 '가져가시오, 형제들이여' 라고 소리를 질렀다. 커다란 소리에 동굴 속에선 나의 소리가 메아리쳐 떠날 줄을 몰랐으나 전사들은 그것에 개의치 않고 자신에 맞는 갑옷을 찾기 위해 열심히 눈을 굴렸다.

"모두 갑옷을 가지고 동굴 밖으로 나가시오, 형제들이여."

나도 역시 마지막에 남은 하얀 갑옷 세트를 들고 동굴 밖으로 나왔다. 동굴 속에 별로 있지 않은 듯했었는데 밖으로 나오자 태양은 그렇지 않다는 듯 눈부시게 우리들의 얼굴을 비춰 찡그리게 만들었다.

과연 갑옷은 대단했다. 어두운 동굴에서 볼 때도 그렇게 희었는데 나와서 보니 단단하기가 하나의 예술품이라고까지 생각할 정도였다. 하지만 이런 좋은 기술을 가진 드워프 자신들은 변변치 않은 갑옷 하나 없는 것일까?

갑옷은 전신을 뒤덮는 중세 시대의 '플레이트 아머' 같은 종류가 아니었다. 고대 그리스나 로마에서 볼 수 있었던 것으로 도보전(徒步戰)에 알맞도록 경쾌하게 만들어졌으며, 손발은 노출된 채 움직임이 편안하게 만들어져 있었다. '플레이트 아머' 같은 신체를 완전 보호하는 중장은 오히려 몸의 민첩성을 떨어뜨리는 반면 눈앞에 있는 이

하얀 갑옷은 민첩성도 배로 늘리고 중요한 곳 역시 철저하게 방어하게 만들어졌다.

고대에는 어깨와 허리에는 가죽 또는 금속의 짧은 조각들을 이어서 만든 어깨받이와 허리받이를 붙인 반면, 모습은 똑같지만 눈앞의 갑옷은 드워프들의 기술로 접합 부분이 보이지 않을 정도로 견고했다.

투구는 반원구형의 모양으로 이마와 코를 가리고 눈과 입이 보이는 것이었고, 장갑은 맺는 끈이 달린 중길이의 다섯 손가락을 넣을 수 있게 만든 마제철직(麻製綴織)의 정교한 장갑이었다. 하라만도 전사들은 공터에 모여 있는 드워프들의 눈초리조차 잊고 가지고 나온 갑옷을 이리 뒤척 저리 뒤척이면서 이것이 '자신의 갑옷' 이라는 것 때문에 흐뭇한 미소를 짓고 있었다.

현대 문물의 수많은 작품과 철제 기구와 기계를 봤던 나조차 감탄할 정도이니 오크 전사들은 왜 안 그렇겠는가?

"그럼 이만 가자! 오크, 약속은 지킨다."

우리 형제들에게 제련 기술과 광산을 가져다 줄 또 다른 약속, 그것 역시 곧 눈앞에 펼쳐져 광대한 평원을 정복할 우리 전사들의 모습이 떠올랐다.

"그럼! 가야지, 드워프! 너희 대지의 자식들은 정말 대단하군. 잠시만 기다려라, 우리 전사들이 너희 드워프들이 만든 갑옷을 입을 때까지."

2파얌의 전사들은 나의 말에 따라 갑옷을 차근차근 입어 나갔다. 갑옷을 다 입고 서 있는 전사들의 모습은 정말이지 탄성을 금치 못할 정도였다. 어찌나 멋있던지 저것이 과연 못생긴 우리 전사단인가 싶게 만들었다.

통일된 새하얀 갑옷을 입고 팔다리가 반쯤 노출되었으나 오히려 구릿빛 근육은 한층 더 돋보였다. 특유의 덩치에 훈련으로 인한 결과의 근육에 갑옷을 입은 전사들의 모습은 하늘에서 갓 내려온 전설의 기사들처럼 엄청난 위용을 내뿜었다. 심지어는 그 갑옷을 만든 드워프들조차 우리 전사단의 모습에 놀라 눈을 동그랗게 뜨고 입을 쩍 벌릴 정도였다.

갑옷 하나만 입은 것만으로도 이렇게 모습이 바뀌어져 버리다니… 정말이지 대단하구나. 이런 전사단을 내가 지휘하는 건가. 대단해, 정말 대단해!

하반부 갑옷과 상반부 갑옷이 마찰하면서 철컹거리는 소리가 곳곳에서 들려왔다. 처음 입어보는 갑옷이라서 어색한지 전사들은 팔과 다리를 좌우로 돌리며 몸을 이리저리 움직이고 있었다.

"형제들이여, 조금만 입고 돌아다니면 익숙해질 것이오."

"샤코로움이시여, 정말 내 앞의 형제들이 나의 형제들이 맞는 겁니까? 정말 강해 보이는군요. 저 역시 그렇습니까?"

"그렇습니다, 형제여. 형제는 강해 보입니다. 아니, 강합니다."

나의 말에 가슴을 퉁퉁 치곤 입을 쫙 벌리며 좌우로 소리치는 전사들을 기다리기 지친 나머지 먼저 슬슬 내려가는 런디프와 그의 형제인 카로퍼오토와 퍼토프의 뒤를 따라갔다.

"추악한 오크들이 간다. 드디어 가는군. 정말 더러워졌어. 대지의 여신님, 죄송합니다. 저 추악한 존재를 이곳에 있게 하다니."

산을 내려가는 우리의 뒤로 소리 높여 기도하는 드워프들의 음성이 무척 기분 나쁘게 나가왔다.

그래, 너희 드워프들의 갑옷을 이렇게 우리들이 입고 있으니 너희들이 우리들에게 모욕을 하는 건 피차일반이다. 비록 우리가 너희들에게 제련 기술과 광산을 얻고 이렇게 엄청난 갑옷까지 얻은 것에 대해 고맙게 생각하는 마음은 있으나 우리들은 너희들의 생명의 은인이다. 그만 지껄이고 너희들의 작품이나 만들어라, 드워프들.

하라만도 전사들은 갑옷을 입은 후부턴 크르르르거리는 웃음을 그칠 줄 모르고 흘려냈다. 앞서 걷던 런디프는 몇 시간 동안이나 꿀 먹은 벙어리마냥 말없이 걷기만 하다가 이제는 두 손으로 질끈 귀를 막으며 걷고 있다. 카로퍼오터와 퍼토프 역시 말없기는 마찬가지였다.

"오크! 너희들의 마을로 인도해라. 그곳에서 가까운 광량을 찾겠다."

"알았다. 우리의 뒤를 따라라, 드워프."

하늘에서 이글이글 불타고 있는 뻘건 태양의 뜨거운 햇빛은 커다란 나무의 그림자에 막혀 더 이상 우리들을 괴롭히지 못했다. 올 때의 가득 찼던 수레는 이제는 아무것도 남아 있지 않아 이 숲 속에서 들리는 소리라곤 돌부리에 가끔씩 덜컹거리며 나는 수레의 소리와 숲 속을 울리는 우리 전사들의 발걸음 소리뿐이었다.

부엉부엉. 끼르르륵 끼르르륵.

어느새 태양은 자신의 집으로 돌아가고 부인인 달이 태양을 찾으러 반짝이는 아이들을 데리고 검정 바다를 헤엄쳐 나왔다. 얼떨결에 따라온 부엉이와 풀벌레의 울음소리가 하나의 음악을 연주하듯 흘러가는 물처럼 조화롭게 들려왔다.

다시 날이 밝았다. 강 근처를 걸을 때면 강물의 시원하게 흘러가는 소리에 우리들의 마음까지 씻겨 내려가는 듯 시원해졌고, 이글이글 타는 태양의 힘찬 햇빛이 가득한 모래밭을 건널 땐 태양의 뜨거움에 가슴이 벅차 올라왔다.

갑옷을 입은 형제들은 태양 볕에 조금은 더운 듯 완벽하게 무장을 하고 있던 그들의 겨드랑이 사이엔 각자의 투구가 들려져 있었다.

"이런! 오크, 너희들의 마을은 언제 나오는가?"

런디프는 도저히 참다못해 입을 연 듯 관자놀이를 타고 흘러내리는 땀을 닦으며 말했다.

"이제 이틀 남았다. 이틀만 참아라, 드워프."

"이틀이라… 어째서 나 같은 대지의 자식이 너희들 같은 추한 종족을 위해 이렇게 나섰단 말인가. 이런, 어서 가자, 오크!"

짧은 다리를 총총거리며 속도를 조금 더 붙인 런디프와 그의 동료 두 명은 우리들보다 멀리 앞으로가 서로 뭐라고 이야기를 주고받고 있는 중이다. 멀리서 들려오는 그들의 격한 음성으로써 그들이 대충화를 내고 있다는 것을 알 수가 있었다. 하지만 그들의 격한 음성도 잠시 후에 나타난 시원한 그림자가 진 오솔길이 나타나면서부터 조금씩 없어졌다.

백설처럼 하얀 갑옷과 투구, 금방이라도 목숨을 앗아갈 듯한 번뜩이는 도끼, 망치로 내려쳐도 될 만큼 탄탄해 보이는 구릿빛 근육. 우리 전사단은 걸으면 걸을수록 그 모습은 한결 위용있어 보였다.

오솔길 옆을 흐르는 조그마한 계곡 물을 마신 후 피곤한 밤이 찾아올 것을 대비해 잠잘 곳을 찾았다. 우리들이 잠잘 곳을 찾고 그곳에서 자려 할 때 런디프와 그의 동료들은 우리들 곁에서 50미터 정도 떨어진 곳에서 우리들을 무시한 채 그들만의 식사를 하고 있었다.

드워프, 나도 너희들과 같이 다니고 싶은 생각은 없다. 자존심만 높은 너희 드워프와는 말이다. 너희들은 단지 우리들에게 문명만 전해

주는 매개체 역할만 하면 되는 것이다.

　해가 뜨기 전부터 일어나 나를 깨우는 런디프의 거친 말에 기분 나쁜 하루를 맞이했다. 그래서 그런지 어깨의 근육이 뭉친 듯 무언가가 누르는 듯한 피곤함을 받으며 그럭저럭 또다시 하루는 시작되었다. 연 이틀 동안 걷는 우리들을 가로막는 것이라곤 가끔씩 우리들이 싫어하는 더위뿐 아무것도 없어 전투를 할 상황은 벌어지지 않았다.

　다시 고원 분지에서 밤을 맞이하려고 주위에서 사냥을 하고 식사를 한 후 나는 부른 배를 드러낸 채 바위에 걸터앉아 산 밑을 내려다보았다. 산정상에서 내려다보니 오밀조밀하고 아담하게 존재하고 있는 인간 마을이 보였다. 아무런 근심 걱정 없는 동화 속 작은 마을처럼 마을 앞에는 작은 강물이 흐르고 마을 옆 과수원에는 탐스런 과일들이 주렁주렁 달려 자신들을 먹어달라 소리치고 있었다.

　마을의 목장에선 커다란 암소 두 마리가 한가롭게 풀을 뜯고 있었고 주위를 맴도는 커다란 개는 풀 속을 킁킁거리다가 이내 흥미를 잃어버렸는지 다시 주위를 두리번거렸다.

　마을의 거리 한쪽에선 삼삼오오 모여 있는 아이들을 찾아 나선 어머니를 피해 도망 다니는 아이들이 보였다. 한 시간 정도 평화스러워 보이는 마을을 내려다보면서 나도 모르게 눈을 지그시 감고 고개를 끄덕였다.

　이것이 인간의 마을인가? 그렇게 탐욕스럽기만 한 인간이 이렇게 평화스러운 마을을 만들 수도 있는가? 정말 평화스러워 보이는구나.

　눈을 한동안 감고 있다가 어느새 바위에 엎드린 채로 잠이 들어버렸다. 그러나 얼마 되지 않아 비명 소리와 시끄러운 함성 소리에 잠을 깰 수밖에 없었다.

"무슨 소리지?"

마을 곳곳에서 연기가 피어 오르더니 마을은 순식간에 불바다가 되어 노을의 적색 하늘과도 같이 붉게 물들며 지옥으로 변해갔다.

무슨 일이지? 왜 마을이 갑자기 불바다가 된 거지?

멀리 떨어진 이곳에선 마을에서 나는 비명 소리 외엔 아무것도 들리지 않았지만, 불은 마을을 전부 먹어버리고 더 이상 먹을 것이 없자 사그라들면서 서서히 없어지기 시작했다. 마을의 거리엔 기다란 검을 세워 든 남자들이 마을 사람들을 위협하고 있었다. 그 남자들은 하나같이 통일된 복장을 하고 있었다.

동화 속 마을처럼 아담하고 평화스럽게만 보였던 마을은 순식간에 사라지고 연기만 모락모락 피어 올릴 뿐이었다. 그렇게 평화스러웠던 마을이 순식간에 지옥으로 변해 버리다니.

"샤코로움이시여, 저곳… 인간의 마을 아닙니까?"

"그렇습니다. 그런데 왜 저렇게 불타올랐는지 모르겠습니다, 형제여."

오크 어로 대화를 하자 런디프는 눈을 크게 뜬 채 우리들을 보다가 나와 눈이 마주치자 고개를 획 돌려 애써 시선을 외면했다.

"왜 그러나, 드워프?"

"흥! 지금 너희들이 대화를 하고 있는 모습을 보니 대충 저 마을 때문인가 보군."

"그렇다."

"모르는가 보군. 지금 인간 세상에는 커다란 전쟁이 일어나고 있다. 자세한 이유는 모르겠지만 그들이 믿는 신 때문인 것 같더군. 그래서 나도 인간들이 복수해 오지 않을 것으로 믿고 이렇게 너희들을 따라가는 것이다. 복수를 해온다고 해도 고작 작은 병력의 일 개 기사단뿐일 테지.”

“믿는 신… 종교 전쟁 말인가?”

런디프 인간의 전쟁에 대해 아무 상관 없다는 듯 어느새 바위 뒤에 앉아 있는 자신의 동료들에게로 걸어가고 있는 중이어서 미처 나의 말을 듣지 못했다.

나는 애써 인간의 마을에 머물러 있던 시선을 주먹을 꽉 쥐면서 뒤로 돌렸다. 불타는 인간의 마을에 흥미를 보였던 전사들은 이미 어느새 모두 잠이 들었는지 커다랗게 코를 골며 자고 있었다. 코 고는 소리가 시끄러운지 드워프들은 귀를 막으며 신경질을 내며 이미 잠에 들어버린 전사들을 노려보고 있었다.

그만 생각하자. 비록 평화스러웠던 마을이었으나 본질적으로 그들은 더럽고 추악한 인간의 마을이다. 하크, 넌 오크다. 어서 잠이나 자!

투벅투벅.

나를 붙잡는 불타 버린 인간 마을의 광경 때문에 애써 발걸음 소리를 크게 내며 걸었다. 하라만도 전사들이 만들어놓은 풀로 만든 잠자리에 누울 때도 커다랗게 소리를 내며 누웠다.

잠을 자려고 감은 눈은 자기 싫은 듯 부르르 떨며 안간힘을 다해 눈을 뜨려 했다. 어쩔 수 없이 떠진 눈에 밤하늘에 촘촘히 박혀 있는 환한 수천 개의 보석들이 꽉 들어찼다. 하늘은 저렇게 아름다운데 하늘 밑은 왜 이렇게 시끄러운가.

이게 뭐지? 차가운 촉감이 나의 잠을 깨웠다. 시커먼 먹구름이 온 하늘을 뒤덮고 막 소낙비를 내릴 듯 그 시작의 테이프로 한두 방울의 비가 떨어지기 시작했다. 어제 인간 마을을 쳐다본 이후 잠을 깬 다음부터는 쳐다보지 않았다.

내가 왜 이러지? 그깟 인간 마을이 뭐 대수라고.

시끄럽게 코를 골며 자던 전사들도 어느새 비를 피하기 위해 분주하게 움직이고 있었다. 비를 피하기 위해 전사들은 커다란 나무 밑으로 가 옹기종기 모여 있었다. 그들의 하얀 갑옷을 타고 빗물이 나무 밑으로 떨어져 땅을 질퍽하게 만들었고, 그 진흙에 커다란 전사의 발자국이 남아 있었다.

그렇지만 드워프들은 우리 오크들이 모여 있는 자리에 오려 하지 않고 멀리 떨어진 곳에서 비를 맞으며 서 있기만 할 뿐이었다. 비록 우리가 싫어서 이곳에 오지 않아 비를 맞고 있는 중이라 해도 앞이 보이지 않도록 내리는 소낙비의 공격을 받아 온몸이 젖어 치마 같은 옷 끝자락을 타고 빗물이 뚝뚝 떨어졌다.

하얀 수염 역시 젖어 목에 딱 달라붙어 있는 런디프를 보니 우리가 싫어 이 나무 밑으로 오지 않는 그의 모습이 불쌍해 보였다.

커다란 방어구를 형성하기 위해 두 손을 꼭 잡고 온몸의 기운을 머리로 올려보냈다.

"High Sield."

말이 끝나면서 드워프들의 머리 위만 채울 정도의 세 개의 반구가 은은한 빛을 내며 형성되었다.

"이, 이 마법은 뭐지?"

웅성거리는 드워프들은 위에 갑자기 떠오른 반구를 피하기 위해 이리저리 몸을 움직였지만 반구는 그들의 머리 위에서 따라다니며 비를 막아주었다.

"드워프, 그것은 비를 피할 수 있는 것이다."

"우리가 너 같은 오크의 도움을 받을 것 같으냐?!"

말은 그렇게 하면서도 나에게 달려와 도끼질을 하거나 발길질을 하거나 하지 않고 가까운 바위에 앉아 드워프들끼리 이야기를 하고 있었다. 한순간 내린 소낙비를 몰고 온 먹구름은 서쪽 하늘 끝으로 이동하면서 우리들의 이동은 다시 시작되었다.

우리들의 이동은 이틀 연속 계속되었다. 그동안 드워프들은 주위를 유심히 살피면서 걸어갔다. 그들은 한 번 쉴 때마다 고개를 끄덕이면서 뭔가 열심히 토론을 하기도 했다. 시간이 흘러갔다. 조금만 더 걸으면 하라만도 마을에 도착할 정도의 거리일 때 런디프가 말을 걸었다.

"오크, 이쪽 산맥에 광량이 발견되었다. 어떤가? 이쪽에 광산을 짓는 게?"

이쪽? 이쪽이면 마을과 상당히 가까운 거리고 조금만 내려가면 강물이 흐르니 아무 문제도 없겠지.

"좋다, 드워프. 대찬성이다. 너희들의 신이 내린 능력을 다시 한 번 기대하겠다. 어떤가? 이 정도 지점이면 우리 마을하고도 가까운데, 우리 마을에 머물면서 광산을 만드는 게?"

"추, 추악한 오크들의 마을이라니! 그런 소리 마라! 우린 이곳에 남겠다. 두 달 후에 찾아와라. 그때까지 광산을 전부 만들어놓겠다. 영광의 기술은 그 다음에 전수해 주겠다. 어서 가라. 너희들의 못생긴 얼굴 보기도 싫다."

못생겼다니. 썩어 문드러져 주렁주렁 달린 과일같이 턱에 길다랗게 자란 수염하며 허리에 닿지도 않을 정도로 작은 키, 커다란 입과 거친 피부. 그런 너희 드워프들이 지금 우리보고 못생겼다고 하는가? 너희들에게 받을 것만 받고 보자. 다시는 이런 무시를 안 당할 테니!

"형제들이여, 그만 갑시다."

나는 뒤도 돌아보지 않고 그대로 마을로 향했다. 불타는 해에서 내리쬐는 햇빛은 하라만도 전사들이 입고 있는 하얀 갑옷을 데우고 있는지 하라만도 전사들은 모두 얼굴을 찡그리고 있었다.

"더운가, 형제들이여?"

"샤코로움이시여, 이 갑옷… 너무 덥습니다. 인간들은 어떻게 이런 것을 착용하고 사는지, 정말 괴팍한 종족입니다."

"형제들이여, 마을에 도착할 때까지만 착용하고 계시오. 마을에 도착한 다음부터는 훈련을 할 때와 영광스런 전투를 할 때만 착용하시면 됩니다. 형제들이여, 비록 이것은 불편하기는 하나 그대들의 생명을 지킬 수 있는 것입니다."

"생명 따위는 필요없습니다, 영광의 승리만 얻을 수 있다면."

샤아오는 고개를 좌우로 흔들며 대답했다. 좌우로 흔드는 그의 얼굴과 머리카락에서 땀방울들이 공중으로 흩어졌다.

"아니오, 샤아오. 나는 영광스런 승리보다 그대들의 생명이 더 귀중하오. 영광스런 승리는 다시 얻을 수도 있는 법. 하지만 생명은 한 번뿐입니다. 형제들의 죽음은 100번의 영광스런 승리보다는 값어치가 없습니다. 그대들은 모두 나의 희망이고 삶의 증거입니다, 형제들이여."

"샤코로움이시여……."

한가닥의 바람이 스치고 지나가면서 말을 잃은 듯 정적에 휩싸였다. 뚜벅뚜벅 소리를 내던 발걸음 소리조차 소리가 날까 봐, 좌우로 흔드는 팔이 갑옷에 부딪쳐 소리가 날까 봐 모두들 조심하는 듯했다.

하지만 이내 곧 있으면 도착할 마을을 생각하니 자연스럽게 입에서 크르르 하고 웃음소리가 나오면서 정적은 깨지고 말았다.

우리들이 도착했을 때 마을은 여느 때와 마찬가지로 평온한 그 상태 그대로였다. 줄이 끊겨 버려 씩씩거리면서 낚시를 하고 있는 형제, 마을 길을 뛰어다니며 소리를 꽥꽥 지르고 있는 어린 오크, 커다란 나무 밑에서 도끼를 쓰다듬고 있는 형제, 넓은 풀밭 위에 배를 드러내고 코를 골며 잠을 자고 있는 형제.

그때 두 팔 가득 한아름 따 온 과일을 조심조심 옮기는 하라만도 형제 한 명이 우리의 모습을 보더니 두 팔에 안고 있던 과일을 버리고 마을로 뛰어 들어갔다.

"인간이다! 인간이 쳐들어왔다!"

뭐? 인간이라니. 어디어디? 아!

마을로 뛰어든 형제는 우리 형제들이 입고 있는 하얀 갑옷 때문에 우리들을 인간으로 오해한 듯했다.

"크르르르~ 인간, 여기가 어디라고 쳐들어오느냐!"

순식간에 좌우앞뒤 사 방향에서 도끼를 들고 뛰쳐나오는 형제들에 의해 우리들은 포위당해 엉거주춤 그 자리에 가만히 서 있을 수밖에 없었다.

"앗! 그대들은 우리 하라만도 형제들 아니오? 이게 어떻게 된 것이오, 형제들이여!"

한 젊은 오크가 우리들의 얼굴을 향해 던지려던 도끼를 땅에 떨어뜨리며 물었다. 우리를 둘러싼 다른 형제들도 우리들이 전투에 나갔던 하라만도 형제임을 알자 도끼를 뒤로 멘 후 소리를 내질렀다.

"형제들이 돌아왔다~ 샤코로움께서 돌아오셨다!"

"형제들이여, 모두 진정하시오. 우리들은 영광의 승리의 전투를 벌이고 왔소. 하지만 지금은 무척 슬프다오. 2파얌의 전사들을 잃고 승리를 얻으면 뭣 하오?"

모두들 나의 말을 이해하지 못하는 듯 고개를 갸우뚱거렸다.

"승리를 얻으면 뭣 하는가 말이오. 2파얌의 전사들이 죽었소."

"샤코로움이시여, 그들은 영광스런 승리를 위해 죽은 것입니다."

"아오. 하지만 형제여, 난 천 번의 영광스런 승리보다 한 명의 하라만도 형제가 더 귀중하오."

마을로 돌아오면서 내가 하라만도 전사들에게 말했던 바와 같은 말을 하자 내가 이곳에 말했던 바를 들은 전사들은 고개를 끄덕였고 듣지 못한 자들은 이내 고개를 숙였다.

"형제들이여, 모두들 우리들을 보시오. 우리들의 모습이 어떠하오?"

"마치 인간들과 같습니다. 이것은 인간들이 착용하는 갑옷이 아닙니까?"

"그렇소. 하지만 엄연히 다른 이것은 우리들 형제들을 위해 만든 갑옷이오. 우리 하라만도 형제들은 생명을 너무 우습게 아는 것 같소. 형제들의 사명은 승리를 얻기 위함이오. 또 승리를 얻기 위해선 죽음을 두려워해선 안 되오. 무척이나 모순적인 말이긴 하지만 둘 중의 하나를 택하라면, 형제들이라면 승리를 택할 것이오. 목숨을 버리는 대신 말이오. 그래서 내가 이렇게 갑옷을 만들었소. 승리를 위해 자신있게 목숨을 내놓는 자랑스런 전사들의 목숨을 하루라도 보존하기 위해서 말이오. 이것을 보시오. 인간들에 의해 우리 전사들이 많은 희생을 했던 건 바로 이 철기란 것 때문이오. 철기란 무척 위험한 것이오. 한순

간에 생명을 앗아가오. 그러나 또한 이 철기는 자유를 불러일으킨다
오. 난 이것을 도입할 것이오. 형제들이여, 그대들의 안녕을 위해서.”

　자유라……. 철기가 과연 진정한 자유를 불러일으킬 수 있을까? 물
론 생명은 보존할 수 있겠지만 과거 중세 암흑기 같은 악사(惡史)를
되풀이할지도 모른다. 아니, 그렇지 않겠지. 우리들은 인간들과 완전
히 다른 자유와 승리를 위해 태어난 하라만도 오크가 아닌가.

　그런 악사(惡史)는 되풀이되지 않겠지. 암! 그렇겠지. 되풀이되지
않을 것이다!

　우리들이 돌아옴으로써 소란스럽기만 했던 마을은 해가 뉘엿뉘엿
기울면서부터 누그러져 전쟁터에서 돌아왔던 우리 전사들은 새하얀
갑옷을 한곳에 잘 벗어놓았다. 강가에서 낚은 물고기를 먹은 후 배가
불러 자연스럽게 가까운 움막에 들어갔다.

　완벽하게 지어지지 않은 움막의 천장의 빈 공간으로 먹구름에 둘러
싸여 보이지 않는 달의 모퉁이가 조금씩 보였다. 저녁 기운은 의외로
쌀쌀하여 평소에 덮지 않았던 모포까지 덮고 잘 수밖에 없었다. 세차
게 몰아치는 바람에 흔들리는 나뭇가지들끼리의 마찰음에 여러 번 잠
이 깨기도 했지만 그때마다 나는 아무 일도 아니겠지 하면서 눈을 감
고 다시 잠을 자려고 시도하였다.

　하지만 그 바람의 세기는 점점 가까워졌고, 이내 알지 못하는 공포
감이 나를 뒤덮어 잠을 깨게 만들었다. 자신도 알지 못하게 나의 몸은
부르르 떨리며 무언가에 쫓기듯 주위를 두리번거렸다.

　이… 기분은 뭐지?

느때군의 약포

제15장

드래곤의 공포

"크아아아아—!"

하늘에서부터 낙뇌라도 치는 듯한 커다란 소리가 들려왔다. 깜짝 놀란 나는 바닥에 엎드려 주위를 둘러보았으나 아무런 이상도 없었다. 다만 이상한 것이라고는 먹구름에 의해 가려지긴 했지만 그래도 많이 보이던 별들이 이제는 완전히 보이지 않게 되었다는 점이다.

"크아아아아~!"

이게 또 무슨 소리지? 이건 생물의 목소리다. 그렇지만 무척 큰 목소리!

하늘로부터 엄청난 괴성이 들려왔다. 마치 신이 내리는 계시처럼 그 음성은 우리 하라만도 족의 마을을 내리쳤고, 하라만도 형제들은 무엇을 느낀 듯 엄청난 공포감에 질려 몸을 덜덜 떨고만 있었다.

한 형제는 마을 바닥에 엎드려 눈을 감은 채 중얼거렸다.

"드… 드… 드래… 곤이다. 드래곤… 드래곤……."

드래곤? 그게 뭐지?

지금까지 살아오면서 이렇게 엄청난 기세에 눌리긴 처음이었다. 공포 그 자체였다. 당황하고 안 하고 하는 그런 감정 따윌 느낄 여유 따윈 없었다. 오직 금방이라도 죽을 것만 같은 이 공포, 마치 땅에서 커다란 칼이 솟아 나와 나의 팔다리를 하나씩 잘라갈 것 같은 공포였다. 하지만 나는 애써 안 그런 척하고 바닥에 엎드려 떨고 있는 하라만도 형제 옆으로 다가갔다.

"드래곤이 무엇인가요, 형제여?"

"드… 드… 드래곤… 드래곤입니다, 샤코로움이시여. 어서 피하시길……."

"피하다니요. 드래곤이 대체 무엇이길래."

이어서 계속 질문을 해보았지만 이미 공포에 질려 이성을 잃어버린 형제들에게 들을 수 있는 답은 없었다. 우리 하라만도 형제들이 이렇게 약한 종족이었나? 이깟 공포에 떨면서 무기조차 들지 못하다니. 하지만 이 공포… 나도 어서 숨어야겠다는 생각이 들었다.

목숨이 위태롭겠어. 도대체 이 공포의 발원지는 어디인 거지? 아냐! 나는 샤코로움이 아닌가! 이깟 공포 따윈!

하지만 마음대로 몸은 움직여지지 않고 본능적으로 공포로부터 탈출하기 위해 주위를 두리번거리게 됐다. 그렇게 용맹스럽고 자유스러웠던 하라만도 전사들 역시 공포로 인해 모두들 겁쟁이가 되어버려 커다란 바위며 나무 뒤에 숨어서 벌벌 떨며 '드, 드래곤' 이라고만 중얼거렸다.

어느새 이 널찍한 하라만도 마을의 공터에는 나 홀로 우뚝 서 있게 되었다. 공터에 홀로 남아 있기에는 어디선가로부터 느껴지는 알지 못할 공포는 무척이나 부담되는 것이었다. 밑을 내려다보니 언제부턴가 나의 두 다리는 흉측한 꼴로 덜덜 떨리고 있었다.

"샤코로움이시여, 어서 이곳으로!"

커다란 나무 뒤에서 나를 향해 뛰어오는 샤아오가 보였다.

"샤코로움이시여, 드래곤입니다! 어서, 어서 피하지 않으면."

"피하지 않으면?"

샤아오는 대답을 한동안 주저했으나 곧 하늘을 쳐다보면서 부르르 몸을 떨며 말했다. 언제나 바르고 촉촉이 젖어 깊게만 보였던 샤아오의 눈동자도 오늘은 칙칙하게 변해 공포를 가득 담은 흉측한 눈동자로 탈바꿈해 있었다.

지금 하라만도 형제들이 겁을 먹고 있는 것인가? 생명도 승리를 위해서 간단히 내놓을 수 있던 용맹스런 하라만도 전사들이?

"자, 잡아먹힙니다."

"쿠와아아아아~ 쿠아아아아~!"

샤아오의 말이 끝나자마자 하늘에서 엄청나게 큰 소리가 또다시 들려왔다. 소리와 함께 커다란 무언가가 순식간에 내려오더니 저 커다란 바위 뒤에 숨어 있던 우리 하라만도 전사를 낚아채 하늘로 날아갔다. 어둠 속에 가려져 우리 형제가 어떻게 되었는지는 모르나 죽음의 비명 소리와 함께 나의 머리 위로 뻘건 핏방울이 비처럼 뚝뚝 떨어졌다.

"으아아악!"

뭐가 어떻게 되고 있는 중인지 정말 알 수 없었다.

순식간에 다시 커다란 무언가가 내려오더니 나무 밑에서 엎드려 있던 우리 형제에게 다가갔다. 그 커다란 물체 끝에 있는 3개의 날카로운 것은 우리 형제의 가슴을 꿰뚫고 곧 죽은 형제들의 육체를 하늘 높이 가져가자 또다시 하늘에선 피 비가 내려 우리 형제들의 몸에 닿음으로써 공포를 한층 더 높여갔다.

"샤아오여, 지금 이게 어떤 상황인가?!"

샤아오는 나의 말을 듣지 못했는지 하늘만 멀뚱히 바라보면서 몸을 떨고 있었다.

"샤아오여!"

정신을 잃고 하늘만 쳐다보는 샤아오의 몸을 좌우로 흔드니 그제야 샤아오는 나를 쳐다보며 말했다.

"샤, 샤코로움이시여, 드, 드래곤입니다. 드래곤이 우리 형… 형제들을……. 어서 도망쳐야 합니다, 샤코로움이시여!"

나도 그러고 싶단 말이다! 하지만 발이 떨어지지 않으니 어쩌란 말인가!

드래곤의 모습을 보기 위해 하늘을 쳐다보았으나 시커먼 것만 보일 뿐 드래곤의 모습은 자세히 볼 수가 없었다. 단지 보이는 것이라고는 시커먼 것에 달려 있는 거대한 고목만큼 커다란 물체 끝에 달려 있는 날카로운 3개의 것. 발톱인가? 대체 드래곤은 얼마나 큰 것인가?

나는 공포에 정신을 잃어가고 있는 샤아오를 부축하고 숨어봤자 필요없는 거대한 나무 뒤로 뛰어갔다. '나는 겁먹지 않았다' 며 자기 암시를 해보았지만 결국 떨리는 손과 발을 어떻게 하지 못하고 부르르 떨고만 있었다.

다시 우리 하라만도 족의 움막을 뚫고 들어간 다음 나온 드래곤의 발톱에는 하라만도 형제 3명의 가슴이 뚫려 시뻘건 피를 흘린 채 꽂혀 있었다. 가슴이 뚫려 꽂힌 하라만도 형제들을 보니 내가 드래곤의 발톱에 꽂힌 듯했다. 하늘로 올라간 우리 하라만도 형제들의 시체는 땅으로 떨어지지 않았다.

떨어지는 것이라곤 오른쪽 눈은 어디로 없어져 텅 비어 있고 왼쪽 귀는 뜯겨 수많은 혈관과 기관을 드러낸, 잔혹하게 먹히다가 뱉어진 우리 하라만도 형제의 얼굴의 일부분뿐이었다.

"으아아아아~~ 제기랄! 이 드래곤 자식아!"

하늘에서 떨어진 하라만도 형제의 얼굴이 굴러굴러 나의 발에 닿았을 때 엄청난 공포와 참을 수 없는 분노에 하늘을 향해 소리를 내질렀다. 하지만 대답 대신 나온 건 드래곤의 커다란 발톱이었다. 하늘에서 거대한 송곳이 나의 심장을 찌르기 위해 내려오고 있었다.

으악! 이제 죽는구나. 나의 딸 은희도 못 보고 우리 형제들을 지키지도 못한 채 죽어버리는구나. 미안하다, 모두들!

올려다본 나의 얼굴과의 거리는 거의 1미터 정도뿐이었다. 발톱은 분명 나의 생명을 앗아가고 나의 육체를 가지고 올라가 저 거대한 드래곤에게 잔인하게 씹히게 될 것이다. 으윽… 죽었구나!

쒜에에엑!

갑자기 나를 떠미는 힘을 느끼고 나는 옆으로 넘어질 수밖에 없었다. 그때 무언가가 나의 귀를 스치고 지나가면서 엄청난 스피드의 파동음을 냈다. 몸을 부르르 떨며 옆으로 얼굴을 슬며시 돌리니 드래곤의 발톱이 나의 바로 옆에서 땅을 뚫고 푹 들어가 있었다.

"사, 살았다."

"샤, 샤코로움이시여, 괜찮으십니까? 어서… 어서 피해야 합니다.

드래… 드래곤이……."

"샤아오, 그대가 나를 살린 것인가?"

"단지 전 샤코로움님의 몸을 민 것뿐입니다. 앗! 어서!"

땅에 박힌 드래곤의 발톱이 뽑히더니 하늘 높이 올라갔고 이어서 드래곤은 화가 났는지 '쿠아아아아!' 하는 엄청난 소리가 온 천지를 진동시켰다. 심지어 땅까지 흔들릴 정도였다.

"High Fast Step."

나의 손에서 밝은 빛이 나오더니 그 빛은 나와 샤아오의 다리를 덮었다.

"샤코로움이시여, 정말 대단한 능력입니다."

"아닙니다, 샤아오여. 어서 이곳에서 벗어납시다. 하지만 다른 형제들은?"

나의 마법으로 인해 우리들의 몸은 순식간에 커다란 고목에서 벗어나 마을 입구에 도착했다. 도망가는 도중에도 뒤에서는 연신 우리 형제들의 비명 소리가 계속 들려왔다.

우리 형제들이 너의 저녁거리밖에 안 되는 줄 아느냐? 죽어라, 드래곤!

나는 떨리는 몸을 애써 추스르며 다시 High Fire Line의 마법을 운용했다.

저렇게 거대한데 나의 마법이 먹혀들까? 하지만 먹혀들지 않으면 나는 저 드래곤에게 죽고 만다. 드래곤! 너의 얼굴은 어디 있는 거냐? 너의 몸은 어디까지인 것이냐? 온 하늘을 뒤덮고 있는 게 너의 몸인 거냐? 왜 갑자기 나타나서 우리의 평화를 깨버리는 것이냐?

밝은 별은 드래곤의 몸에 가려 하나도 보이지 않았다. 나는 어느 특정한 곳으로 집중한 게 아니라 그저 하늘로 마법을 운용하면 되는 것이었다. 하지만 많은 마나를 운용하기 위해선 상당히 많은 시간이 필요했다. 나는 마법을 운용하는 동안 형제들의 비명 소리를 들으면서 공포를 맛보아야만 했다.

"High Fire Line."

나의 손에서 다섯 줄기의 기다란 불이 뿜어져 하늘로 향해 뻗어 나갔다.

하늘을 향해, 드래곤의 거대한 몸을 향해, 거침없이 쾌속하게 뻗어 나가라!

하지만 나의 소망과는 달리 다섯 줄기의 불이 거대한 드래곤의 몸에 닿자마자 커다란 소리를 내면서 그대로 소멸되어 드래곤의 몸에는 아무런 상처조차 주지 못했다.

이런! 나의 마나를 대부분 쏟아 넣은 High Fire Line이 먹혀들지 않다니! 드래곤은 마법으로도 상처를 줄 수 없는 존재인가? 혹시 신은 아닌가? 아니야, 드래곤은 괴수일 뿐이다! 무척 강한 괴수!

"쿠오오오오~"

나의 마법 공격에 화가 난 것일까? 검은 하늘은 조금씩 움직이더니 달보다 커다란 흰색의 물체가 새롭게 떠올랐다. 드래곤의 눈동자는 거대한 건물보다도 커다랬다. 나를 쳐다보는 드래곤의 눈동자에 나는 온몸에 소름이 돋고 몸을 움직이기는커녕 소리조차 낼 수 없게 되었다. 샤아오 역시 마찬가지였다.

검은 하늘에서 나를 노려보는 거대한 눈동자가 몇 번 깜빡이더니 나를 향해 가까이 다가왔다. 드래곤의 눈은 나의 키보다도 컸다. 드래곤의 눈을 보는 것 자체만으로도 나는 죽음을 맛보는 것과 같은 공포를 느껴야 했다. 몸은 떨리다 못해 곧 정신이 나가 미쳐 버릴 것만 같았다. 마법을 쓸 생각도, 형제들이 죽었는지 살았는지에 대한 생각도 들지 않았다. 오직 커다란 눈동자만이 보였다.

가까이에서 나를 보던 거대한 눈동자가 멀어지면서 나는 조금씩 정신을 차릴 수 있었다.

"샤, 샤코로움이시여, 어서 벗어납시다."

"그, 그럽시다, 샤아오여."

막 벗어나려 할 때 왠지 이상한 느낌에 하늘을 올려다보았다. 하늘을 막고 있던 거대한 드래곤의 몸은 어디론가 없어지고 밝은 별들과 화려한 보름달이 나를 비추고 있었다.

드래곤은 어디로 간 것이지?

"샤코로움이시여, 저곳을 보십시오. 뭔가 이상합니다."

샤아오가 가리킨 곳에서 뭔가 거대한 기운이 우리를 향해 다가오고 있었다. 드래곤인가? 우리들은 이 거대한 기운이 드래곤임을 어림 짐작할 수가 있었다.

"샤, 샤아오여, 먼저 가시오. 저 드, 드래곤 놈은 내가 처리하겠소."

하지만 샤아오는 나의 말을 듣지 않고 가만히 서 있었다. 어쩌면 도망가기 싫어서가 아니라 다가오는 공포에 의해 몸이 움직여지지 않는 것일 수도 있겠다. 그 거대한 기운이 점점 가까워질수록 나의 심장 박동은 더욱더 커져 갔으나 나는 최대한 소리를 죽이기 위해 숨소리도 내지 않았다. 하지만 쿵쾅거리는 심장은 가슴을 찢고 나올 것만 같았다.

드래곤이란 어떤 존재일까. 나를 죽일까? 나는 이대로 아무런 반항도 하지 못하고 죽어버리는 건가?

저 언덕 너머로 점점 가까워지면서 다가오는 거대한 기운의 실체가 조금씩 나타나기 시작했다. 거대한 두 날개를 퍼덕이고 거대한 덩치의 모습이 조금씩 눈에 들어올 때마다 몸집은 점점 작아졌지만 그 몸에서 내뿜는 엄청난 기운에 나의 몸은 자동적으로 떨려왔다.

커다랗지만 위로 치켜 올라가 매서운 눈빛, 거대한 몸집을 둘러싸고 있는 단단하게 생긴 비늘에서 느껴지는 광대함, 차분하게 가라앉은 두꺼우면서 기다란 꼬리에서 느껴지는 웅장함, 거대한 몸 자체에서 뿜어져 나오는 위압감. 다가오는 드래곤에 비하면 나는 하찮은 생물같이만 느껴졌다.

"오크여, 네가 마법을 썼느냐?"

온 세계를 진동시킬 만큼 커다란 목소리엔 위압감이 실려 있었다.

나를 죽이러 온 것이 아닌 것인가?

"드, 드래곤, 우리를 죽이지 않을 것인가?"

샤아오는 다가온 드래곤의 기세에 눌려 도끼를 땅에 박은 채 가만히 앉아 있었다. 자세히 보니 정신을 잃은 듯싶었다.

"오크여, 나의 말에 대답해라. 네가 마법을 쓴 것인가?"

"…그, 그렇… 다……."

드래곤의 매서운 눈빛과 엄중한 어투에 의해 나는 기어 들어가는 소리로 대답했다. 하크! 너는 자랑스러운 하라만도 전사다. 이깟 괴수에게 눌려서는 안 된다. 허리를 펴라! 어깨를 펴라! 고개를 들어라! 코를 세워라! 너는 이깟 괴수보다 월등한 존재이다! 죽더라도 비굴하게 죽지는 마라!

나는 움츠러든 어깨와 허리에 힘을 주고 드래곤의 눈동자에서 애써 시선을 외면하지 않으려 했다. 드래곤이 나를 쳐다보면 나도 드래곤

과 눈싸움하듯 드래곤을 노려보았다. 죽더라도 비굴하게 죽기는 싫었
다.

"오크여, 너는 정말 재미있는 오크구나. 먹기엔 아까워. 한낱 피조
물에 불과한 게 정말 재미있구나. 오늘 식사는 다했군. 따라오너라."

어딜 따라오라는 말인가, 드래곤? 나를 잡아가서 더 맛있게 양념을
하고 튀겨서 먹으려는 건가? 나는 자랑스러운 하라만도 전사. 승리를
위해서라면 죽음도 두렵지 않다! 나는 죽었다. 나는 이미 죽었다. 이
런 드래곤 따위 겁내지 말자!

"드래곤! 잡아먹으려면 어서 먹어라! 이 괴수!"

나는 공포를 떨쳐 버리기 위해 있는 힘껏 소리를 질렀다. 내 소리가
뜻밖이라는 듯 드래곤은 눈을 커다랗게 떴다가 이내 가라앉히고 가만
히 나를 쳐다보았다. 그가(?) 가만히 쳐다보니 더욱더 위압감에 나의
온몸이 압축되어 가는 듯했다.

"정말 웃기는 오크구나. 정말 재미있어. 오크여, 나를 따라와라. 언
(言)."

드래곤의 몸에서 은은한 빛이 뿜어져 나오자 반항을 하고 싶은 나
의 정신과는 다르게 나의 몸은 서서히 날아가는 드래곤의 뒤를 따라
가고 있었다.

"이게 뭐야! 왜 몸이 나의 말을 듣지 않는 거야!"

온 힘을 다해 걸어가려는 나의 몸을 막으려 했지만 몸은 이미 나의
것이 아닌 듯 다른 힘에 의해 걸어가는 행위를 멈추지 않았다.

"형제들이여, 기다리시오! 곧 돌아오겠소!"

나는 멀어져 가는 마을을 향해 큰 소리로 외쳤다. 붉은 피의 비가
떨어진 자국들이 마을 이곳저곳에 선명했고 반쯤 먹다 뱉어 굴러다니

는 형제들의 머리가 눈 깊숙이 박혀들었다. 드래곤! 이 괴수!

"마을이여, 원래대로 돌아가라! 오크들이여, 죽은 존재는 없는 존재이다. 언(言)."

드래곤의 몸에서 녹색 빛이 감돌더니 하늘 높이 퍼져 온 마을에 퍼져 갔다. 녹색 빛에 둘러싸인 마을이 어떻게 되었는지는 알 수가 없었다. 드래곤에 의해 나는 이상한 장소로 이동될 수밖에 없었기 때문에.

"나의 의지대로 이동해라. 언(言)."

웅장한 드래곤의 말이 대지를 울렸다. 마을이 완전히 보이지 않게 되자 드래곤의 거대한 음성과 함께 우리들의 몸은 순식간에 어느 이상한 장소로 이동되었다. 텔레포트? 텔레포트를 단순한 한 음절만으로 운용하다니!

운동장같이 커다란 바닥엔 대리석이, 벽과 기둥엔 여러 고귀한 수공예품들이, 천장엔 알 수 없는 묘한 문장들이 나의 눈을 반짝이게 만들었다. 드래곤의 공포는 잊혀진 지 오래였고 이런 고귀한 장소를 둘러보느라 정신이 없었다. 한쪽 벽은 완전히 투명한 유리로 되어 있어 피에 젖은 나의 모습을 완벽히 드러냈다.

"나의 레어에 온 것을 영광으로 알아라, 오크여. 나의 종족 빼고는 이곳에 온 종족은 하나도 없었다. 놀라는 것도 당연하겠지, 작은 피조물 오크여."

이곳의 화려하고 고귀한 광경에 드래곤을 잊고 있었던지라 뒤에서 들려오는 소리에 화들짝 놀라며 고개를 천천히 돌렸다. 얼굴만 해도 나의 키보다 더 큰 드래곤의 얼굴에 존재하고 있는 날카로운 눈이 나를 바라보고 있었다. 한마디로 무서웠다. 아무리 고귀한 곳이라 해도 이 드래곤이 있는 곳에서 벗어나고 싶었다. 하지만 이 드래곤에게서 뿜어져 나오는 기에 나는 공포로 휩싸여 부들부들 떨고만 있었다.

"오크여, 내가 너를 왜 이곳에 데려온 것인지 알고 있는가?"

"당연한 것이 아닌가, 드래곤! 나를 장난감으로 생각하고 데리고 온 것이 아닌가? 너 같은 거대한 존재에게는 나 같은 건 장난감이 아닌가? 그런 걸 묻는 이유가 뭐지, 드래곤? 이 괴수!"

억지로 비웃으려 했지만 굳어버린 입은 바르르 떨렸다.

"맞다, 오크여. 너는 정말 흥미로운 피조물이 아닌가. 모두들 나를 보면 기절부터 하고 그 다음엔 땅에 엎드려 살려달라고만 하는데 너는 아니군. 괴수라 하였는가, 오크여? 그렇겠지. 괴수일 수도 있겠지. 절대 죽지 않는 세계에 필요없는 괴수, 그게 나일지도……."

드래곤의 커다란 음성이 이 공간을 메아리치며 나의 귀를 자극했다. 하지만 드래곤의 음성엔 어딘가 모를 슬픔이 묻어 있었다. 드래곤의 입을 커다랗게 벌리자 하라만도 형제의 살덩어리 같은 것이 이빨에 끼어 있는 것이 보였다. 드래곤의 이빨과 혀에는 아직까지 하라만도 형제의 피로 물들어 있었다.

"그, 그것은 우리 형제의?! 이 괴수! 어서 나를 죽여라!!"

말은 이렇게 하면서도 나의 몸은 여전히 부르르 떨리고 있었다.

"오크여, 정말로 죽고 싶은가? 살고 싶은 미련은 없는가?"

"어, 없다! 이 괴수! 죽일려면 맘대로 죽여라! 이 괴수자식아! 내가 약하다는 것만이 억울할 뿐이다! 괴수에게 죽게 될 이 운명이 안타까울 뿐이다!"

마지막 죽는 길은 멋있게 장식하고 싶었다. 이젠 죽음이다. 죽음만이 남아 있을 뿐이다. 하지만… 그렇다면 나는 왜 이곳에 다시 태어난 것이었을까? 이건 꿈이 아닐까?

하지만 꿈은 아니었다.

"죽음을 너무 쉽게 생각하는구나, 오크여. 그럼 죽음을 보여주겠다. amp bistar karje pestasm van kar 언(言)."

하얀빛이 나를 덮치면서 주위가 뿌연 안개로 가득 찼다. 안개가 걷히자 드래곤의 날카로운 송곳니와 피가 뚝뚝 떨어지는 발톱이 눈에 띄었다.

'쿠오오' 하는 거대한 음성을 울리면서 드래곤의 발톱은 하늘 높이 올라갔다. 거대한 낫으로 변한 드래곤의 발톱은 나의 다리를 베어버릴 듯 떨어지고 있었다.

"으아악!"

'갑자기 뭐야! 죽는 것일까? 아니야! 죽기는 싫어! 어서 피하자!'

왼손을 짚고 몸을 오른쪽으로 데굴데굴 굴렀다. 드래곤의 발톱이 대리석 바닥을 뚫고 깊숙이 박혔다. 안심할 때가 아니었다. 왼쪽 발톱이 나의 팔을 향해 내려오고 있었다.

"으아아아악!"

'몸을 움직이고 싶지만 몸이 말을 듣지 않아!'

너무나 빠른 속도로 내려오기에 나는 한 번 구른 후엔 피할 수가 없어 어쩔 수 없이 비명을 질러댈 뿐이었다.

쉐에에엑! 덜퍽!

오른팔을 움직이려 했으나 오른팔의 감각이 느껴지지 않았다. 고개를 서서히 돌려보니 나의 오른팔은 나의 몸과 분리되어 바닥을 데굴데굴 구르면서 피를 뿌리고 있었다. 나의 오른팔이 굴러다니는 모습을 보자 한순간에 극심한 고통이 잘려진 오른팔의 자리에서 느껴졌다. 너덜너덜한 고깃덩어리들에서 피만 흘러내리고 있었다.

"으아악! 내 팔이… 내 팔이 굴러다니다니… 내 팔이……! 드래곤이 나를 정말 죽일 셈인가? 으윽! 내 팔, 내 팔!"

나의 팔이 굴러다니는 모습을 보니 정신을 차릴 수가 없었다. 드래곤을 갈기갈기 찢어버리고 싶은 분노와 죽기 싫다는 생각이 교차되어 나의 머리 속을 휘저었다.

"죽고 싶지 않아! 드래곤, 죽고 싶지 않다고!"

드래곤의 얼굴이 가까이 다가왔다. 나의 말을 가까이에서 들으려고 하는 건가, 드래곤? 그래, 잘 들어! 나는 죽고 싶지 않아! 죽고 싶지 않다고!

"주, 죽고 싶지 않아, 드, 드래곤!"

부르르 떠는 입에 터더덕거리며 이빨끼리 부딪치는 소리가 함께 나왔다. 드래곤의 얼굴이 더욱더 가까이 왔다. 모든 것을 삼킬 듯한 거대한 입을 벌리더니 하라만도 형제의 팔이 걸려 있는 이빨이 보였다.

뭐라고 하려는 건가, 드래곤? 나를 살려주겠다고 그러는 건가?

드래곤은 나의 생각을 무시한 채 그대로 나의 남은 왼팔을 물었다.

"으아아악!"

왼팔이 물린 까닭에 나는 드래곤의 이빨에 대롱대롱 매달려 허공에서 흔들거릴 수밖에 없었다. 남은 왼팔에서도 사지를 뜯겨 버릴 것 같은 아픔이 밀려왔다. 드래곤이 좌우로 머리를 흔드는 까닭에 나의 몸은 실에 매달린 인형처럼 흔들거렸다.

툭!

한순간 더욱 심한 고통이 밀려오면서 나의 몸은 바닥으로 떨어졌다. 불안한 느낌이 들어 왼쪽을 쳐다보니 나의 왼팔은 이미 없어져 있

었다. 왼팔과 오른팔은 잘리어 몸에서 뿜어져 나오는 나의 피가 대리
석 바닥은 흥건히 고여 있었다. 나의 오른팔은 흥건히 고여 있는 피
위를 흔들거리며 놀고 있었고 왼팔은 드래곤의 입에서 홍겨운 듯 들
썩거렸다.

"내 팔들… 으아아아아아아아아아아악!"

아무것도 생각나지 않았다. 눈앞에 아무것도 보이지 않았다. 오직
죽기 싫다는 생각만 들 뿐이었다. 몸을 일으키려고 하였으나 팔이 없
는 까닭에 몸을 앞뒤로 뒹굴거릴 수밖에 없었다.

공포의 이빨이 나의 몸을 물자 나는 또다시 허공으로 치솟았다. 배
와 등이 뚫리는 느낌과 함께 정신이 가물가물해져 갔다.

나는 이대로 죽는 것일까? 이대로 죽기는 싫다! 거지같이 세상을 비
굴하게 살아도 좋다. 살고 싶다! 악마 같은 인간들 사이에서 지친 생
활을 보낸 나에겐 이 마지막 오크의 생은 죽음을 맞기 위한 휴식처였
을 뿐인가? 나는 왜! 왜 이대로 죽어야만 하지? 죽기 싫단 말이다! 비
굴하게 살아도 좋다! 거지같이 살아도 좋다!

나의 눈은 서서히 감기어 아무것도 보이지 않았다. 정신도 가물가
물해져 결국 정신의 끈을 놓쳐 버렸다.

어두운 암흑. 암흑이 나의 몸을 덮쳤다. 그리고 눈을 떴다.

*　　　　*　　　　*

"헉헉헉……."

거친 숨을 몰아치며 그대로 몸을 일으켰다.

"아빠, 왜 그래?"

아빠? 소리가 난 곳을 돌아보니 꿈에 그리던 나의 귀여운 강아지 은희가 나에게 걱정스런 얼굴로 다가오고 있었다. 주위는 내가 살던 이전 세계의 방과 같았다. 최신 벽면 텔레비전에, 두 명이 누워 자도 좁지 않을 이태리제 고급 소파, 먼지 하나 없는 깨끗한 곳. 바로 나의 방이다.

나의 피부에 숭숭 나 있던 털들은 없어지고 인간의 부드러운 피부로 바뀌어져 살색 빛깔을 띠고 있었다. 천천히 얼굴을 더듬으면서 만져 보니 움푹 꺼졌던 눈과 푹 눌렸던 코는 모두 인간의 형태처럼 만들어져 있었다.

은희는 머리를 두 갈래로 묶어 귀여운 토끼 같은 모습을 하고 있었다. 얼굴도 토끼보다 더 귀엽고 사랑스러웠다. 진 듯 만 듯한 쌍꺼풀이 귀여운 두 눈을 돋보이게 만들었고 쏙 빠져 헤엄쳐도 될 것 같은 촉촉한 눈동자, 오똑 서지도 않으면서 낮지도 않은 작은 귀여운 코, 언제나 미소를 짓고 있는 입은 내가 살아가는 이유였다.

은희, 은희야. 내가 나의 세계로 돌아온 것인가? 어떻게 된 것이지? 이건 꿈?

은희의 사랑스러운 얼굴이 가까이 다가오더니 나의 볼에 뽀뽀를 하고서 방긋 웃는 얼굴로 나의 가슴으로 파고들었다. 은희야…….

나의 강아지 은희의 머리칼을 쓰다듬으며 그 부드러운 감촉을 느꼈다. 촉감이 그대로 전해지면서 나의 눈엔 한두 방울의 눈물이 흐르려 하고 있었다. 나는 침대 위에서 모포를 덮고 있었다.

모든 것이 꿈이었나… 하라만도 형제들의 기억은? 하지만 모든 기억이 생생하기만 한데 꿈이었을 리가…….

"아빠, 왜 그래? 왜 그런 이상한 얼굴을 하고 있어? 홍! 아빠는 은희

가 싫은 거지? 하루 종일 잠만 자고. 나쁜 아빠야. 아빠는 계모 아빠
야! 맨날 잘 놀아주지도 않고. 나쁜 계모 아빠. 나는 슬픈 신데렐라.
에헤헤헤~"

싫어할 리가… 은희야, 나의 사랑스러운 딸 은희야. 얼마나 보고 싶
었는지 너는 모를 거야, 은희야.

오크로서의 생활했던 기억, 드래곤에게 잡혀가 죽음을 맛보게 되었
던 기억. 이 모든 것이 꿈이었을까?

"아빠~ 우리 서울랜드 가자! 응? 은희는 서울랜드 가고 싶어. 나는
이쁜 신데렐라니까 서울랜드 가서 멋진 왕자님하고 춤을 춰야 해. 아
빠~ 은희하고 서울랜드 가자~ 아빠~"

"그래그래, 우리 착한 은희하고 당연히 서울랜드를 가야지. 그렇고
말고. 우리 공주님~"

"정말?"

은희는 뜻밖이라는 듯 귀여운 두 눈을 커다랗게 뜨고서는 부비적거
리며 나의 가슴에 더욱 꼭 얼굴을 파묻었다. 나는 은희를 두 팔로 안
고 침대에서 일어나 방문을 열었다. 역시 나의 집 그대로였다.

먼지 하나 묻어 있지 않은 1층으로 내려가는 계단에서 풍겨오는 반
가움에 천천히 첫발을 내디뎠다. 눈에 피로를 주지 않는 은은한 형광
등 빛에 느껴지는 반가움이란 말로 표현할 수 없을 정도였다.

하지만 나의 형제들은? 클레이스, 하라만도 형제들, 드워프들… 모
든 것은 꿈에 불과한 것인가? 그렇지만 이렇게 기억이 생생한데…….

"아빠~ 왜 그래! 오늘 아빠 이상해. 은희가 아빠 보기엔 참으로 이
상해."

"어이구, 우리 공주님. 왜 그러십니까? 어서 내려가겠습니다. 서울

랜드에 가야 하지 않겠습니까? 하하하."

커다란 웃음소리를 내며 1층으로 내려갔다. 1층에 내려가니 커다란 가족 사진이 걸려 있었다. 의자 두 개에 나와 나의 아내가 앉아 있고 우리들의 무릎에 엎드려 활짝 웃고 있는 은희. 가족 사진을 본 나의 입꼬리가 살며시 올라갔다.

"여보, 일어났어요?"

이 소린? 무척 오랜만에 들어보는 느낌… 나의 아내. 막 음식을 하고 있었는지 왼손에는 국자를 들고 있었고 귀여운 토끼 그림이 그려져 있는 앞치마를 두르고 있었다. 한낱 꿈에 불과했던 것일 뿐인데 왜 이렇게 가족이 반갑지? 내가 잠시 정신이 이상해졌었나… 꿈에서 살던 세계가 무척이나 기억에 남는구나, 한낱 꿈에 불과했던 것뿐인데…….

"엄마, 아빠가 아빠가 은희하고 서울랜드 간대~ 우헤헤~"

"와~ 우리 은희 좋겠구나. 아빠하고 서울랜드도 가고."

"응! 나는 신데렐라니까 서울랜드 가서 왕자님 만나야 해! 우헤헤~"

왜 이렇게 가슴이 뭉클한 거지? 꿈 때문에 그런 것인가. 꿈이 너무나 기억에 생생해. 몇 년 간 직접 살았던 것처럼. 가족도 오랜만에 만나는 것 같고. 아니야, 내가 이상해졌었나 보지. 그런 세계가 있을 리가 없잖아. 누가 보면 웃겠군, 사회학 박사라는 자가 꿈 때문에 정신이 이상해졌다니.

"은희야, 아빠 세수 좀 하고 올게."

"응!"

은희가 활기 차게 그 자리서 방방 뛰며 대답했다. 은희는 모든 것이

즐거운 듯 방실방실거리기만 하였고, 나의 아내는 그런 은희를 보면서 은은한 미소를 띠었다. 화장실이 어디였더라…….

앗! 하루 만에 화장실까지 잊어먹다니. 정말 내일 정신과 치료 좀 받아야겠어. 정말 이상해, 이상해. 설마 이게 꿈은 아닐까? 도대체…….

"이쁜 은희 신데렐라는 계모 아빠를 기다리고 있어! 빨리 씻어, 아빠!"

"그래그래, 어서 씻자, 은희야. 나의 사랑스러운 딸 부탁이라면 이 아빠가 무엇이든 들어줄 수 있지. 그런데 여보, 화장실이 어디였더라?"

국에서 한 수저 떠 간을 보고 있던 아내 역시 방긋 웃으며 나를 바라보았다. 아내는 무척이나 예뻤다. 하지만 꿈을 꾸기 이전에 아내는 이렇게 이쁘게 보이지 않았었는데.

"웬일로 은희하고 서울랜드도 간다고 하고. 여보, 이상하네요? 화장실은 저쪽이잖아요."

방긋 웃는 아내를 보며 실실 웃고는 화장실로 들어갔다. 화장실에서 반짝이는 좌변기는 무척이나 어색하게만 보였다. 마치 내가 사용해서는 안 될 물건인 것처럼. 거울 속에 비친 내 모습도 너무나 어색했다. 내가 마치 다른 사람의 몸에 들어온 것만 같았다.

이게 나인가? 나는 이런 모습이었나? 제길! 오늘 내가 왜 이렇지! 머리 속에서 휘돌아치는 생각들을 잊기 위해 수도꼭지를 세차게 비틀었다. 갑자기 많은 물이 쏟아져 나오면서 폭포에서 물이 떨어지는 듯한 커다란 소리가 만들어졌다. 물이 세면대에 부딪히는 소리에 어느 정도 마음은 안정되었다.

“여보, 물을 그렇게 세게 틀면 어떡해요?”

화장실 문밖에서 아내의 목소리가 들려왔다. 물을 세게 틀면 안 되는 건가? 어차피 자연의 일부인데. 수도꼭지를 반대 편으로 돌리자 쪼르르 하면서 작은 물줄기만이 흘러나왔다. 세수하기에는 충분하지 않은 물이라서 조금 더 많이 나오게 수도꼭지를 비튼 후 비누를 묻혀 세수를 했다. 무척 오래전에 만져 보았던 것 같은 비누의 향기는 나의 기억과는 다르게 느껴졌다.

비누가 이런 냄새였던가…….

비누의 독한 향기가 코를 찌르며 나의 얼굴을 찡그리게 만들었다. 나는 비누의 향기를 물로 씻어낸 후에야 찡그렸던 얼굴을 펼 수가 있었다. 머리 역시 감으려고 하였으나 비누도 이 정도니 도저히 샴푸까지 참아낼 수가 없을 것 같아 샴푸로 향하던 손을 타월로 가져갔다.

대충 머리에 물을 묻혀 뜨거나 가라앉은 머리를 안정시킨 후에 화장실에서 나왔다.

“아빠~ 어서어서! 신데렐라를 성에 데리고 가줘!”

화장실에서 나오자마자 달려드는 은희에 의해 찡그려졌던 얼굴이 활짝 펴지게 되었다.

“그래그래. 은희야, 어서 서울랜드 가자.”

“여보, 그런데 은희하고 놀아주는 것도 좋지만 준비하고 있는 논문은 완성됐나요?”

논문? 그런 것도 있었나? 아! 내가 준비하고 있던 논문이 있었지. 제목이 뭐였지? 제길! 왜 이렇지? 내가 아닌 것 같아. 마치 이 몸은 내 것이 아닌 것 같아. 이상해, 이상해. 내가 미쳐 버린 건가?

“논문이라니, 여보.”

“논문 말이에요, 여보.”

마침 음식 준비를 끝낸 아내가 두르고 있던 앞치마를 벗으면서 다가왔다. 내가 신기하다는 듯 쳐다보는 아내의 시선에 알지 못한 이질감을 느껴 고개를 홱 돌려 나의 사랑스러운 은희를 번쩍 들고 목마를 태웠다.

“와아~ 와아~ 아빠, 최고야! 이 상태로 서울랜드로 출발!”

“그래그래!”

“아니, 여보! 밥은 드시고 나가셔야죠.”

“됐어, 여보. 미안하지만 은희하고 빨리 나가 보고 싶거든. 서울랜드 갔다 와서 먹을게, 여보. 그렇지, 은희야?”

“당연하지, 아빠~ 은희는 어서 가고 싶거든.”

고개를 올려 목마를 타고 있는 은희의 얼굴을 쳐다보았다. 은희는 당연하다는 듯 세차게 고개를 끄덕이곤 몸을 앞뒤로 흔들며 재촉했다. 음식을 차린 아내에게는 미안하지만 서둘러 신발을 신고 밖으로 나왔다. 밖으로 나온 나는 갑자기 가슴이 턱 막히는 둔탁한 공기에 놀라 다시 집 안으로 들어갔다.

공기가 왜 이 모양이지? 숨이 막혀와. 헉! 왜 이러지? 내가 왜 이런 거지? 무척 더러운 공기야. 내가 이상한 것이 아냐. 밖의 공기가 더러워 숨이 막힐 지경이야!

“여보, 뭐 놓고 가셨어요?”

“아빠, 어서 나가자~ 왜 들어왔어?”

“아니, 공기가… 그런데 집 안의 공기는 왜 이렇게 깨끗하지?”

“여보, 오늘따라 이상하네요? 환풍기가 있잖아요. 저번에 김 박사님이 선물해 주신 일제 환풍기요. 일제라 그런지 엄청 좋은 거 있죠?”

확실히 집 안의 공기는 바깥보다는 깨끗하긴 했지만 뭔가가 어색한 느낌이었다. 강물에 물고기가 살고 있지 않은 느낌. 그저 숨을 쉬는 데만 이상이 없는 단지 공기일 뿐이다.

"아빠~ 왜 그래, 응? 사실은 은희하고 서울랜드 가기 싫은 거지? 은희 신데렐라가 왕자님 만나는 게 질투 나는 거지? 에헤~ 아빠, 바보."

"그래그래, 아빠는 바보니까 서울랜드 가지 않으면 안 될까?"

더러운 공기에 숨을 쉴 수 없기에 집 밖으로 나가기가 싫었다. 하지만 울먹거리려 하는 은희를 보니 차마 서울랜드에 가지 않고는 나 자신이 미워질 것만 같았다.

"자, 우리 은희 공주님. 그럼 갑시다."

"와~ 우리 아빠 최고야!"

무겁기만 한 문을 여니 더러운 공기가 콧속으로 들어와 나의 폐 속을 더럽혔다. 그렇지만 환하게 웃으면서 기대에 부푼 나의 사랑스러운 딸을 보니 꼭 서울랜드에 가야만 할 것 같았다. 언제부터 공기가 이렇게 더러워졌지?

서울랜드에 가기 위해 은희의 작은 손을 꼭 잡고 거리를 걸었다. 수십 대의 자동차가 쌩쌩 달리는 도로에서 많은 먼지들과 자동차에서 내뿜는 가스들 때문에 연신 기침을 할 수밖에 없었다.

"아빠, 어디 아파?"

은희는 아무렇지도 않은 듯 동그랗게 눈을 뜨며 말했다.

"아니야, 아빠는 괜찮아. 그럼 가자."

도시의 거리는 너무나 삭막했고 더러웠다. 여기저기 널린 쓰레기에선 누런 오물들이 흘러내렸고 그 위를 파리들이 날아다니고 있었다.

사람 한 사람 한 사람이 나를 지나칠 때마다 느껴지는 삭막함은 너무나 익숙하지 않은 새로운 기분이었다. 무척이나 좋지 않은.

쓰레기가 모여 있는 곳에선 악취가 풍겼다. 꿈에서 느꼈던 하라만도 전사들의 입 냄새와는 비교도 할 수 없을 정도였다. 이런 쓰레기는 모두 사람들이 먹다가 남긴 사치품들인데. 사치품에서 이런 악취가 나다니. 인간의 손을 거친다면 모두 악취가 나는 건가.

도로를 꽉 메운 자동차의 경적 소리에 나는 두 귀를 막았다. 막지 않고서는 그 시끄러움에 정신이 돌아버릴 것만 같았다. 더러운 공기와 악취, 시끄러운 소리. 도시의 거리는 혼잡하고 어지러웠다. 그러나 그보다 참지 못했던 건 거리를 걷는 사람들의 무표정한 모습이었다. 간혹 표정을 짓는 이들이 있었는데 무엇에 그렇게 화가 났는지 찡그리고 있었다.

도시가 언제부터 이렇게 더럽고 추해졌지? 나는 이곳에서 계속 살고 있지 않았는가. 지금까지는 이런 느낌을 받지 못했었잖아! …꿈의 하라만도 마을이 그립구나. 꿈으로 돌아가고 싶어.

"아빠, 택시 와. 택시!"

은희의 목소리에 정신을 차리고 바라보니 노란 간판을 단 택시가 달려오고 있었다. 택시의 뒤를 따라오는 건 뿌연 공해 물질이었다. 저런 공해 물질을 이끌고 달리는 자동차를 탈 수는 없었다.

"은희야, 가자. 집에 가자."

"싫어싫어, 은희는 서울랜드 갈 거란 말이야! 아빠, 은희가 싫어진 거야? 은희 서울랜드 갈 거야!"

몸을 이리저리 흔들고 울먹거리는 은희를 바라보았다. 나는 역시 은희를 이길 수 없었다. 택시가 지나가고 버스가 다가왔다.

"은희야, 아빠가 거짓말한 거야. 저기 버스 온다. 버스 타고 가자."

"정말? 아빠, 미워. 에헤헤헤~"

은희는 눈물이 맺힌 눈을 팔등으로 훔치더니 이내 언제 그랬다는 듯이 헤헤거리며 방긋 미소를 지었다.

으쌰!

은희를 두 팔로 안고서 버스에 올라탈 때였다. 버스 안으로 들어가려고 할 때 나를 가로막는 버스 기사의 손에 더 이상 들어가지 못하였다.

"버스 요금을 내셔야죠, 손님."

"아빠~ 왜 안 들어가?"

"버스 요금을 내야 된다는구나."

"손님, 어서 돈을 내세요! 뒤에 사람들이 기다리지 않습니까?"

뒤를 바라보니 많은 사람들이 살기를 띠며 나를 노려보고 있었다.

"비켜요, 아저씨!"

가슴이 훤히 보일 듯한 티와 팬티가 보일 듯 말 듯한 짧은 치마를 입은 한 여자가 나를 밀치며 말했다. 그 여자의 고개가 흔들릴 때마다 방정맞은 노랑 머리가 흔들리면서 썩은 염색약 냄새가 풍겼다.

"손님, 어서 돈을 내세요."

"거기, 어서 돈 냅시다. 없으면 어서 내리던지."

뒤에서 차례를 기다리고 있던 사람들 중 어디선가 굵은 톤의 목소리가 튀어나왔다.

돈? 아, 그래, 돈.

"잠시만요."

난 돈을 꺼내기 위해 가슴 안으로 손을 집어넣었다. 매끈한 쇠가죽의 감촉이 느껴지는 지갑을 꺼내 들었다. 돈을 꺼내기 위해 지갑을 열어보았지만 지갑에는 퍼렇고 빨간 종이 몇 장들만 있을 뿐이었다. 지갑 안을 이리저리 뒤적였지만 여전히 파란 종이들만 보였을 뿐이었다. 할 수 없이 난 체념한 듯이 한숨을 푹 내쉬며 말했다.

"돈이 없군요."

시끄러웠던 주위는 조용해지면서 일제히 나를 쳐다보았다. 사람들의 눈은 동물원의 원숭이를 보는 듯한 시선을 보내고 있었다. 그 시선은 이어 분노를 표출해 냈다.

"이거 완전히 미친 사람 아니야! 생긴 것은 멀쩡하게 생겼으면서 옆의 딸자식에게 부끄럽지 않나!"

"야, 이 자식아! 돈 없으면 어서 내려. 거기서 길 막지 말고!"

뒤에서 나를 끄집어내는 커다란 힘에 나는 뒤로 자빠져 버스 밖 도로에서 나뒹굴었다. '아빠!' 하고 소리치면서 은희는 나에게 달려와 울기 시작했다.

"왜, 왜 우리 아빠 때려. 으아아아앙~ 아빠, 괜찮아? 으아아앙~"

버스가 더러운 가스를 우리에게 토해내고는 멀리멀리 떠나가 버렸다.

"은희야, 울지 마. 아빠는 괜찮아. 울지 마, 은희야."

나는 넘어질 때 찢어진 나의 무릎에서 흐른 피를 은희가 볼세라 얼른 윗옷으로 닦아내었다. 눈물에 의해 충혈된 은희의 눈을 한번 어루만져 준 다음 은희를 목마를 태우고 더러운 거리를 걸었다.

"훌쩍. 아빠, 괜찮아? 은희 서울랜드 안 가도 좋아. 훌쩍."

정말 더러운 세상이다. 숨을 쉴 수 없을 듯한 공기하며 삭막하기만 한 사람들의 인심. 또 돈이란 건 무엇인가? 제길. 이런 곳은 은희만 없

다면 금방이라도 떠나 버리고 싶다. 떠날 수 없으면 저기 보이는 한강
에 빠져 죽어버리고 싶다. 죽어버린다면 이런 더러운 공기를 안 마셔
도 되겠지.

"은희야, 이만 집으로 돌아갈까? 아빠 잠이 오네?"

"응."

은희는 훌쩍거리며 팔등으로 눈물을 훔치곤 대답했다. 난 나의 사
랑스러운 딸을 목마를 태우고 천천히 걷기 시작했다. 은희의 작은 무
게가 나의 어깨를 누르며 이내 작은 숨소리가 들려왔다. 집에 도착하
여 문을 열고 들어서자 아내가 의외라며 다가왔다.

"여보, 왜 이렇게 빨리 왔어요?"

"아, 그냥 단지 힘들어서. 은희가 많이 피곤한 모양이야."

나의 목을 꼭 껴안고 잠들어 있는 은희를 조용히 끌어안으며 아내
에게 건넸다. 아내는 은희를 두 팔로 받으면서 말했다.

"그럼 당신도 이만 쉬세요. 저도 오늘따라 피곤하네요."

"그래."

비록 담배는 펴보지 않았지만 담배의 연기를 뿜어내는 것처럼 깊은
숨을 들이쉬었다가 후~ 하는 소리와 함께 내뱉었다. 무거운 어깨를
힘겹게 움직이면서 침실로 들어가 침대에 몸을 맡겼다. 아무래도 오
늘따라 내가 이상해진 모양이다. 정말이지, 오늘의 내 몸은 내 몸이
아닌 것 같다. 눈을 감자마자 눈은 이때를 기다렸는지 바로 잠을 몰고
왔다.

가물가물한 몽롱한 정신에 맺힌 뿌연 암흑 속에 악마들의 속삭임처
럼 귀를 간지럽히는 자그마한 소리에 잠을 깼다. 잠을 깨자 그 작은
소리는 문제 따위가 아니란 걸 바로 깨달았다. 저 문틈에서 새어 들어

오는 연기와 무언가가 타 들어가는 소리가 온 집 안을 메웠다. 뭐지?

난 그대로 이불을 걷어차고 문을 열기 위해 손잡이를 잡았다. 달궈진 손잡이는 나의 손에 화상을 입혔고, 나는 너무 뜨거워 소리를 질러대며 손잡이에서 손을 뗐다.

지금 이게 무슨 상황이지? 불이 난 거야? 은희와 아내는!

"은희야! 여보!"

힘차게 불러보았지만 대답으로 들려오는 건 불의 침 넘어가는 소리였다. 이윽고 문이 전부 타 들어가 반대 편으로 쓰러졌고, 문이 부서진 틈에 보이는 거실의 풍경은 가관이었다. 말 그대로 불천지. 불이 하늘을 뒤덮고 땅을 태우면서 온 집 안에 불만 보였다. 난 멍하니 불을 쳐다보고 있다가 이내 정신을 차렸다.

"제길! 은희야~ 은희야~"

대답이 들려오지 않는 걸 보니 아무래도 빠져나간 모양이었다. 내 침실이 2층밖에 되지 않는지라 이대로 창문 밖으로 뛰어내린다면 약간의 타박상밖에 입지 않을 것이다. 눈물과 콧물을 흘리고 매서운 연기를 연신 들이키면서 기침을 해댔다. 창문을 열자 연기들은 새장에 갇힌 새들이 자유를 얻고 풀려나 날아가듯이 밖으로 날아가기 시작했다. 창밖에서는 마을 사람들이 웅성거리면서 나를 보고 뭐라 외치고 있었다. 난 그대로 창문을 짚고 밖으로 뛰어내렸다.

쿵!

다리에서 느껴지는 충격에 아픔을 느끼기도 전에 사람들이 몰려왔고, 흰옷을 입은 사람들이 나를 에워싸더니 어느 작은 자동차로 수송해 갔다. 걱정스런 눈빛을 보내며 걱정 마시라고 토닥이는 그들에게 난 왠지 모를 불안감을 느끼면서 입을 열었다.

“제 딸, 제 아내는 어떻게 됐습니까?”

그들은 말이 없었다.

“대답해 주십시오! 어떻게 됐습니까?”

여전히 말이 없었다.

“뭡니까! 대답해 주시라고요! …혹시……?”

입 안에 고였던 침을 한번 삼켰다. 침 넘어가는 소리가 유난히 크게 들렸고 흰옷을 입은 사람들은 조용히 고개를 끄덕이면서 바닥으로 눈을 내려뜨렸다. 왜 고개를 끄덕이는 거야?!

“고개를 왜 끄덕입니까? 끄덕이지 마십시오! 아닙니다! 아니라고요!”

난 도저히 참을 수 없는 기운에 주먹을 내지르면서 차 안의 창을 쳤다. 유리창에 금이 가는 것을 보고도 그들은 조용히 나를 쳐다보았다. 그리고선 말했다.

“죄송합니다, 선생님. 선생님의 아내와 딸은 이미… 이미…….”

“이미 뭡니까? 아닙니다! 그렇지 않다고요!”

“이미… 돌아가셨습니다.”

돌아갔다고? 어디를 돌아갔어? 친정에? 아! 아내는 친정에 돌아갔고 은희는 유치원으로 돌아갔구나. 그랬어… 하하하하!

“하하하하!”

내가 웃어대자 그들은 나의 등을 조심히 토닥였다. 내 웃음이 울음으로 바뀌기까지는 그리 시간이 걸리지 않았다. 내 딸과 아내가… 죽었다고? 죽었다고? 그럼 나는… 나는 어떻게 살아가란 말인가? 내가 왜 사는데? 이 미친 세상에서 왜 사는데? 내 딸 은희가 없는 세상은 헛된 세상, 거짓된 세상. 보거스(거짓)야!

"미친놈……."

나는 중얼거렸다. 미쳤어. 나는 미쳤어. 무슨 아내와 딸이 죽었다고 그러는 거냐? 아내와 딸은 멀쩡해. 친정에서 모두 웃는 얼굴로 날 기다릴 거야.

"선생님, 어떻게 하시겠습니까? 돌아가신 아내와 딸의……."

"아니야! 아니야! 내 아내와 딸은 죽지 않았어!"

아내와 딸이 없다면… 죽었다면 난 어떻게 살지?

그때였다. 창밖으로 조금씩 들어오던 달빛은 한순간 커져 나의 온몸을 덮쳐 뜨겁게 달구기 시작했다. 온 세상이 환한 빛으로 둘러싸여 서서히 희미해졌다.

＊　　　　＊　　　　＊

"어떤가, 오크여? 너는 지금 육체적 죽음과 정신적인 죽음을 느껴보았다. 오크여, 어떤가? 죽음에 대한 고통이. 이제야말로 정말로 죽고 싶은가?"

뭐지? 한순간에 눈이 떠지면서 주위는 환해졌다. 거대한 존재 드래곤이 위에서 나를 내려다보고 있었다. 원래 내가 살던 세계로 복귀했던 일은 환각에 불과했다. 그렇다면! 나는 드래곤에게 사지가 뜯기고 배가 뚫려 죽었었는데. 하지만 나의 몸은 멀쩡했다. 피가 나거나 약간의 상처조차 없었다. 믿기지가 않아 멀쩡한 팔다리를 쓰다듬었다. 팔다리에서 느껴지는 촉감에 나는 안도의 한숨을 쉬었다.

"오크여, 네게 보여준 영상은 모두 환상이었다. 육체적인 죽음과 정신적인 죽음을 보여준 것이다. 네게 무엇이 보여졌는지는 모른다.

하지만 아마 사지가 뜯겨 나가는 육체적인 죽음을 맛보았겠지. 어떤
가? 사지가 뜯겨나가는 죽음은. 그리고 정말로 죽고 싶다는 정신적 죽
음은 어떤가.”

드래곤의 말대로라면 드래곤에 의해 팔다리가 잘려 나가고 가슴이
뚫린 것은 육체적 환각이요, 은희를 만나고 더러운 도시 문명에 죽고
싶다는 생각이 든 것은 정신적 죽음이라는 말인가.

조금 전의 환각에서 보여졌던 은희에 대한 영상이 머리 속 깊숙이
박혀 떠나질 않았다. 귀엽고 조그마한 나의 사랑스러운 앵무새 은희.
은희야……

막 감상에 젖어 나의 딸 은희의 얼굴을 떠올리려 할 때 드래곤의 음
성에 떠오르던 은희의 얼굴은 무참히 깨져 버렸다.

“어떤가, 오크여. 죽고 싶은가?”

“아니, 아니, 아니! 죽고 싶지 않… 습니다!”

“어째서 말이 다른가, 오크여? 너는 죽고 싶다고 하지 않았나.”

축 가라앉은 드래곤의 음성이 이 고귀한 장소를 꽉 메웠다.

“아닙니다. 죽고 싶지 않습니다, 드래곤이여.”

드래곤의 음성에 나는 자연스럽게 드래곤을 높여 세우는 어투로 말
하게 되었다. 드래곤… 이 거대한 존재에서 나오는 공포와 위압감이
란 나의 떨리는 몸이 그대로 말해 주고 있었다.

“그럼 너의 형제를 무참하게 먹어버린 것에 대한 복수는 어떻게 할
것인가, 어리석은 피조물이여?”

“약육강식. 드래곤, 당신 역시 장대한 힘을 가지고 있다 해도 자연
의 일부인 것입니다. 살기 위해선 먹어야 하고 먹기 위해선 죽여야 합
니다. 저희들이 물고기를 잡듯 드래곤, 당신은 우리 오크를 잡은 것입

니다. 복수 따윈 하고 싶어도 그럴 능력이 없다는 것 당신도 잘 아시지 않습니까? 모두 자연의 일부인 것입니다. 드래곤, 당신 말대로 저같은 피조물이 어떻게 복수 따윌 생각하겠습니까?"

대답이 끝나자 드래곤은 나를 가만히 쳐다보았다. 아무 말도 하지 않고 쳐다보는 드래곤의 시선이 무척 부담스럽고 공포스러운지라 고개를 돌려 시선을 외면했다.

"역시. 오크여, 그대는 상당히 재미있는 장난감이다. 자연의 일부라… 자연은 무엇이라 생각하는가, 오크여?"

"우주에서 생성하는 모든 것이 거기에서 생기는 본원이 아닙니까, 드래곤이여?"

"그렇다, 오크. 정말 신기하구나, 너란 존재는. 내가 잠들기 전 한 인간을 만났었다. 그 인간도 너와 같은 말을 했지. 나와서 자라고, 쇠약해져 사멸하며, 그 안에서 생명력을 가지고 스스로의 힘으로 생성, 발전하는 것이라 하였다."

"인간이라……."

이 존귀한 존재 드래곤의 입에서 인간이란 말이 나오자 나는 이전 인간 마을에서 전쟁을 틈타 강간을 하려던 인간이 떠올라 입을 꽉 깨물었다.

"왜 그런가, 오크여. 인간이 싫은가?"

"그렇습니다, 드래곤이여. 저는 인간이 싫습니다. 악하고 탐욕적인 인간이 싫습니다."

"흥!"

나의 말에 드래곤의 커다란 코에서 콧바람이 일어 나의 몸을 스치고 지나갔다.

"무엇이 그렇게 싫다는 거냐, 오크여."

"우선 양면성입니다. 인간은 모두들 두 얼굴을 가지며 살아갑니다. 하나는 사회를 위한 얼굴이고 또 다른 하나는 자신을 위한 얼굴입니다. 사회를 위한 얼굴은 인간들이 정해놓은 윤리라는 것에 의해 표정을 짓고, 자신을 위한 얼굴은 추악한 본성에 의해 표정을 짓습니다. 자연 그대로 자신의 본성을 드러낸다면 그리 추하게 보이지는 않습니다만 오히려 위선과 자만으로 가득 찬 그들이 무척이나 추하고 악해 보입니다. 사회를 위한 얼굴이 자신을 위한 얼굴로 탈바꿈될 때는 그들의 탐욕과 폭력이 겉으로 나타날 때입니다."

"크오오오, 정말 재미있는 오크군. 너희들 오크는 다르단 말인가? 인간같이 양면성을 가지지 않는단 말인가?"

드래곤의 커다란 날개가 퍼덕이더니 세찬 바람이 몰아쳤다. 그 바람은 그 공간에서 한동안 떠돌다가 어디론가 없어져 버렸다.

"그렇습니다, 드래곤이여. 저희들 오크는 다릅니다. 저희는 자유의 종족입니다. 양면성이란 존재하지 않습니다. 위선 덩어리 인간과는 정말 다릅니다."

드래곤의 눈이 점점 커졌다.

"정말 웃기는구나, 오크여. 너희 종족 오크는 잘 모르겠지만 적어도 너만은 양면성을 지닌 듯하구나."

"무슨 말입니까, 드래곤이시여?"

"그 말은 계속 생각해 보거라, 오크여. 그러면 언젠가는 알게 될 테지. 내 너를 죽이진 않겠다. 너는 충분히 나의 장난감이 될 수 있다. 내 너를 지켜보겠다, 오크여. 재미있는 나의 장난감, 오크여. 그럼 이만 돌아가거라. 언(言)."

이곳에 올 때와 마찬가지로 갑자기 환한 빛이 나를 덮쳤다. 환한 빛에 둘러싸인 나에겐 뿌연 것 빼고는 아무것도 보이지 않았다.

한순간이었다. 내가 드래곤에게 잡혀가게 된 이 하라만도 마을의 입구에 오게 된 것은.

"무슨 말이십니까, 드래곤이시여! 제가 양면성을 지녔다니요?!"

도대체 무슨 소리였을까? 양면성이란. 더러운 인간과 같은 양면성이 나에게 보였단 소린가?

나는 어딘가 나를 지켜보고 있을 드래곤에게 말하듯 하늘을 향해 소리쳤다. 하지만 들려오는 소리는 없었다. 잔잔한 쓸쓸함에 나는 얼굴을 찡그렸다. 돌아온 것은 확실하다. 우리 하라만도 형제들의 복수도 하지 못한 채. 그렇지만 당연한 것이 아닌가? 나는 그럴 능력도, 그럴 힘도 없었다. 나는 그 드래곤의 새끼발가락도 건드릴 수 없었다.

사실상 그런 존재가 이 세계에 있다는 것 자체가 불가사의였다. 나는 아직 우물 안의 개구리였다. 내가 지금 살아가고 있는 이 세계에 대해 알고 있는 게 얼마나 될까?

오크, 마법, 드워프, 광산, 드래곤……. 더 이상 뭐가 있는가? 이런! 정작 나는 알고 있는 게 아무것도 없었다. 그런데 혼자 자아도취되어 살아가고 있는 게 아닌가. 정말 한심하구나, 나란 존재는.

나는 피로 뒤범벅이 되어 있을 마을 안으로 들어갔다. 하지만 마을 안은 아무 일도 없었다는 듯 말끔한 옛 하라만도 마을 그대로였다.

드래곤이 부숴 버린 우리 하라만도 움막은? 이리저리 굴러다니던 반쯤 먹다 뱉힌 우리 하라만도 형제의 머리는 어디 갔지?

"샤코로움이시여, 왜 그러십니까?"

어리둥절해서 주위를 둘러보고 있는 나의 모습을 본 형제들은 한결같이 그렇게 말했다. 지금 나는 귀신 놀음에 놀아난 것인가?

"부서진 움막은 어떻게 되었습니까, 형제들이여. 또 드래곤에 의해 뿌려졌던 피 자국들은?"

"무슨 말씀이신지 모르겠습니까, 샤코로움이시여."

"왜 이렇게 마을이 아무 일도 없었던 듯합니까, 형제들이여?"

나의 말을 듣고 있던 형제들은 고개를 갸우뚱거리며 내 말의 뜻을 잘 모르겠다는 듯 다시 되물었다.

"예? 샤코로움 하크시여, 무슨 말을 하시는지……."

"드래곤의… 침략 말입니다."

"샤코로움이시여, 무슨 말을 하시는지 잘 모르겠습니다."

모두들 드래곤의 침략은 없었다는 듯 내 말을 알아듣지 못했다. 다른 형제들 기르츠, 이히리, 샤아오 등 모두에게 드래곤의 침략에 대해 물어보았으나 그들은 그런 일은 없었다는 듯 고개를 가로저었다.

드래곤은 분명히 우리 마을을 침략했고 많은 형제들이 죽었었다. 하지만 지금에 와서는 드래곤의 침략은 없었고 죽었던 형제들은 이미 없어져 버린 존재로 바뀌어 있었다. 드래곤에게 먹힌 형제는 처음부터 이곳에 태어나지 않은 것으로 되어 있었다. 죽은 형제들을 아느냐고 물어볼 때마다 모두들 모른다고만 대답할 뿐이었다 그럼… 나를 마을에서 끌고 이상한 장소로 가기 전에 외쳤던 드래곤의 말이 이런 뜻이었던가?

'마을이여, 원래대로 돌아가라, 오크들이여, 죽은 존재는 없는 존재이다'. 이 드래곤의 두 마디에 마을은 아무 일도 없었다는 듯 이렇게 돌아가 있었다. 그렇지만 나는 왜 다른 형제들처럼 그 죽은 존재를 기억하고 있는 것일까? 드래곤의 '오크들이여'. 이 말은 오크들을 향한 주문의 뜻을 가지고 있을 것이다. 그렇다면 나는 오크가 아니라는 말인가?

아냐, 나는 오크란 말이다. 하라만도 전사의 자랑스런 샤코로움!

머리가 너무나 어지러웠다. 세상 모든 것이 나의 머리 속에 들어와 난장판을 치고 있는 것 같았다.

"형제들이여, 나는 자고 일어나겠소. 그럼."

나는 그렇게 말한 뒤 커다란 고목 나무 밑의 시원한 그늘로 다가갔다. 커다란 나무 그늘은 큰대 자로 뻗어 있는 나의 몸을 완벽히 가려 햇빛으로부터 뜨거운 공격을 받지 못하게 만들었다. 시원한 바람이 불어오고 뜨거운 햇빛을 가리자 모든 것은 행복하기만 하였다. 오늘 하루는 무척이나 어지러운 날이었다. 이 세계에 와서 이처럼 어지럽고 혼잡스러웠던 날은 찾을 수가 없었다.

잠을 자려고 누웠지만 내 모든 것, 나의 사랑스러운 딸 모습이 자꾸만 떠올랐다. 제길! 도시 문명에 찌든 더러운 인간들의 세계에서 은희만은, 이곳으로 은희를 데려올 수는 없을까? 이 자유롭고 평화스러운 우리 형제들의 세계로 말이다.

아침이 되자 자연스럽게 눈이 떠졌다. 하라만도 마을은 여느 때와 같이 아침 식사를 하기 위해 분주히 움직이고 있었다.

"샤코로움이시여, 일어나셨군요."

막 사냥을 가려고 하던 샤아오가 일어난 나를 보고 가까이 다가왔다. 어젠 정말 혼잡한 하루였어. 드래곤의 침략도 없던 일이 되어버렸고. 하지만 죽음의 공포도 끔찍했어. 정말 죽는 것이란……

"아! 샤아오여, 사냥 가는가 보군요."

"그렇습니다, 샤코로움이시여."

우리 하라만도 형제들은 이제 끼니를 위해 그때그때마다 사냥이나 낚시를 한다. 귀찮은 일임에는 틀림없지만 냉장을 할 수 없는 지금으로썬 그 방법이 가장 나았다. 어려운 일이 닥쳤을 때 비상용의 식량이 없다는 큰 단점이 있지만 지금으로썬 아무런 위험도 없었다. 모든 일은 잘되고 있었다.

좋게 생각하자!

이제 정확히 28번 자고 일어나면 광산이 생기지 않는가? 석기에서 청동기를 거치지 않고 철기로 곧바로 직행하는 것이다! 하늘에서 태양은 모든 것을 어제의 복잡한 일을 모두 잊으라는 듯 밝게 빛났다. 태양에 의해 반짝이는 강물의 물도 보석처럼 아름다웠다.

새로운 태양은 또다시 떴다. 어제의 태양이 아니다. 오늘의 태양이다!

샤코로움 하크. 자랑스러운 하라만도 오크 족의 전사, 그게 나의 이름! 명예!

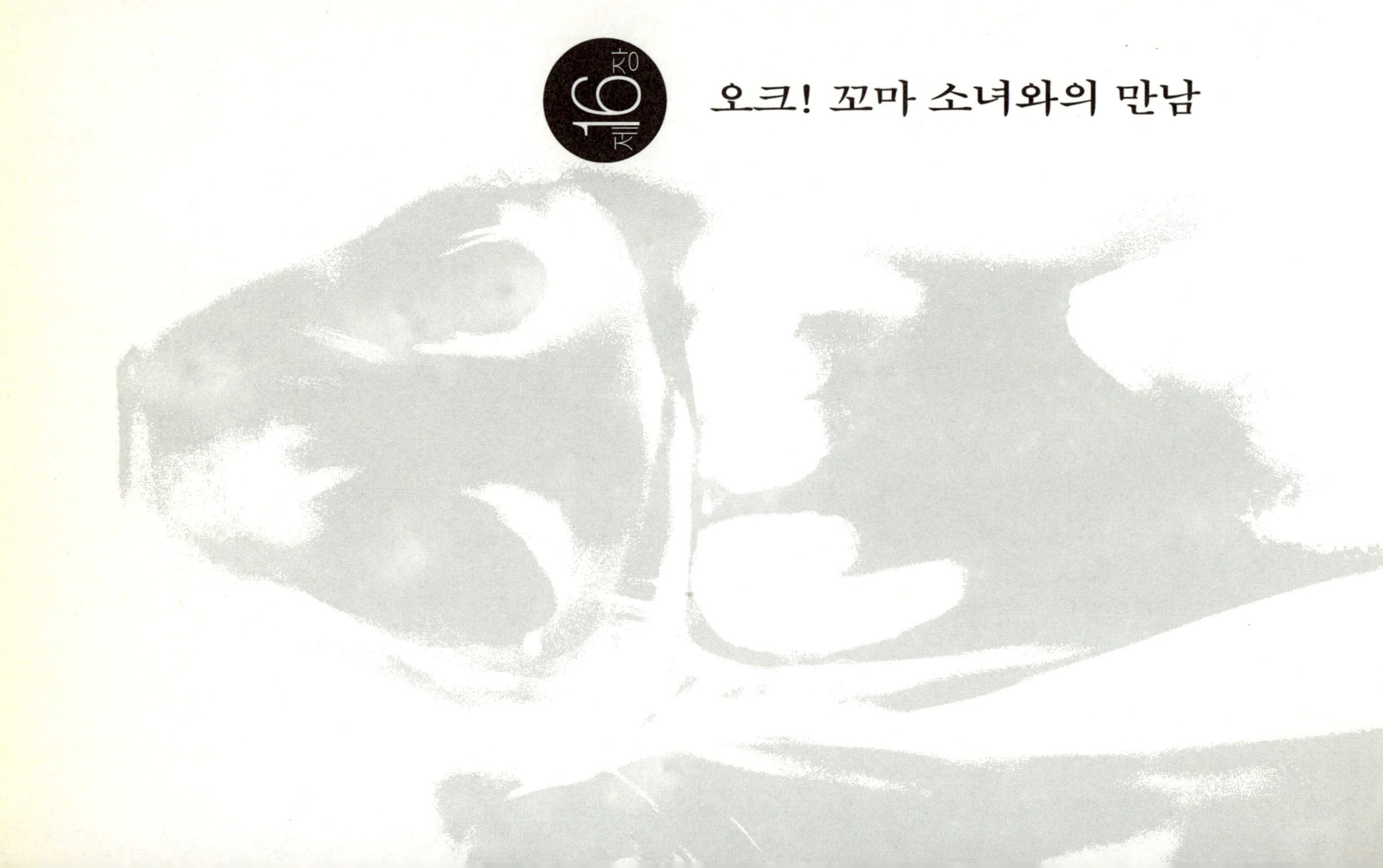

오크! 꼬마 소녀와의 만남

샤아오와 함께 사냥을 나서기 위해 햇빛으로 충만한 숲 속을 뛰어다녔다. 아무래도 두 명이서 돌아다니기에는 성격상 내 마음대로 이동을 하지 못하니 갑갑함을 느꼈다.

"샤아오여, 나는 이쪽으로 갈 테니 형제는 그쪽으로 가시구려."

"아! 샤코로움이시여, 그럼 마을에서 뵙죠."

산 정상까지 올라온지라 밑을 내려다보니 모든 것이 눈에 들어왔다. 저 멀리 갈색 갈대들이 바람에 흔들려 하나의 물결을 이루는 것 같았다. 산에 꼭 갇혀 행동에 제약을 받는 것 같아 밑으로 내려가기로 마음을 먹었다. 하루가 걸리더라도 오크들에겐 그 정도는 아무것도 아니었다. 진정한 자유란 이런 것이다. 썰물처럼 밀려갔다가 밀물처럼 밀려오는 법.

이 지겨운 산에서 내려오니 나의 키보다 약간 작은 갈대들이 온 들판을 꽉꽉 메우고 있었다. 하하하!

"이거 대단한데? 완전히 갈대뿐이잖아. 엄청나. 크하하하하!"

나는 양손에 도끼를 하나씩 쥐고 내 앞을 가로막는 갈대들을 자르며 여기저기 뛰어다녔다. 내 주위의 갈대 줄기들이 거의 베어져 바닥에서 나뒹굴며 연한 갈대들이 허공에 떠다녔다. 베어도 베어도 끝이 없었다. 오로지 앞을 향하여 힘찬 도끼질과 함께 나아갈 뿐이었다. 갈대를 베는 것은 이상한 중독성이 있었다. 벨 때마다 계속 베고 싶어지고, 달릴 때마다 멈추고 싶지 않았다.

세 시간 정도 쉬었다가 달렸다가를 반복하면서 앞으로 향할 때 나의 배는 자신의 몸을 긁으며 꼬르륵 소리를 내었다.

아! 밥을 먹어야 하지 않는가?

나는 잡을 동물들이 있나 주위를 둘러보았으나 보이는 것이라곤 온통 갈대뿐이고 저 끝에서부터 내가 왔던 길을 나타내듯 갈대들이 폭넓게 쓰러져 있었다.

너무 멀리 왔군. 배고픔도 잊은 채 말이야.

아무래도 뒤로 세 시간 동안 뛰어가는 것보다 앞으로 한두 시간만 더 가면 이 넓은 갈대밭의 끝이 나올 것만 같았다. 뒤로 가기보단 앞으로 가는 게 나을 거야. 오면서 동물 한 마리도 보지 못했지 않은가. 앞으로 조금만 더 나가면, 이 넓은 갈대밭이 끝나면서 초원이 나올 것 같다.

이젠 배고프기만 한 배를 움켜잡고 앞으로 서서히 나아갔다. 하지만 다리에 힘이 풀리고 피곤이 누적되어 어깨가 짓눌릴 때까지 갈대밭의 끝은 나오지 않았다.

제길! 어디까지 걸어야 한단 말인가. 벌써 갈대밭만 5시간 이상 걸었다. 뒤로 돌아가는 것은 무리야. 이제 와서 마법을 쓰기에는 몸도 너무 지쳤고.

갈대를 베어버릴 힘을 아끼기 위해 손으로 갈대를 젖히면서 걸어갔다. 그렇게 2시간을 더 걸은 후에야 푸른 초원이 펼쳐졌다. 하지만 막 해가 져 벌써 어둑어둑해지고 있었다. 갈대밭만 7시간을 걸었으니 이렇게 해가 나를 기다리지 못하고 자신의 집으로 돌아가는 것도 당연한 일이었다.

밤은 나의 시력과 체력을 더욱더 탄탄하게 만들어주었다. 해가 완전히 지자 힘이 풀렸던 다리엔 약간이나마 힘이 돌아옴을 느낄 수가 있었다.

"카룰루스~ 세티아~ 플레이토네~ 어디 가는 거야? 어서 돌아와~ 해가 벌써 졌어. 이제 돌아가야 해! 그만 멈춰, 모두들~"

초원 저 너머로 어린 소녀의 음성이 서서히 들려오면서 젖소 세 마리가 나를 향해 달려오고 있었다. 숨어야 하나? 하지만 이 넓은 초원에서 어디로 숨어야 한단 말인가. 인간이라… 뭐, 아직 어린아이인 것 같으니 그리 신경 쓰지 않아도 되겠어. 나를 향해 뛰어드는 저 젖소들은 잡아먹으면 되겠군. 맛있겠어.

도끼는 등 뒤에 매여져 있었다. 나는 갈대밭을 빠져나오면서 달려오는 젖소들을 상대하기 위해 등 뒤에 매고 있던 도끼를 꺼내 들어 양손에 하나씩 잡고는 일격에 베어버릴 준비를 했다.

"카룰루스, 어서 돌아와~ 세티아~ 플레이토네~"

아직까지도 소녀의 모습은 저 초원 너머에서 보이지 않고 얼룩덜룩한 젖소 세 마리만이 보일 뿐이다. 젖소 세 마리가 바로 나의 코앞까지 다가왔을 때 나는 양손에 힘을 잔뜩 주었다.

우우우우웅~

젖소 세 마리가 사정 거리에 들어왔을 때 나는 가장 앞에 있는 젖소를 향해 도끼를 던진 후 옆을 지나치려는 젖소를 향해 다른 한 손에 든 도끼를 있는 힘껏 내려쳤다. 나머지 한 마리 따위는 신경 쓰지 않아도 좋았다. 두 마리면 충분히 먹고 배를 채울 수 있으니까.

던진 도끼를 정면으로 맞은 젖소는 바닥에서 피를 흘리며 꿈틀거리고 있었고, 내가 내려친 도끼가 등에 정확히 찍힌 젖소는 허리가 반쯤 갈라져 이미 죽어 있었다. 내가 공격하지 않은 젖소는 저 갈대밭으로 뛰어들어 사라지고 없었다.

"앗! 세티아! 카룰루스!"

초원 저 너머에서 모습을 드러낸 소녀가 소리를 지르며 이쪽으로 뛰어왔다. 뛰어오는 모습이 앙증맞아 무척이나 귀여웠다. 대략 6살 정도의 어린 꼬마 아이였는데 얼마나 우는지 콧물과 눈물이 귀여운 얼굴을 온통 뒤덮고 있었다. 나의 도끼에 찍혀 죽어버린 젖소 두 마리를 보고 울면서 나를 밀어제쳤다.

"세티아~ 카룰루스~ 왜 이래? 응? 누가 이랬어! 일어나, 친구들아~ 누가 이랬어? 흑흑. 엉엉엉~"

어린 꼬마 아이는 죽어버린 소를 붙잡고 정신없이 울어댔다. 하지만 울어대는 그 소리가 마치 나의 어린 딸이 보채는 것만 같이 들려와 은희가 앞에 있는 듯 그리 싫지는 않았다.

"카룰루스, 세티아, 흑흑… 어서 일어나. 세린하고 같이 집에 가자. 응? 일어나~ 흑흑. 그리고 플레이토네는? 엉엉엉~"

이런, 뭐가 그리 슬픈 거야. 이 식량들이 죽어버린 게 그렇게 슬픈 거야? 내가 너무 심한 일을 한 것도 아닌데. 그저 나는 배가 고파서…….

"저기… 꼬마야……."

나에게도 아직 이런 인정이 남아 있었나? 하지만 이 어린 소녀는 너무나 나의 딸 은희를 닮았어. 작고, 아담하고, 사랑스럽고. 나의 말에 꼬마는 나를 세차게 노려보았다. 눈은 충혈되고 아직까지도 눈에 눈물이 고여 있었다.

"아저씨가 내 친구들을 이렇게 만들었어? 난 엄마한테 이제 혼나게 생겼잖아! 아저씨, 어떻게 할 거야! 엉엉엉."

내가 무섭지 않은 건가? 내가 신기하지 않은 건가? 꼬마는 나를 보고 울기만 할 뿐 나를 무서워한다거나 뒷걸음을 쳐 도망가려고도 하지 않았다. 죽어버린 젖소들을 바라보면서 나는 입맛을 한번 다시고는 꼬마에게 말했다.

"꼬마야, 아저씨가 무섭지 않은 거야?"

"아저씨, 내 친구들 왜 이래? 아저씨가 이렇게 만들었어? 아저씨, 나쁜 아저씨야?"

나쁜 아저씨라니! 나는… 나는… 자랑스런 전사잖아. 물론 내가 젖소를 이렇게 만들긴 했지만 배가 고파서였고, 나쁜 의도는 없으니 나는 나쁜 아저씨가 아니지.

"아니, 아저씨는 나쁜 아저씨가 아니야."

"훌쩍, 훌쩍, 그런데 아저씨, 왜 내 친구들을 이렇게 만들었어. 이건 피잖아. 서지도 못하잖아. 세린 이제 집에 돌아가지 않으면 엄마한테 혼나. 햇님도 집에 가버렸잖아. 내 친구들하고 세린 집에 돌아가야 한단 말이야. 흑흑흑."

우는 모습조차 귀여워서 눈에 넣어도 아프지 않을 것만 같았다. 조

그마한 얼굴에서 달싹거리는 입술하며 충혈되었지만 동그란 토끼 눈
에 불그스름한 아기 피부 같은 볼.

추악한 인간의 자식인데 왜 이렇게 귀엽지.

추악한 인간의 딸. 다른 한편으론 무척이나 사랑스러운 생명. 내 앞
의 꼬마 아이는 훌쩍거리며 아직까지도 피가 철철 흘리는 젖소들만
바라볼 뿐이었다. 한동안 울어서 그런지 충혈되었던 눈은 이제 조금
씩 부어올라 조금은 미안한 마음이 들었다.

제길! 내가 지금 인간에게 미안하다고 생각하는 건가?

"꼬마야, 이 아저씨는 말이다……."

입을 열자 꼬마 아이의 금빛 생머리가 찰랑거리며 나의 눈을 가렸
다.

"아저씨, 세린 이제 어떡해. 아저씨, 내 친구들을 원래대로 해놔.
응? 원래대로. 세린 이제 집에 못 가."

어떻게 한담. 이 귀여운 꼬마 아이가 집에 못 돌아간다니. 내 책임
일까? 내가 식량들을 죽여 버려서 그런 것일까? 그만 울어라, 꼬마야.
젖소보다 더 괜찮은 식량들을 주면 되겠지.

"꼬마야, 네 이름이 세린이니? 아저씨가 네 식량들보다 더 괜찮은
식량을 잡아다 줄게. 그럼 되지 않겠어? 그만 울렴."

"식량? 더 괜찮은 거?"

"그래."

"하지만… 하지만 여기 누워 있는 건 내 친구들이야. 내 친구들은
어떻게 하고?"

제길. 이 젖소가 문제잖아! 추악한 인간의 자식 때문에 내가 지금

이런 꼴이라니. 나는 아직 오크가 덜 되었군. 하지만, 하지만! 이렇게 귀엽고 사랑스러운 걸 어떻게 하란 말인가? 내 딸 같기도 하고 말이야.

"세린아, 네 친구들은 더러운 세상에서 떠나 깨끗한 하늘나라로 간 것이야. 이를테면… 네 몸에 끈적끈적했던 것이 붙어버려 무척이나 기분이 불쾌하다고 느낄 때 엄마가 그 끈적끈적한 것을 씻어주면 기분이 상쾌하지 않니? 그런 거야. 나는 네 친구에게 그 끈적끈적한 것을 떼어주었을 뿐이지. 오히려 고마워해야 하지 않을까?"

"세린 잘 모르겠어……."

"그럼 그냥 네 친구들은 하늘나라로 가서 엄마 아빠를 만나고 있다고 생각해. 지금 네 친구들은 좋을 거야. 자신의 부모를 만나게 돼서."

세린, 아마 이 젖소의 부모는 너희 가족에게 한평생 우유를 제공하다가 늙어 죽어버렸을 거야. 그러면 너의 부모는 아무 구석에나 땅을 한 움큼 파서 묻어버리고는 아무 일 없다는 듯 편한 웃음을 짓겠지.

"응. 세린 그렇게 생각할게. 하지만 친구들 지금 무지 아픈 것 같아. 아직도 피를 흘리잖아. 세린 저번에 부엌에서 엄마 놀이 하다가 손을 베었었어. 무지 아팠어. 내 친구들 아프면 어떡해, 아저씨?"

그럼 한순간에 죽여주면 되지 않을까? 편안히 죽여 버리면 되잖아. 고통도 못 느낄 죽음을 주면 되는 거 아닐까? 이런, 이것은 아이의 입장에서 바라보았을 때 그렇지도 않겠지. 이런, 어떻게 해야 하지?

나는 마땅한 해결책을 세우지 못하고 머리가 혼잡해짐을 느꼈다. 머리가 어지러웠다. 겨우 이 젖소 두 마리를 어떻게 할 수 없다는 게.

"아저씨, 세린하고 아저씨가 내 친구들을 잘 잘 수 있도록 우리 할머니 침대처럼 만들면 어때? 그럼 내 친구들 자면서 아프지 않을 거야."

"침대?"

"응, 침대. 우리 아빠가 그러시는데 할머니는 지금 땅 침대에서 주무시고 계신대. 세린이 다 커서 아이리스 공주님처럼 이뻐지면 그때 할머니는 잠에서 깨신대. 그래서 할머니가 세린을 이뻐하신대. 할머니 침대는 둥그렇게 생겼어. 할머니 침대라고도 써 있고."

할머니 침대라니? 무슨 말을 하는 거야? 세린, 혹시 무덤을 말하는 거 아니야?

"세린, 무덤 말하는 거야? 아저씨는 잘 모르겠네."

"무덤이 뭔데, 아저씨? 근데 아저씨, 엄청 웃기게 생겼어. 돼지 같아. 그렇지만 멋진 돼지. 에헤헤헤."

세린은 언제 울었냐는 듯이 밝은 표정을 지으며 나를 보며 웃었다. 그래, 웃으니까 보기 좋잖아, 세린. 네가 추악한 인간의 자식만 아니었어도 우리 하라만도 마을로 데려갔을 텐데. 인간은 크면 다들 포악해진단 말이야. 세린, 너도 크면 포악해질 건가?

"그래, 세린. 우리 할머니 침대같이 네 친구들도 침대를 만들어주자."

"응!"

고개를 세차기 끄덕이는 세린을 일으켜 세우며 마땅한 장소를 찾기 위해 주변을 두리번거렸다. 마침 조그마한 언덕이 보였는데 달빛은 그 언덕을 감싸고 돌아 환하게 비추고 있었다. 마침 은희를 목마 태웠던 것이 기억나 세린을 살며시 들어 올려 목마를 태우려 세린의 허리를 잡았다. 세린은 간지러운지 헤헤거리며 웃더니 나의 몸을 탕탕 치면서 '놓아줘' 라고 말했다.

하지만 목 위에 태우고 나니 세린의 미소는 더욱더 환해져 하늘에 떠 있는 보름달보다 더 밝은 미소를 띠고 있었다.

"아저씨, 우리 아빠하고 다르다. 머리도 구름님 색이고, 아저씨 눈은 참새 색이야. 내가 이전에 참새하고 같이 이야기를 했는데 햇님은 뜨거운 걸 좋아한대. 구름님은 차가운 걸 좋아하고. 에헤헤~"

언덕으로 올라가는 동안 세린은 알아듣지 못할 소리를 하며 혼자 웃기를 반복했다. 죽은 젖소 두 마리를 끌고 가는 통에 세린을 붙잡을 수가 없었다. 세린은 나의 목을 꼭 움켜잡으며 헤헤거렸다. 저녁의 쌀쌀한 날씨도 꼬마 아이의 체온으로 인해 따뜻하기만 했다.

언덕으로 올라가는 동안 내가 걸었던 길을 따라 죽은 소들의 피가 이어졌다. 나는 세린을 언덕의 나무 옆에 내려놓은 다음 핏자국들을 지우기 위해 Earth마법의 운용 법칙을 떠올렸다.

"Earth."

손에서 투명한 빛이 핏자국들 위에 내리더니 핏자국들은 이내 옆에서 덮치는 땅에 의해 덮여져 완전히 사라지게 되었다. 사라졌다고 보기보단 땅에 파묻혔다고 하는 게 더 올바른 표현일 테지. 나의 마법을 본 세린의 눈은 더욱더 동그래져 뒤집힌 땅을 바라보다가 한순간 나를 쳐다보며 말했다.

"우와! 아저씨, 그거 뭐야? 땅이 움직였어. 우와~ 나도나도~ 세린도 뒤집어줘."

응? 뒤집어달라니?

"세린도 뒤집어줘."

이 어린 숙녀의 말을 이해할 수는 없었다. 뒤집어달라니. 몸을 뒤집어달라는 소리인가?

“뒤집어달라니, 세린?”

“응? 하늘을 뒤집으면 세린은 하늘에 있을 수 있잖아. 그럼 세티아와 카룰루스를 만날 수 있잖아. 세티아와 카룰루스는 지금 하늘나라에 가 있다면서?”

그런 소리였나? 나는 혈관을 막고 있던 어떤 불순물이 세린의 말에 의해 한 번에 뚫려 버리는 기분을 느꼈다.

이 꼬마 아가씨, 역시 인간이 아니었던가. 포악하고 더러우며 추한 인간. 하지만 어디에서도 그런 면을 찾아볼 수가 없는데. 귀여운 외모와 이 심성까지. 어디가 포악하고 추하다는 것이냐! 아니야, 어쩌면 이렇게 방긋 웃는 미소 뒤에선 나를 비웃고 있을지도 몰라. 그게 인간이니 말이야. 하지만……

“아! 세린, 네 친구들은 하늘나라에 간 것이 아니라 네 할머니처럼 지금 깊은 잠에 빠졌어. 이제 막 자려 하지. 내 말은 꿈속에서 하늘나라로 간다는 거야.”

“그럼 어서 재워야겠네?”

꼬르르륵.

땅이 아니라 내 뱃속을 뒤집어 버리는 맹렬한 소리에 세린은 나의 배를 가리키며 ‘까르르르’ 웃어댔다. 웃음소리가 뚝 멈추더니 무척 걱정스럽다는 듯이 배에 귀를 대고서 말했다.

“아저씨, 배고파? 세린이 집에서 빵 가져올까? 아! 맞아! 세린 집에 들어가면 혼나는데. 어떻게 하지? 돼지 아저씨 배고픈데. 세린은 어떻게 해줄 수 없네. 아저씨, 정말로 배고파?”

세린 지금 내가 배고픈 것을 걱정해 주는 것인가? 네가 아무리 어린 꼬마라 해도 너는 악한 인간의 자식이야. 주제를 알란 말이다, 세린!

너는 인간이야, 세린. 하늘의 천사도 아니란 말이야. 제길.

"배 안 고파!"

벌컥 화를 내면서 세린을 옆으로 밀어냈다.

털썩.

연약한 세린은 내가 밀어냈기 때문에 옆으로 넘어졌다. 돌부리에 찍혔나? 알록달록한 치마 밑으로 드러난 무릎은 돌에 찍힌 듯 찢어져 모래와 함께 피가 뒤섞여 있었다.

"으아아아아아앙~ 아저씨 미워. 아저씨 미워!"

세린은 한번 울었던지라 이번에 또다시 우니 눈은 금세 부어 나를 미안하게 만들었다. 미안해야 할 것은 세린, 너 아닌가? 추한 인간이면서 가식적인 행동을 하니 그렇게 된 거야. 제길. 그렇지만 왜 이렇게 미안하지? 난 단지… 뭐야, 하크! 단지 뭐란 말이야! 세린은 배고픈 나를 걱정해 준 게 아닌가? 나의 친구 클레이스도 나를 걱정했고 하라만도 형제들도 나를 걱정해 줬었어.

걱정해 준 것이 뭐가 잘못이라고 이런 사랑스러운 아이를 옆으로 떠밀어낸 거야!

"세린, 아저씨가 잘못했어. 미안해. 아저씨가 잠시 어떻게 됐었나 봐. Heal."

간단한 치료 마법 정도야 눈 감고도 쓸 수 있을 정도였다. 환한 빛이 나의 손에서 발출되자 세린은 울음을 그치고 자신의 무릎을 멀뚱히 바라보았다. 이내 피가 흐르던 무릎은 원상태로 돌아왔고 무릎에는 모래들만 묻어 있었다. 나는 정성스레 모래를 털고는 세린의 눈을 보았다. 세린이 엄청 울어서 눈이 붓기는 했지만 눈에서 느껴지는 순수함과 깨끗함을 어쩌지는 못했다.

"아저씨, 이거 뭐야? 응?"

"마법이라고 이런 게 있어. 세린, 이제 아프지 않지? 아저씨가 미안
했어."

나의 입에선 계속해서 '미안하다' 는 문장만이 내뱉어졌다. 미안하
다고밖에는 할 말이 없었다. 추악한 인간이든 아니든 나를 걱정해 준
존재에게 그렇게 대했다는 것은 정말 미안한 일이었다.

흠… 인간이라……. 인간은 착한 것일까, 나쁜 것일까? 난 지금까
지 나쁘다고만 믿어왔다. 인간은 추하다고만. 그러나 그것은 성인들
뿐이지 어렸을 때의 인간은 이렇게 순수하고 사랑스러웠다. 나의 딸
은희도 그랬고, 지금 내 앞에 있는 세린도 그렇다. 원래 인간은 착한
데 커가면서 나빠지는 것인지, 아니면 원래 나쁘지만 커서 그것이 드
러나는 것인지…….

도대체 지금 상황만으로는 질문의 답을 말할 순 없었다. 세린이 나
의 몸을 흔드는 통에 나는 정신이 확 들어 세린을 바라보았다.

"우헤헤헤, 놀란 돼지 같아, 아저씨는. 에헤헤. 나 마법 알아. 이전
엄마가 읽어준 동화책에서 들었어. 세덴님이라고 알아?"

세덴이 누구지?

"아니."

"세덴님도 몰라? 아저씨는 바보구나. 세린은 세덴님 알아. 세덴님
은 무지 착하신 분이었대. 세린이 태어나기 훨씬 전부터 잠자고 있대.
그런데 그 세덴님에게 세린 같은 이쁜 두 아이가 있었대. 세린처럼 말
이야. 에헤헤헤~ 그 두 아이 모두 아저씨가 말한 것처럼 마법이란 걸
쓸 수 있었대. 재밌지? 응?"

재밌기는… 두 아이가 마법을 쓸 수 있었다라……. 지금 와서 생각

해 보니 나는 너무 마법을 쉽게만 배웠던 것 같다. 물론 클레이스라는 친구이자 스승이 있었기에 그랬겠지만. 나는 마법을 배울 당시 마법사가 세상에 무척 많은 줄 알았지만 막상 마법을 쓰는 사람은 이 왕궁 마법사 제자라는 한 사람밖에 보지 못했다.

"세린아, 이제 그만 네 친구들을 재워야 하지 않겠어? 네 할머니처럼 땅의 침대에서 따뜻하면서도 시원하게 재워야지."

"응? 그렇기야 하지만 세린은 돼지 아저씨 마법을 한번 더 보고 싶은걸?"

"아하! 마법이라면 계속 볼 수 있어. 자, 봐라~ 네 친구들 침대를 만들어야 하니. Earth!"

커다란 구덩이 두 개의 이미지를 떠올리자 고목 옆의 땅이 밑으로 푹 꺼지더니 젖소를 넣고도 남을 구덩이 두 개가 만들어졌다.

짝짝짝.

세린은 두 손이 저리도록 박수를 치면서 자유보다 아름다운 깨끗한 미소를 짓고 있었다. 세린과 함께 있으니 나까지 어려져 동심의 세계로 빠져드는 듯했다.

"자~ 세린, 네 친구 침대 다 만들었단다."

"정말?"

세린은 커다란 구덩이 안에 얼굴을 집어넣고 구덩이를 훑어보고 고개를 갸우뚱거렸다. 다른 쪽 구덩이 안도 쳐다보고서는 이내 실망한 듯 눈을 축 내리며 말했다.

"세린 친구 침대 없잖아. 이게 뭐야. 콧구멍 같애. 동그란 구멍 두 개."

침대가 없다니. 이 커다란 두 개의 구멍이 네가 말하는 침대가 아니었나? 충분히 젖소를 집어넣고도 남을 정도의 공간이잖아. 이 정도면 좋은 침대 아니야?

"창문도 없고, 잘 때 목 뒤에 놓는 것도 없고, 배 덮는 따뜻한 것도 없고, 아무것도 없잖아? 돼지 아저씨 거짓말쟁이~"

"이 아저씨는 거짓말쟁이가 아니야."

"하지만 아무것도 없는걸. 침대도 창문도 없고 콧구멍만 만들어놓으면 단가. 흥!"

세린은 콧바람을 뿜어내고서는 삐친 듯 고개를 돌리며 말했다. 세린의 말에 내가 파놓은 구덩이를 다시 바라보았다. 마침 바람이 불어 파놓은 구덩이 옆에 잔잔히 피어 있는 꽃들이 나풀나풀 흔들거렸다. 저녁이라서 확실한 색깔은 구별할 수 없었지만 꽃들이 하늘거리는 모습은 연약한 소녀의 모습처럼 보였다.

흠, 꽃이 이쁘구나. 훗! 내가 지금 꽃을 감상하고 있는 건가. 웃기는군. 그나저나 세린은 무덤 속이 아름다운 줄 알았나 보군. 저 꽃들로 가득 채운다면 만족하겠지?

"Earth."

우선 마법 이미지를 떠올려 구덩이 속을 판판한 네모 모양으로 만들었다. 그 뒤 땅이 솟아올라 침대 모양이 되었고 탁자며, 창문의 틀이며 모두 완성되었다. 하지만 흙으로 만들어서 그런지 전혀 생기가 느껴지지 않고 흙색으로만 이루어진 이곳은 세린이 실망하기에 딱 좋은 곳이었다. 역시나 맞았다. 침대며 여러 가지 가구들이 만들어지는 모습을 보면서 세린은 박수를 치면서 좋아했으나 다 만들어진 후엔 아무 반응이 없었고 곧 실망한 표정을 보였다.

"세린, 실망하지 마라. 이것은 단순한 흙밖에 되지 않으니. 하지만 세린이 정성스레 한아름 꽃을 따다가 장식을 해준다면 이 단순한 침대와 가구는 세린의 정성이 가득 담긴 꽃 침대로 바뀌는 거야. 여길 봐, 꽃이 많잖아.”

“정말 그래? 하지만 무척이나 어두운걸?”

환한 미소를 지었다가도 갑자기 침울해지고… 한순간에 표정이 바뀌는 세린이 무척이나 귀엽게만 보였다. 지금 정이 들고 있는 것인가. 이렇게 짧은 동안의 만남에? 당연한 건가. 이렇게 사랑스러우니. 나의 딸 은희처럼 말이야. 그렇지만… 이 아이는 인간의 자식인데.

지금은 어려서 이렇지만 어쩌면 커서 추악해질지도 모르고. 제기랄, 전혀 추악해질 것 같지는 않아. 저렇게 작은 것에 좋아하고 기뻐하는데 어떻게 추악해질 수가 있단 말이냐.

“세린, 잘 봐라. 이 아저씨가 무얼 하는지. High Light.”

커다란 빛의 구가 나의 몸에서 빠져나오더니 꽃밭의 중앙에 높이 떠 모든 꽃들을 환하게 밝혀주었다. 마법을 적당히 조절해서 이 꽃밭만을 비출 수 있게 만들었다. 빨강, 주황, 노랑, 초록, 파랑, 남색, 보라… 일곱 무지갯빛 색깔들이 이 초원을 아름다운 한 폭의 수채화로 만들었다. 은은한 색깔들이 서로 아름답게 조화되는 이 꽃밭에서 세린은 어떤 꽃을 따야 예쁠지 무척 고민을 하는 듯 이 꽃 저 꽃을 한 번씩 번갈아 쳐다보았다.

어느새 세린의 가느다란 팔 안에는 한 움큼의 무지개가 들려져 무덤으로 뛰어왔다.

“아저씨, 이 꽃들 세린이 따왔어. 헤헤헤~ 잘했지?”

나는 고개를 끄덕인 것으로 대답을 대신했다. 세린을 들어서 구덩이 속에 내려놓으니 세린은 콧노래를 부르며 흙으로 만든 침대와 가구들에게 꽃을 꽂기 시작했다. 꽃은 어느새 없어져 다시 세린을 꽃밭으로 달려갔고 이러길 몇 번 정도 반복하자 두 구덩이 속은 꽃으로 장식되어 전과는 비교할 수 없을 정도로 화려해졌다.

"아저씨, 우리 친구들 이제 재워야지."

지켜보는 세린 때문에 나는 달빛을 받으며 젖소를 구덩이 속으로 차분히 내려놓았다.

"그럼 문 닫아야지, 세린."

"웅! 그런데 문이 어딨지?"

"하하! 아저씨 머리 속에 있지! Earth!"

지금 내가 웃은 건가?

전투를 이기고 난 다음 성취감에 휩싸여 웃는 웃음과는 상당히 다른 웃음이었다. 가슴속에 따뜻한 것이 들어찬 느낌, 오랜만에 느껴보는 감정이었다. 시동어가 입에서 흘러나오자 한순간에 구덩이는 땅에 묻혀 이전의 평평한 지면으로 돌아왔다. 고개를 돌려서 세린을 보니 세린의 눈과 턱 사이 뺨을 흐르는 한 방울의 눈물을 볼 수가 있었다.

"세린, 왜 우는 거지? 친구들을 잘 재웠잖아."

"흑흑, 이제 친구들 못 보잖아. 할머니도 엄청 많이 자기 전에 한 번 보고서는 아직까지 못 봤어. 지금까지 침대에서 잠만 자고 있단 말야. 세린이 싫어졌나 봐. 내 친구들도 세린이 싫어지면 어떻게 하지? 난 친구들이 좋은데. 응? 흑흑~ 엉엉엉~"

뭐야… 세린, 진심으로 우는 거야? 친구들과 헤어지기 싫어서 진심으로 우는 것이냐고. 제길. 내가 생각했던 인간상은 어떻게 된 것이지? 인간은 추하고 자기만 아는 이기적인 존재로만 알고 있었는데… 어떻게 된 것이냐고! 세린, 진심으로 친구들을 걱정하고 나를 걱정했던 거야? 그리고 네가 보여준 순수한 행동은 가식이 없는, 꾸밈없는 너의 행동이었던 거야?

울고 있는 세린에게 '넌 인간이냐?' 라고 묻고 싶었다. 하지만 어린 세린의 입에서 그 대답이 나오길 기대하는 것은 어려운 일인 것이 당연한 일인지라 나는 울고 있는 세린의 등을 토닥여 주기만 할 뿐이었다. 세린은 나의 가슴에 뛰어 들어와 나를 꼭 안고서도 여전히 울음을 그치지 않았다. 세린의 눈물이 나의 가슴을 타고 허리를 지나 대지로 뚝뚝 떨어졌다.

"세린~ 세린~ 세린~~"

반대 편 언덕에서 횃불인 듯한 빛이 떠다니고 여러 사람들의 음성이 울려 퍼졌다. 그 사람들은 세린을 찾기 위해 사방에서 소리를 질러 대고 있었다. 마을 사람들이 총동원된 듯 엄청난 수의 목소리였다.

이런, 마을 사람들인가? 괜히 눈에 띄기라도 하면 귀찮아질 게 뻔하겠군. 하지만 이 어린 꼬마 아이와 헤어지기가 좀……. 젖소보다 좋은 것을 주기로 약속도 했는데 이 상태로 가기엔 아쉽단 말이야. 내일이라도 다시 와야겠어.

"세린, 아저씨는 이제 그만 가마."

"돼지 아저씨, 가려고? 세린도 이제 집에 들어가야 돼. 세린 찾고 있어. 저기서. 돼지 아저씨, 웃기게 생겼어. 그래서 내일도 봤으면 좋겠는데. 응?"

"그래, 세린. 내일 아저씨가 여기에 다시 오마. 아저씨도 세린하고 헤어지는 게 싫거든. 그런데 어떻게 하지? 세린 말이야, 혼나지 않을까?"

"응, 나 엄마한테 혼나. 근데 이제 집에 들어가고 싶어. 배고프거

든. 어서 돼지 아저씨도 집에 들어가서 밥 먹어. 밥 먹으면 배불러. 우
헤헤~ 근데 내 친구들 잠자고 있다고 엄마한테 어떻게 말하지?"

인간들은 동물들을 키우지. 야생 동물의 여러 특성과 능력을 파악
하여 사람의 보호 아래 이용 목적에 합당하게 순화시키지. 그곳에서
음식을 얻든 노동력을 얻든 말이야. 젖소보다 음식으로써 값어치있고
노동력으로써 더욱더 값진 걸 주면 되겠지. 흐음, 타이(타이:소보다 더
욱더 커다란 몸짓으로 힘도 엄청나다. 뿔이 3개가 달려 있으며 타이의 젖은 술
과 음료로 만들어질 정도로 비린내가 없어 남대륙에서 선호하는 가축 중의 하
나이다. 타이의 뿔은 장신구로 만들어져 각 대륙에 팔리고 있다. 힘이 세 길들
이거나 다루기가 무척이나 어려운 동물이나 한번 복종하면 영원히 복종하는
타입이다. 고대 아르헨의 어느 소부족에선 이 타이를 신성시 여기고 전투에 이
용하였다고도 한다. 그렇지만 최근 들어 가축용으로 쓰고 있는 게 그 실정이
다)가 좋겠군.

"그게 문제라는 거야, 세린. 내일 이 아저씨가 좋은 것 줄게. 그럼
혼나지 않을 거야. 내일 다시 와."

"응!"

세린은 걱정스러움과 아쉬움을 얼굴에 가득 실은 채 나에게 손을
흔들고는 소리가 나는 쪽을 향해 뛰어갔다.

"엄마~ 세린 여기 있어!"

"세린? 세린!!"

감동의 상봉의 모습을 뒤로한 채 나는 갈대 숲 안으로 들어갔다. 나
를 반기는 건 내가 왔던 길을 따라 베어져 누워 있는 초라한 갈대뿐이
었다.

세린의 소리와 마을 사람의 웅성거리는 소리가 사라지면서부터 갑

자기 배가 고프기 시작하더니 이내 뱃속은 전쟁이 난 듯 꼬르륵 소리로 요란해졌다.

배고프다. 내가 왜 마을에 왔지? 배를 채우려고 온 것이 아닌가? 그런데 배불리 먹지도 못하고 이대로 돌아가서 굶어 쓰러지기라도 한다면 그처럼 바보 같은 일이 또 있을까.

마을 사람들의 소리가 완전히 사라진 뒤, 갈대밭을 헤치고 다시 돌아온 나. 젖소 두 마리가 그대로 묻힌 고목의 옆 장소에서 나는 한참을 고민했다. 묻어버린 세린의 친구들을 파서 먹어야 할까? 아니면 주위를 한번 더 둘러봐 다른 동물들을 잡아먹어야 할까? 만약 주위를 돌아다녀도 식량이 없다면?

그땐 이곳에 묻은 것을 파먹으면 되는 거겠지. 하지만 귀찮다. 주위 마을 사람들의 눈을 피해 동물들을 잡아야 하는 일이. 바로 이 땅만 파면 바로 식량이 나오는데 내가 왜 그런 고생을 해야 하지?

"Earth."

비록 체력이 떨어졌다고는 하지만 간단한 마법 정도야 어느 정도 쓸 수 있었다. 땅이 솟아오르면서 묻혔던 젖소 한 마리가 뭉개진 꽃들과 함께 뒤엉켜 모습을 드러냈다. 젖소의 허리 부분은 피가 굳어버려 꽃들이 덕지덕지 붙어 있는 게 꼭 이끼가 낀 것같이 보였다. 젖소의 눈동자는 풀려 한쪽 눈은 먼 허공을 쳐다보고 한쪽 눈은 흙으로 가득 차 있었다.

조금 더럽군.

"Water!"

오른손 허공에서 생기기 시작한 물방울들은 이내 세찬 물줄기로 변해 젖소의 허리 부분부터 머리, 꼬리 끝까지 씻어 내려갔다. 꽃들과 굳어버린 피, 흙들은 물로 씻었다.

이제야 조금 깨끗해졌군. 맛있겠다. 이 탄탄한 뱃살과 다리 근육, 정말 먹음직스럽군.

나는 등 뒤의 도끼를 움켜잡고 젖소의 배를 갈랐다. 갈라진 뱃속에 손을 넣어 이리저리 내장을 휘저으며 기다란 창자, 탐스런 간 등을 밖으로 꺼내 구덩이 속으로 던져 버렸다. 마무리로 도끼를 집어 뱃속을 이리저리 긁어낸 후 더러운 오물들로 뒤덮인 도끼를 마법을 이용해 씻고는 다시 등 뒤에 메었다.

Fire 마법을 이용하여 젖소를 익히기 시작하자 노릇노릇 타 들어가면서 내뿜는 구수한 냄새가 콧속으로 들어왔다. 입 안은 침으로 가득해졌다. 다 익은 젖소를 남김없이 전부 먹어치운 후 입을 쓱 닦고는 부른 배를 통통 치고 자리에서 일어났다.

뼈와 머리밖에 남지 않은 식량을 바라보았다. 작은 꼬마 아이 세린이 식량을 껴안고 그토록 울었던 게 자꾸 생각나 미안한 감정이 조금씩 모락모락 피어 올랐다. 하지만 이 젖소는 내가 먹기 위해 잡은 것이다. 비록 세린이 친구로 여긴다지만 엄연히 먹기 위해, 우유를 얻기 위해 기르는 것이지. 물론 인간들은 젖소의 살은 맛이 없다고 먹지 않지만 내가 이렇게 먹어주었으니 감사해야 하는 게 아닌가.

하지만… 하지만 이것은 세린의 친구인데. 세린이 정성스레 만든 꽃 침대에서 자고 있던 세린의 친구인데. 제길! 뭐가 친구냐! 단지 가축일 뿐이야. 이용하기 위해 키우는 것뿐이지 친구 따위로 여길 수 있는 게 아니야.

"Earth!"

남은 뼈다귀와 머리를 다시 마법을 이용해 구덩이 속에 묻고 난 나는 갈대 숲 안으로 들어갔다. 주위는 완전히 깜깜해져 있었다. 갈대로만 가득하고 아무것도 없는 길을 걷고 있자니 이 세상에 나 혼자만 존재하는 것 같아 왠지 무섭게 느껴지기도 했다. 오로지 갈대만 보였다. 걸어도 걸어도 갈대만 보였다.

이젠 지겹군. 이 갈대들, 꼴도 보기 싫어.

괜히 애꿎은 갈대에게 화가 났다.

Fast Step 마법을 쓴 후에야 휙휙 지나가면서 귀를 스치는 바람이 느껴졌다. 조금 서늘한 주위의 공기와 바람이 합쳐져 추위가 나를 공격했지만 이 갈대밭을 빠져나가는 게 우선이었다.

마을은 내가 없더라도 잘 운영이 되기 때문에 사실 몇 시간 떠나 있어도 걱정은 없었다. 오크 마을의 운영 체계는 자유 방임주의적 성격을 가지기 때문에 '보이지 않는 손'에 의해 모든 것이 운영되었다. 물론 예외가 있는데 그것은 나의 제안이었다. 말이 제안이지, 우리 형제들에겐 명령으로 들리겠지만.

새벽이라서 그런지 형제들은 모두 잠이 들고 몇몇 형제들만이 잠이 들지 않았는지 초원에 누워 하늘만 멀뚱히 바라보고 있었다.

"샤코로움님, 오셨습니까?"

그들은 나를 보자 급히 일어나 안부 인사를 한 후 다시 자리에 누웠다. 나 역시 피곤한지라 빈 움막에 들어가 한숨 자고 일어났다.

아침 햇살을 받으며 움막에서 나와 커다랗게 기지개를 켜자 형제들이 훈련장으로 향하고 있는 것이 보였다. 이런! 우리 형제들을 훈련시켜야겠군. 하지만 세린이 보고 싶구나. 내가 인간으로 살아서 그런지 미에 대한 관념은 전혀 바뀌지 않아. 그저 형제들이니 '아, 이렇게 생겼나 보다' 라고 생각하지만 결국엔 인간들보다 못생긴 건 사실이지.

세린, 나의 딸같이 사랑스러운 존재. 무척 작고 상큼한 게 깨물어주고 싶다.

"기르츠여."

마침 나의 앞을 걸어가고 있던 기르츠를 불렀다. 나의 부름에 기르츠는 '크르르' 하고 웃으며 한걸음에 달려왔다.

"기르츠여, 당분간 훈련은 그대가 맡아주었으면 하오."

"훈련 말입니까? 당분간 어딜 떠나시겠다는 말씀이군요. 샤코로움께서 계시면 좋겠지만 어딜 떠나시겠다면 어쩔 수 없지요. 우리 형제들은 잘하고 있지 않습니까? 샤코로움께서 일러준 훈련을 말입니다. 샤코로움께서 없더라도 우리 전사들은 매일같이 일러준 대로 잘할 것입니다. 걱정하지 마십시오."

"그런가, 기르츠여. 그럼 빠른 시일 내에 돌아오겠소. 아, 그대에게 알려주지 않은 게 있소. 정확히 29일 후면 드워프들이 우리를 위해서 광산을 만들어줄 것이오. 광산이라고 아시오? 우리 형제들의 안전과 생명, 그리고 승리를 불러올 영광의 금속을 생산하는 곳이라오. 내가 설사 늦더라도 그대가 드워프들에게 가주었으면 하오. High Interpret(통역)!"

나는 기르츠를 향해 드워프 언어를 알아들을 수 있도록 통역 마법을 운용했다. 마나를 반절 이상 쏟아 부어 적어도 반년 이상은 마법의 효과가 지속되도록 만들었다. 기르츠는 한순간 밝은 빛이 자신을 감싸자 깜짝 놀랐지만 이내 변화가 없자 평소의 기르츠로 돌아왔다.

"기르츠여, 드워프들과 대화 정도는 할 수 있을 것이오. 나는 한 달 이내에 돌아올 것이오. 그러니 만약에 말이오, 만약에 돌아오지 않는다면 그대가 가주었으면 하오. 드워프들은 자존심이 무척 세오. 우리 오크들을 무시하오. 그들의 행동에서 어느 정도 알아챘을 것이라 믿소. 하지만 만약 그대가 드워프에게 갈 일이 있다면 어느 정도 그대를 낮추었으면 하는 바램이오. 알겠소? 그대는 드워프 말을 알아들을 수 있을 것이오. 방금 전 그대의 몸을 감싼 건 나의 힘이었소. 그 힘으로 인해 알아들을 수 있을 것이오."

"제가 드워프 말을 알아들을 수 있다니 놀랍기만 합니다. 샤코로움, 우리들의 신. 그대의 힘이니 당연하겠지요. 예, 저도 오만한 드워프들을 본 지 얼마 지나지 않았습니다. 그들은 정말 오만하지요. 알겠습니다, 샤코로움이시여. 저를 낮추겠습니다. 그럼."

"기르츠여, 그대만 믿겠소."

나는 반절을 쏟아 부은 마나를 채우기 위해 강변으로 가서 고기를 맘껏 잡아먹고서는 명상을 하기 시작했다. 네 시간 정도 지나고 강렬한 태양이 바로 머리 위로 떠올랐을 때 눈을 뜰 수가 있었다.

흠, 나 없이도 훈련이 잘된다라. 어떻게 생각하면 나는 필요없는 존재이니 빠져도 좋다는 말로 들리기도 하는군. 하지만 우리 형제들은 다르다. 일러준 대로 매일매일 꾸준히 행하니 사실상 훈련 방법을 완전히 익힐 때까지 알려준다면 그대로 실력은 향상될 것이다.

아무것도 없고 오로지 갈대들만이 빽빽한 갈대밭으로 들어가기 전에 내가 잡아 먹어버린 식량을 대신할 타이도 잡고 또 걸어가는 동안 끼니를 해결할 걱정도 해야 했다. 우선 타이 두 마리를 잡고 물고기나 동물을 사냥해서 훈제한 다음 가지고 가면 되겠어.

서쪽 고원 지대에는 타이가 많이 번식해 그들만의 영역이 만들어져 있는 상태였다. 그들만의 영역에서 그들을 잡아가기엔 확실히 무리라

기보단 귀찮기 때문에 외곽에서 한두 마리 잡아오는 것이 나을 듯했다.

고원 가까이로 다가가니 타이 무리가 풀을 뜯으며 돌아다니고 있었다. 무리에서 이탈한 타이 몇 마리가 보였다. 그들은 나의 사냥감이었다. 이탈한 타이 한 마리에게 가까이 다가가니 그 타이는 나를 바라만 볼 뿐 도망가지 않았다.

흥! 나를 우습게 보는 건가?

가까이에서 타이를 건들였다가는 그들의 무리에 들킬 확률이 높기 때문에 멀리서 작은 돌멩이를 던져 약오르게 하니 타이는 이내 씩씩거리며 나에게로 뛰어 들어왔다. 세 개의 뿔로 나를 찍어 날려 버릴 것같이 무서운 기세로 달려들었으나 내가 계획했던 바라 그리 신경 쓰진 않았다.

정확히 나의 허리 부분을 박아버릴 듯한 세 개의 묵직하면서도 날카로운 뿔. 자칫 방심만 해도 허리가 뚫려 시뻘건 피를 흘리며 죽을지도 모르지만 방심 따위는 절대 하지 않았다. 방심이야말로 인간의 거만한 행동이니. 나는 달려드는 타이의 좌우 뿔을 잡고선 한동안 타이와 힘 겨루기를 해야만 했다.

"Strong."

손에서 반짝이는 금빛 가루가 뿌려지는 것과 함께 타이는 배를 드러낸 채 뒤집혀져 버렸다. 힘 겨루기에서 진 타이는 나에게 전혀 반항을 하지 않게 되었다. 타이의 성난 눈은 복종의 눈이 되었고 씩씩거리는 콧바람도 잠잠해졌다.

이렇게 한 번을 더 반복하자 곧바로 타이 두 마리가 생겨 내가 걸을 때마다 내 뒤를 졸졸 따라다녔다. 타이가 생긴 건 꼭 뿔 세 개 달린 황

소처럼 생겼어도 초식 동물이기 때문에 일단 길을 들이고 나면 위험한 면은 전혀 없었다.

가까운 냇가에서 물고기를 잡아 훈제로 하여 내 허리에 건 다음 고원에서 내려와 지겨운 갈대밭의 시작인 첫 번째 줄기를 휙 밀었다.

지겨운 갈대밭 길의 시작이었다. 어제 나의 도끼질에 만들어진 갈대밭 길을 보고선 한숨이 절로 나왔다. 내 뒤의 타이 두 마리도 나의 맘을 알겠다는 듯 '우우우웅' 하고 큰 소리로 울어댔다.

또 이 먼길을 어떻게 가지? 제길. 7시간을 걸어야 하지 않은가. 그냥 가지 말까? 어차피 그곳은 추한 인간들이 사는 곳이잖아. 아니야, 세린과의 약속을 지켜야 하잖아. 또 세린을 보고 싶기도 하고. 확실히 타이만 전해주고 오는 거야. 딸 같은 어린아이의 새로운 친구를 만들어주는 것도 괜찮은 일이지. 착한 일이야. 나는 용맹스럽고 선한 존재니까.

걷기 시작한 지 7시간이 지나려 하자 해도 보일 듯 말 듯했고 다리도 피곤하여 그 자리에서 주저앉고만 싶었다. 너무나 피곤하여 내 주위의 갈대를 전부 베어버린 후 털썩 주저앉았다. 곧 있으면 도착하겠군.

나의 뒤를 졸졸 따라오던 타이들은 내가 움직이지 않자 서로 눈치를 보며 기웃기웃거렸다.

제길. 너희가 인간이냐? 눈치만 보게? 그러지 말고 그만 가자! 갈대밭 끝의 입구인 마지막 갈대 줄기를 옆으로 살짝 밀어젖히니 언덕 위에 앉아 있는 한 여자 아이가 보였다. 세린인지는 모르겠으나 찰랑거리는 하늘빛 생머리는 세린의 것이 맞았다.

세린인가? 가까이 가봐야 알겠군.

“세린?”

“어? 돼지 아저씨 왔구나? 세린은 돼지 아저씨 안 오는 줄 알고 걱정했어.”

세린이 내 뒤에 있는 커다란 동물을 힐끔 쳐다보면서 말했다.

걱정이라… 정말로 걱정했을까? 아니면 더 좋은 것을 준다기에 그것을 못 받을까 봐 걱정한 것일까?

“그래? 아저씨가 미안하다. 그래서 이렇게 선물을 가져왔지. 어제 약속했듯이 더 좋은 것들이야.”

“우와! 돼지 아저씨, 파로네 촌장님의 목장에 있는 친구들이잖아? 무척 힘이 세고 말도 잘 듣는. 세린, 이 친구들 좋아할 것 같아!”

햇빛에 반짝이는 보석 같은 미소가 세린의 얼굴에서 환하게 피어올랐다. 세린이 기뻐하는 모습을 보니 웬일인지 내 기분이 무척 좋아져 소리를 질러대고 싶었다. 내가 기뻐하는 건가? 기쁜 건 사실이잖아. 선물을 받고 기뻐하는 딸 같은 사랑스런 존재. 당연하잖아. 나의 귀여운 앵무새 은희도 보고 싶구나. 그렇지만……

나도 웃기는군. 작은 아이가 기뻐하는 모습 하나 때문에 이렇게 기뻐하다니.

“그런데 세린, 빨리 집에 들어가야 할 것 같아. 어제 엄마한테 무지 혼났어. 매도 맞아서 세린 울었어. 지금 세린이 밖으로 놀러 나온 줄 엄마는 몰라. 엄마가 아무 데도 나가지 말랬거든.”

“그래? 그럼 어서 들어가 봐야지. 자, 여기 네 친구들을 데려가렴.”

나는 타이의 목을 쓰다듬고는 힘을 줘 세린 곁으로 밀었다. 타이 두 마리는 고개를 돌려 나를 바라보았지만 나는 그때마다 타이의 뿔을 잡아다가 세린의 곁으로 가져갔다.

“세린, 이 아저씨가 했던 대로 여기 네 친구들 뿔을 잡아야 해. 그래야 친구가 된다는 뜻이거든.”

“정말? 알았어~ 우헤헤~”

세린은 내가 말한 대로 타이의 뿔을 잡으려고 애를 썼으나 키가 닿지 않았다.

“응? 세린 여기 못 잡겠어, 너무 커서.”

나는 세린의 허리를 쭉 들어 올려 타이의 등에 올려놓았다. 타이가 반항을 하려고도 했으나 내가 힘을 줘 타이의 배를 누르니 금세 온순해졌다.

“자, 세린. 뿔을 잡아.”

타이의 뿔을 잡고 헤헤거리는 세린은 무척이나 기분이 좋아 보였다. 나 역시도 그런 세린을 보니 기분이 좋았다. 한 시간 정도 타이들에게 세린이 주인이다라는 것을 인식시켜 주자 타이들은 세린의 뒤를 강아지처럼 따라다니며 어쩔 때는 애교를 부리기까지 했다.

타이들아, 주인이 사랑스러운 꼬마 아이란 걸 이제야 알았느냐?

“세린, 이제 가봐야 해. 돼지 아저씨 무척 착해. 세린에게 이런 친구들도 주고. 나 돼지 아저씨 무척 좋아! 우리 아빠 같아. 아빠 보고 싶다… 아빠…….”

“세린, 아빠 어디 가셨니?”

한순간 표정이 어둡게 바뀌어 버린 세린은 고개를 푹 숙이고 애꿎은 풀들만 뜯고 있었다. 내가 한 번 더 물어보자 세린은 울먹이는 듯한 목소리로,

“아빠는 하늘나라에 갔대. 근데 세린 아빠 보고 싶어. 세린 보기 싫어 갔나 봐. 돌아오지도 않아, 아빠는. 세린이 아빠를 얼마나 좋아하

는데. 아빠도 세린 좋아했었는데. 빵도 사주고 예쁜 아비안스 공주 꽃
목걸이도 만들어주었고 세린하고도 많이 놀아줬는데. 아빠가 보고 싶
어. 아빠는 하늘나라에서 영영 돌아오지 않으실 건가 봐. 친구들이 그
러는데 우리 아빠는 영영 돌아오지 않을 거래. 하늘나라엔 무지무지
맛있는 것도 많고 무지무지 재미있는 것도 많대. 그래도 세린 보러 다
시 우리 집에 오면 좋겠는데. 아빠가 보고 싶어. 아빠……."

세린의 맑은 눈에선 비가 내려 대지로 촉촉이 떨어졌다. 세린은 지
금 죽은 아빠 때문에 이렇게 눈물을 흘리고 있는 중이다. 나에게도 이
전 세계에서 이처럼 사랑스러운 딸이 있었다. 이곳에 온 지 거의 8여
년.

세린의 우는 얼굴을 보자 나의 사랑스러운 딸 은희의 얼굴이 떠올
랐다. 은희 역시 세린처럼 찰랑거리는 머릿결을 가지고 있었고 사랑
스러운 작은 얼굴로 나를 향해 환한 미소를 지었었다. 엄마에게 혼날
때나 무척 서러운 일이 있을 때 은희는 저렇게 세린처럼 고개를 숙이
고 눈물을 흘렸었지. 그때면 나는 다가가서 은희를 목마 태우고 가까
운 공원에 갔었지.

나의 사랑스러운 딸 은희야, 너도 이 아빠가 보고 싶은 거겠지? 아
빠가 은희를 보러 가야 하는데. 아빠 맘대로 은희에게 다가갈 수 없
어. 은희, 너도 세린처럼 슬퍼하는 건 아니겠지? 슬퍼하지 않았으면
좋겠어, 은희야. 아빠는 잘 지내고 있어. 오히려 이곳이 좋아. 은희가
없는 세상은 꿈꿀 수 없지만 그래도 나름대로 만족하니 아빠 걱정하
지 마. 언젠가는 은희 데리러 갈게. 슬퍼하지 마.

은희야, 아빠도 은희가 보고 싶어. 그러니… 그러니…….

어느새 굵은 눈물방울이 눈에서 흘러내려 뺨을 지나고 있었다. 바

닥을 향해 고개를 떨군 세린을 살며시 안았다. 세린은 나의 가슴에 안겨서 '아빠' 하며 흐느꼈다.

그래. 울어라, 세린. 그럼 조금이나마 슬픔이 가실 거야.

"세린, 그만 울음을 멈춰. 세린이 울면 너희 아빠는 영영 세린을 보러 오지 않을지도 몰라. 그만 울고 네 친구들하고 이제 그만 집에 돌아가야지. 그렇지 않아?"

"맞아… 이제 세린 집에 가야 해."

나는 세린의 눈에서 쉴 새 없이 흐르는 눈물이 멈출 때까지 나의 손등으로 훔쳐 주었다.

"아! 맞아. 돼지 아저씨."

조금의 시간이 흐른 후에 세린은 떨구고 있던 고개를 들면서 말했다.

"응?"

"내 친구들 이름을 지어줘야 하는데 뭐라고 부른다면 친구들이 기뻐할까?"

"그건 네 친구들이니 네가 알아서 해야겠지. 세린, 세린이 부르고 싶은 대로 지으면 되는 거야. 네 친구들이니."

세린의 눈에는 아직 글썽이는 눈물이 남아 있었지만 어느새 표정은 밝게 바뀌어져 고개를 갸우뚱거리고 하늘을 쳐다보고 땅을 쳐다보며 고민을 하기 시작했다.

"아! 이러면 어때, 돼지 아저씨? 얘는 뿔이 기니까 피로(피로데트:뱀의 한 종류이다. 일반 뱀들과는 달리 독이 없고 온순하여 사람을 공격하는 일은 없다. 넓은 초원 지대의 거목 위에 서식하며 커다란 것은 80~100㎝ 정도이고 보통은 60~70㎝이다. 뱀과 구별되는 점은 두 가닥으로 나뉘어져 있는

혀가 네 가닥으로 나뉘고 귓구멍이 있다는 점이다)라고 짓고. 음, 얘는 눈이 이쁘니까 세티아(새의 한 종류. 일반적으로 애완용으로 쓰이는 작은 새. 빨강, 노랑, 연두, 파랑 이렇게 4가지 색으로 구분되며 그에 따라 성격도 다르다)라고 할래."

"그래, 세린. 피로와 세티아는 네 친구들이야. 그러니 같이 잘 놀아주면 친구들이 좋아할 거야."

"응! 세린이 친구들하고 자주자주 많이많이 무지무지 놀아줄 거야!"

세린은 커다랗게 원을 만들듯 손을 돌리면서 말했다.

"이제 그만 가야지, 세린. 엄마한테 혼날 거야, 지금 돌아가지 않으면. 아, 그리고 아저씨 이야기는 하면 안 돼. 엄마가 혼낼 수도 있거든. 이 두 친구들에 대해서 네 엄마가 물어보면 숲 속에서 놀고 있는데 따라왔다고 해, 세린."

흠, 내가 지금 세린에게 거짓말을 가르치고 있는 것인가? 내가 뭐가 아쉬워서! 내가 추악한 인간도 아니고 더욱이 나쁜 짓을 한 것도 아닌데 이 어린것에게 거짓말을 가르치다니. 제길. 그렇지만 어쩔 수 없어.

"응? 왜? 어제는 세린 혼날까 봐 아저씨 얘기 안 했어. 오늘 자랑할려구 했는데 왜 혼나? 돼지 아저씨가 세린에게 두 친구도 줬고, 세린 목마도 태워줬고 무척 착한 아저씨인데 왜 세린 혼나? 세린은 늦게만 안 들어가면 혼나지 않아."

뭐라고 말을 해줘야 할까? 이 어린 사랑스러운 존재에게. 내가 오크라고? 너희 부모들이 싫어하는 오크라고 말을 해줘야 하는 걸까? 나도 거짓말을 하긴 싫다. 거짓말은 우리 전사들에게 가장 불명예스러운 일이 아닌가? 오크… 왜 우리 오크들이 인간들에게 천시를 받아야 하지. 제길. 난 원래 인간인데.

"세린, 그게 말이다……."

"응?"

"……."

나는 선뜻 대답을 할 수가 없었다. 도대체 세린에게 뭐라고 해야 할까?

"아! 알았다! 돼지 아저씨, 어제 세린이 늦어서 혼났잖아. 세린이 아저씨하고 재밌게 놀면 엄마가 질투할까 봐 그러지? 엄마하고 세린이 안 놀아준다고? 어제 엄마가 세린 혼낸 것도 세린 질투해서 그런 걸 거야. 엄마하고 안 놀아준다고."

"그, 그래."

세린은 그렇다고 하니 역시 그랬냐는 듯한 눈을 가늘게 뜨고 나를 바라보았다. 세린은 눈을 가늘게 뜨면서 '헤헤헤' 하고 웃었다.

"하하하하."

세린과 대화를 할 때면 왠지 나까지도 어린아이가 되는 듯한 느낌이었다. 막힌 부분이 뻥 뚫리는 시원함까지 느껴졌다. 그러나 세린을 볼 때마다 한국에 있는 내 사랑스러운 딸 은희가 생각나 마음이 아픈 것은 어쩔 수 없었다.

세린은 이내 나에게 손을 흔들고 두 마리의 타이를 데리고 언덕 너머로 사라졌다. 세린이 갈 때 아쉬움이 드는 것은 왜일까? 내일이면 또 볼 수 있겠지.

꼬르르륵.

벌써 배가 고픈가? 이놈의 배도 문제군. 어떻게 먹지 않고 살아갈 수는 없을까? 먹는 것도 상당히 귀찮단 말이야, 언제나 배가 고파지니. 어차피 세린하고 당분간 만나기 위해 기르츠에게 말도 해놓았으니 하라만도 마을은 그리 걱정이 되지 않는군.

세린과 헤어지고 난 후 나는 가까운 인근 산으로 가 끼니를 해결했다. 그리고 가까운 곳에다 누가 오면 알려주는 경계 마법을 운용한 다음 잠을 잔 뒤 한낮이 되어서야 깨어났다. 세린과의 하루하루는 내 생활의 기쁨이 되었다. 심지어는 하라만도 마을에서의 생활이 잊혀지기까지 했을 정도였다.

거의 일주일 동안 세린은 점심과 저녁 사이에 언덕으로 와 나하고 같이 대화도 하고 멀리 산으로 들어가 동물도 사냥도 하며 같이 다녔다. 그 통에 세린하고 헤어질 때면 언제나 아쉬움이 남았다. 하지만 아쉬움은 내일의 만남의 기쁨을 생각하며 억눌렀다. 최근 들어 세린은 나와 헤어질 때면 그 호수 같은 눈에서 눈물을 떨구었다.

세린과 만난 지 일주일이 지난 후, 세린은 그때 자기의 친구라며 어떤 여자 꼬마 아이를 데리고 왔다. 그 꼬마 아이는 세린과는 달리 나를 보고 겁을 먹어 뒷걸음을 치다가 돌부리에 걸려 넘어졌다.

찢어진 옷과 상처로 울던 아이에게 치유 마법을 걸어주니 아이는 나보고 마법사님이라면서 쫓아다녔고 그 뒤 하루하루 지날수록 세린과 그 아이가 데려오는 친구들의 수는 점점 많아졌다.

세린은 나를 돼지 아저씨라고 소개하였고, 두 번째로 만난 아이는 나를 마법사님이라 소개했다. 급기야 거의 20여 명이 넘는 아이들로 불어난 아이들은 나를 따르면서 환한 미소를 언제나 보여주었다. 아이들도 맨 처음엔 나를 조금은 어려워하는 것 같았으나 세린의 소개와 세린 친구의 소개로 쉽게 친해질 수가 있었다.

모습 따윈 중요하지 않았다. 오히려 돼지 얼굴인 내가 아이들에게 신기하게 보여지고 우스꽝스럽게 보여지는 것 같았다. 아이들과 지내면서 나는 많은 것을 배울 수 있었다. 내가 생각하지 못했던 것이 아이들의 입에서 나올 때마다 나는 감탄을 터뜨리며 속으로 되새기고 또 되새겼다.

아이들과 헤어질 때쯤이면 나는 Fire, water 등 여러 마법을 보여주고는 그들의 환한 미소를 바라보고 뿌듯한 미소를 지었다. 다행히 아이들은 자신의 부모들에게 나와 만난다는 것은 모두 비밀로 하고 있는 모양이었다.

아이들과 만난 지 3주일이 지난 지금까지 본 아이들은 성인 인간들과 달랐다. 이기적이지도 않았고, 포악하지도, 추하지도 않았다. 그렇다면 왜 성인 인간들은 그럴까? 그들은 어렸을 때가 없었을까? 태어났을 때부터 바로 성인이었을까? 그렇지 않다. 성인들도 모두 어렸을 때가 있었는데 커서는 왠지 그렇게 이기적이고 포악해졌을 것이다.

"돼지 아저씨~ 세린 갈게~"

"마법사님~ 지나 갈게요~"

"마법사님, 파이테 갑니다~"

"아저씨~ 세갈 집에 갈게요~ 내일 봐요!"

"흑흑. 에리스 집에 가기 싫어~ 나 마법사님하고 같이 살 거야."

"에리스! 오빠한테 혼날래? 어서 집에 가야지."

"싫어. 에리스 마법사 아저씨하고 있을 거야."

"가덴스 이만 갈게요, 아저씨."

"지라네오스도 갈게요, 마법사님. 그럼 내일 봐요."

"치란도 가기 싫은데. 아저씨, 치란 내일 올게~"

나를 마법사님이라 부르는 아이, 아저씨라 부르는 아이 등등 모두 선한 미소와 함께 아쉬움을 담고 있었다. 어떤 아이는 눈물을 흘리고 어떤 아이는 가기 싫어 고목을 붙잡고 있었지만 그 아이를 끄는 형제 때문에 집에 돌아가게 되었다. 그 아이를 끌고 가는 형제 역시 가기 싫은 듯했지만.

아이들이란 신기한 존재들이다. 나는 지금까지 살면서 나의 딸 은희 말고는 아이들을 대한 적이 없었다. 그렇기에 이 아이들을 처음 만났을 때는 그들의 진실을 오해하기도 해서 아이들을 울린 적이 한두 번이 아니었다. 하지만 모든 건 거짓으로 둘러싸인 나의 잘못이었다. 제길이었다. 오크인 내가 거짓으로 둘러싸였다는 사실이. 순수하고 깨끗한 아이들, 절대 성인과는 다른 존재였다.

아이들과 만난 지 3주일이 약간 지나는 어느 날이었다.

산중턱에서 잠을 자고 일어나 아이들과 만나기 위해 산을 내려갈 때쯤이었다. 마을 멀리쯤에서 마을을 향해 뿌연 먼지를 일으키며 질풍처럼 달려가는 자들이 보였다. 한두 명이 아니었다. 적어도 백 명 이상은 되는 듯했다.

제17장 오크! 인간 마을을 보호하라!

오크! 인간 마을을 보호하라!

저기 뿌연 먼지에 뒤덮인 자들은 누구지? 엄청난 속도로 마을을 향해 달려가는군. 군대인가? 한데 웬 군대지.

마을 먼 쪽. 먼지를 이끌고 질풍처럼 다가오는 자들을 향해 마을에서도 그들을 마중 나가는 수십 명의 인원이 보였다. 그러나 너무 먼 지점이라 잘 보이지는 않았다.

"Sense of Sight."

시각 확대 마법이 운용되면서 먼지를 이끌고 온 자들의 모습이 한눈에 들어왔다. 책을 물고 있는 사자가 그려져 있는 문장의 깃발이 펄럭였다. 거의 이백 명 정도 되는 군대의 가장 앞에서 말을 타고 질주하고 있는 자들은 대략 30명 정도 되는 플레이트 메일의 기사단이었다. 그들의 가슴 언저리에는 모두 책을 물고 있는 사자의 문장이 새겨져 있었다.

이 군대는 단순한 일렬 보행 진법을 쓰고 있었다. 맨 첫 줄은 기사단, 두 번째 줄은 보병, 세 번째 줄은 수송 부대, 네 번째 줄은 후방을 맡는 보병. 그 기사단 뒤를 따르고 있는 수백의 인원은 가벼운 갑옷을 착용하고 있는 보병이었다.

보병도 세 부분으로 나뉘어 있었는데 첫 대열에는 기다란 창만을 가지고 있었고, 두 번째 대열에서는 기다란 검과 방패를, 세 번째 대열에선 깃발을 가지고 있었다.

그들이 뛸 때마다 뿌연 먼지는 그들을 뒤덮어 그들의 콧속으로, 입속으로 들어갔다. 가장 처져 천천히 가고 있는 부대는 수레를 이끌고 있는 부대였는데 수레엔 식량이 들어 있을 포대들로 꽉 차 있었다. 그 부대를 감싸고 있는 한 명의 기사와 그 뒤를 따르는 수십 명의 보병들로 엄중한 경비를 하고 있었다.

저 문장은 처음 보는 문장인데? 전쟁을 하러 온 것인가? 조금 더 가까이 가봐야겠다. 무슨 일인지 모르겠군. 갑자기 왜 쳐들어온 거지? 인간의 전쟁 따윈 상관없어. 훗, 전쟁은 일종의 정치의 연장이니까 매일 벌어지는 것이지. 이런! 그렇지만 저곳에는 마을 아이들이……. 아무튼 가까이 가보자.

바람이 한순간 불면서 책을 문 사자 문장의 깃발이 용맹을 과시하며 펄럭였다. 먼지를 몰며 질주하던 기사단도 마을에서 200미터 정도 떨어진 곳에 멈춰 서 뒤에 처진 대열을 정리하기 시작했다.

다른 기사들과는 달리 투구에 보석이 박힌 기사 한 명이 헝클어진 대열 이곳저곳을 돌아다닐 때마다 대열은 자로 맞춘 듯 일직선으로 만들어졌다. 문제는 이쪽 마을의 군대 쪽이었다. 적 대군의 많은 병력과는 달리 많이 봐야 100여 명 정도밖에 되지 않아 보이는 군대에 정리되지 않고 흐트러진 그들의 대열 진형은 보는 나로 하여금 눈살을 찌푸리게 만들었다. 이게 과연 군대가 맞나 할 정도로 이 마을의 군대는 오합지졸 그 자체였다.

심지어 이 마을의 대장으로 보이는 사람이 고함을 고래고래 지르는데도 병사들은 그저 형식만 조금 차릴 뿐이지 대장의 명은 듣지 않았다.

한순간 마을에 다가온 군대를 자세히 바라보니 그들의 검에는 피가 덕지덕지 굳어 있었다. 검도 그러니 방패며, 갑옷이며, 투구는 말할 필요 없이 굳어진 피와 먼지로 인해 더럽혀져 있었다. 기사단장의 철화는 피가 굳은 갈색 빛깔로 뒤덮여 녹슨 것같이 보였다.

곳곳에 부상으로 인해 다리며 팔 등 다친 곳을 감은 붕대에 얼룩진 핏자국도 눈에 띄었다. 기사단장은 병사들의 아픈 곳을 손수 쓰다듬기도 하며 위로를 하는 듯했다. 그럴 때면 병사들은 찡그렸던 얼굴을 환하게 펴고 기사단장에게 웃어주며 주먹을 굳세게 쥐고 뭐라고 말을 했다.

흠… 전쟁을 일으켜 이곳으로 쳐들어온 것인가? 이전 마을은 벌써 뚫었나 보군. 못 보던 문장이야. 아마 이 나라의 적 대국이겠지.

내가 살고 있는 세계에 대해 어떤 나라가 있는지, 크기는 어느 정도이고 어떤 종족이 있는지 알지 못했다. 조그마한 우물 안의 개구리, 그게 바로 나다.

"Hearing extension(청각 확장)."

책을 문 사자의 문장을 가리키며 뭐라고 하고 있는 보석이 박힌 투구를 쓴 기사단장으로 보이는 자의 말을 듣기 위해 청각 확장 마법을 운용했다.

"제군들! 우리는 지금 적국 크리샨과 전쟁을 하고 있다! 우리는 전투를 벌일 때마다 승리를 해왔다! 첫 번째 파리터 시의 전투, 두 번째 가이프 강의 전투, 세 번째 메텐 성 전투, 이렇게 세 번의 전투를 승리로 이끌었다! 이제 우리는 네 번째 전투를 벌이려 한다. 당연히 주 파스틴님은 우리를 지켜보고 계신다. 주 파스틴님의 영광은 바로 우리들의 검이다! 우리는 주 파스틴님의 가호를 받아 저 이교도들을 처단할 것이다! 그대들은 영광스런 파스리오 제국의 전사들이고 주 파스틴님의 아들들이다! 이번이 마지막 전투이다! 제군들, 우리에겐 영광만이 기다리고 있다. 제군들! 저 이단자들을 처단하여 우리 주 파스틴님의 영광을 더욱더 널리 알리자! 악마 크리오틴의 자제들에게 파스틴님의 영광을 알리자!"

기사단장의 말이 끝나자마자 나무를 뿌리째 뽑아 날릴 듯한 엄청난 함성 소리가 울려 퍼졌다. 말을 타고 있는 기사나 서서 기사단장을 바라보고 있던 보병 모두 자신의 무기를 하늘 높이 치솟아 들며 '주 파스틴님께 영광을~' 이라고 소리를 질러댔다.

제길. 종교 전쟁인가. 뻔하지 않은가, 종교 전쟁이란 것은. 순수한 종교 문제에서 일어나는 것이 아니라 정치와 종교가 엉켜 정치적, 영토적 야심과 분리할 수 없을 정도로 묶여 있어 일어나는 게 아닌가. 하긴, 종교로 포악함을 숨기는 것일 뿐이지. 솔직히 영토를 확장시키기 위해 왔다고 해라!

이곳으로 쳐들어온 군대의 사기는 하늘을 찌를 듯한 반면 마을을 방어하기 위해 모인 병사들은 푹 눌린 진흙처럼 사기가 꺾여 소리를 지르는 적국을 바라보기만 할 뿐이었다.

어디선가 나팔 소리 등 씩씩한 군대 음악 소리가 들려왔다. 역시 사자 문장, 저들이군. 씩씩하고 힘찬 음악은 사기를 북돋아주었는지 파시리오 국의 군대는 힘찬 함성을 내질렀다.

안 봐도 뻔하군. 이번 전투의 승리는 당연히 저쪽 파스리오 제국의 전사요, 파스틴의 아들이라고 하는 저들이 가지겠군. 그렇게 된다면 마을의 아이들은? 그 착하고 순수한 아이들은 어떻게 되는 건가? 이 도시의 병사들은 왜 저렇게 기가 죽어서 저 모양 저 꼴이지? 아이들은 어떻게 하라고?

당연히 전투 뒤에 남는 것은 약탈과 강간, 살인, 납치, 방화 등의 조직적인 만행이다. 인간들의 일종의 관습이지. 그렇다면 아이들은 흥분한 승리의 군대에 무참히 밟히고 죽임을 당하고, 여자들은 벗겨지고 범해지고, 남자들은 말도 없이 무차별 살해를 당하지. 완전한 지옥만이 남을 뿐이다. 순수한 아이들에게 지옥을 보여줄 순 없어.

사자 문장의 군대는 곧이라도 전쟁을 벌일 듯한 기세였다. 기사단장의 한마디면 모두 앞으로 달려나가 방어 성곽을 넘어 마을의 병사들의 심장을 가볍게 찌를 수 있을 것만 같았다. 전력이며 사기가 월등히 차이가 나는 이 전쟁은… 승리가 예측된 전쟁이었다.

세린의 부모가 심장이 찔려 죽든 사지가 잘려 죽든 상관할 바는 아니었다. 어차피 추악한 인간이기에. 하지만 세린만은 순수한 존재였다. 꼭 세린만이 아니더라도 순수한 아이들만은 적군들의 변태적 놀잇감이나 쾌락적 살인의 대상이 되는 모습을 볼 수는 없었다. 나의 뇌에선 나의 몸 곳곳에 흥분 호르몬을 분비하라는 명을 내렸고, 나는 곧 흥분에 휩싸였다.

내가 봐도 완전히 저쪽의 승리야. 이 마을의 병사들은 몇 시간이나 버틸 수 있을지……. 인간들 따위는 도와주고 싶지 않다. 하지만 아이들만은, 순수한 아이들만은 구해주고 싶다. 추악한 인간들 사이의 전투에서 순수한 존재가 피해를 입으면 안 되니까. 제길. 그렇지만 어떻게 도와준단 말이냐! 내가 비록 마법을 익히긴 했지만 그것으로 도움이 될 순 없어. 그리고 저들을 도와주려는 내가 오크인 것을 보면 도움을 피하고 오히려 도움을 주려는 나를 죽이려 할 것이다.

나는 저들에게 죽임을 당할 일은 없다. 피하면 되니까. 하지만… 제길. 왜 추악한 인간들의 전쟁에 아이들이 피해를 입어야 하냐고!

다행히 사자 문장의 군대는 완전히 이 전쟁을 당장 벌이진 않고 부상병들을 치료하고 있었다. 부상병들의 신음 소리가 들릴 때마다 적국 기사단장의 투구 안으로 보이는 얼굴엔 근심이 가득했다. 부하를 아끼는 기사단장이라… 이런, 저 기사단장은 제법 기사단장 티가 나는군.

확실히 이번 전투는 저들의 승리야! 기적 같은 건 기대할 수도 없어. 여기 오기 전에 파리터 시, 가이프 강, 멘텐 성이라고 했던가? 이렇게 3개의 전투를 연달아 승리로 이끈 기사단장. 부하를 아끼는 기사단장. 후훗, 그렇다고 해도 저들은 군대이다. 인간 군대란 자고로 온갖 만행이 보장돼야 사기가 치솟는 법. 저 군대라고 다를 바 없어. 아이들의 안전이 위험하다. 이 전투, 마을 군대가 승리해야 하지만 이 진흙같이 축 처진 군대에게 승리를 바라는 건 기적이지. 나 혼자만 어떻게 할 수 있는 일도 아니고 우리 하라만도 형제들의 도움을 받아야 아이들을 보호할 수 있겠어. 다른 인간 따윈 관심없어. 오로지 아이들의 안전뿐이다. 아이들은 인간들과 다른 존재이다.

"Fast Step."

나는 숨어서 지켜보고 있던 자리에서 벗어나 갈대밭 길로 들어갔다. 사자 문장의 기사단장! 제발 내가 올 때까지만 기다려라. 내가 올 때까지만이라도 전투를 벌이지 마라. 그렇게 계속 부상병을 치유하고 있어라.

마음은 조급하기만 했다. 나답지 않게 쿵쾅거리는 심장은 가슴을 찢어버릴 듯했고 식은땀으로 샤워를 하고도 남을 정도였다. 갈대의 줄기가 나의 몸을 베든 땅의 돌들이 나의 발톱을 으깨든 상관없었다. 아이들을 보호하기 위해선 오로지 하라만도 마을에 빨리 가는 것만이 최선이었다.

나를 맞이하는 바람의 시원함도 느껴지지 않았다. 주위가 어두컴컴한지 환한지도 의식되지 않았다. 오로지 앞을 향하는 길만 보였다. 얼마나 달렸을까? 시간조차도 모를 정도로 달리기에만 힘을 쏟았다.

후, 드디어… 드디어 하라만도 형제들의 마을이 보인다. 들어가자마자 형제들을 모집하고 사자 문장의 군대와 전투를 벌여야 돼. 어서 어서 빨리 서두르자!

"형제들이여~ 형제들이여~!"

마침 잠을 잘 시간이 아니여서인지 마을 광장엔 많은 형제들이 모여 있었다. 나의 발에서 밝은 빛과 함께 내가 고함을 치며 형제들을 불러모으니 형제들은 무슨 일인가 하고 나의 곁으로 하나둘씩 모여들었다. 뭐라고 해야 할까? '인간 아이들을 도와주러 전투를 나갑시다, 형제들이여'라고 말해야 하나? 이런, 말도 안 된다. 하지만 나는 우리 하라만도 형제들에게 있어서 신이 아닌가. 나의 말이 곧 법이며 형제들의 외부적 행동뿐만 아니라 심정까지 지배하지 않은가.

비록 자유 방임주의적 성격을 가진 하라만도 오크 족이지만 내가 있다면 신정 정치적 성격을 지니지 않았는가. 지배자가 '살아 있는 신' 으로 숭앙되었던 고대 이집트의 파라오나 로마제국의 황제 등과 같은 나는 이 하라만도 족의 신이란 말이다.

"형제들이여! 추악한 인간들과 전투를 벌여야겠습니다. 모두 전투 준비를 하십시오."

"앗! 샤코로움이시여! 돌아오셨습니까? 한데 전투 준비라니요?"

하라만도 형제들은 약 한 달 만에 나타난 나의 갑작스러운 말에 놀란 듯 되물었다.

"그렇소. 우리들은 추한 인간들과 전투를 벌일 것이오. 저번 인간과의 전투에서 살아 돌아온 우리 형제들 2파얌의 인원은 갑옷을 입고 모이시오."

"승리를 위한 전투! 크르르르르!"

난 하라만도 형제들이 싫어할 줄 알았으나 의외로 형제들은 전투를 벌인다는 말에 얇은 웃음을 짓고 있었다. 전투 준비라고 할 것은 그리 많지 않았다. 평소에 식량을 준비해 놓지 않은 게 정말 후회될 뿐이었다.

식량을 준비해야 했지만 지금은 한시가 바쁜 상태였다. 조금이라도 늦어 마을이 함락당하고 적 인간들에 의해 아이들이 지옥을 경험하기 전에 우리가 먼저 그곳에 도착해야 한다. 하라만도 형제들은 전투를 벌이는 이유에 대해 묻지 않았다. 인간들과 전투를 벌이는 것만으로도 당연한 일로 여기는 듯해서 나도 그리 크게 의문을 가지지는 않았다.

전투를 할 수 있는 인원은 새로 자란 1파얌의 전사들과 그동안 훈련이 잘된 4파얌의 전사들, 저번 광산에서의 전투에서 살아 돌아온 2파얌의 전사들, 총7파얌의 전사들로 210명의 인원이었다.

인간과의 전투에서 살아 돌아온 2파얌의 전사들은 어느새 흰 갑옷을 입고 나와 그 위용에 모두들 놀란 듯 입을 벌리고 있었다. 그렇지만 흰 갑옷을 입고 있는 형제들은 그다지 갑옷이 좋지는 않은 듯 무표정했다. 하지만 나는 오랜만에 느껴보는 철의 감촉에 든든한 마음이 들어 입가에 미소를 감추지 못했다. 왜 형제들은 이 든든한 갑옷을 착용하고도 무표정이지?

"그럼 모두 내 말을 잘 들으시오, 형제들이여. 마을엔 이번의 새로운 전사 1파얌은 남아 혹시 모를 일에 대비하기로 하고 여기 흰 갑옷을 입은 2파얌의 전사들과 그동안 훈련을 꾸준히 받아온 4파얌의 전사들은 나를 따르시오."

"우리들은 승리의 전투에서 빠지는 겁니까, 샤크로움이시여?"

새로 성장한 전사들 중에 리더격인 전사가 말했다.

"아닙니다, 형제여. 그대들은 우리의 전투에 참여하는 겁니다. 인간들보다 악한 혹시 모를 그 어떤 것으로부터 마을을 지키는 게 형제들의 몫입니다. 마을은 전투보다도 중요합니다. 그대들은 전투보다 더욱더 영광의 승리를 느끼실 수 있을 겁니다, 형제들이여."

"아……."

이번 전투에서 빠지게 된 1파얌의 인원은 고개를 끄덕이면서 수긍의 뜻을 표했다. 하지만 몇몇은 여전히 이상하다는 듯한 표정을 지으며 꽉 쥔 주먹을 풀지 않았다.

"형제들이여, 모두 같은 전사들이지만 우리 갑옷을 입은 철갑 전사들은 이번에 훈련을 받은 형제들보다 많은 전투를 치렀고 살아 돌아왔습니다. 이번에 인간들과의 전투에서는 우리 철갑 전사들을 중심으로 이루어질 겁니다. 한 명의 철갑 전사당 두 명의 형제들이 같이 행동할 것입니다. 두 명의 전사들은 자신을 이끄는 철갑 전사를 크샴(오크 족의 족장)처럼 여기시오. 기르츠, 이히리, 샤아오 그대들은 19명의 철갑 전사들의 군대장이오. 19명의 철갑 전사들 역시 이 기르츠, 이히리, 샤아오를 크샴처럼 여기고 행동하시오. 모두 무슨 말인지 알겠소?"

진형 편대 훈련은 평소에 많이 해왔기 때문에 전사들은 모두 이해하는 듯했다. 전사 2명을 이끄는 철갑 전사, 그 철갑 전사를 이끄는 세 명의 수장. 이런 방식으로 이번 전투는 진행될 것이다.

내가 손수 전사 2명을 철갑 전사 한 명에게, 철갑 전사 19명을 3명의 수장 기르츠, 이히리, 샤아오에게 이런 방식으로 각각 정해주었다. 제길, 너무 늦었어. 어서 가야 해!

"식량은 그곳에서 적의 식량을 가져올 것이오. 그럼 기르츠, 이히리, 샤아오는 어서 나를 따라오시오. 모두 최고 속도로 뛰어갈 것이니 중간에 힘들더라도 꾹 참으시오. 형제들이여 갑시다!!"

"크르르르르르르르르르~!"

곧 전투를 벌이기 때문에 흥분한 전사들은 빈 허공을 향해 큰 소리로 웃으며 달려나갔다. 갓 태어난 아이 오크가 그런 우리들을 바라보고 있었고 전투에 참가하지 못하고 마을을 지키는 1파얌의 전사들이 부러워하는 듯한 눈빛을 보내고 있었다.

나는 쉴 새 없이 달렸다. 체력의 소모 따위는 생각하지도 않았다. 체력 소모 따위야 그곳에 도착해서 생각해 볼 일이었다. 우선은 도착하고 보는 게 가장 최선의 방책이었다. 가능한 빨리 도착하는 게.

빨리! 빨리 가야 해! 이럴 때 말이라도 있었다면 얼마나 좋을까? 한데 우리 하라만도 형제들이 말을 탈 수 있을까? 에이, 그깟 말 하나 타지 못하겠어? 우리 하라만도 형제들은 무식한 게 아니라 문명이 뒤떨어졌을 뿐이니까 그깟 말쯤이야. 이번 전투가 끝나면 꼭 말을 도입해야겠어.

3시간 정도 계속 뛰어가니 피곤하다고 말하는 육체를 더 이상은 이길 수가 없을 정도가 되었다. 형제들의 관자놀이에서도 땀이 맺혀 그들이 뛸 때마다 머리칼을 따라 몸 밖으로 흘러 빠져나갔다.

"형제들이여, 잠깐만 휴식을 취할 것이오. 모두들 잠시 후에 지금처럼 달려갈 테니 편히 쉬도록 하시오."

우리가 달려온 갈대밭 길은 엉망이 되어 있었다. 하지만 우리 형제들은 갈대 줄기를 베지는 않고 지나가기 위하여 어쩔 수 없이 밟기만 하였다. 6파얌의 인원, 총 180명의 인원이 달려온 길이 엉망이 되지 않았다고 하면 거짓말이겠지.

이 갈대밭은 일종의 인간과 오크들의 경계선과 비슷한 역할을 하고 있었던 것이다. 넓은 평원을 빼앗긴 우리 형제들이 이곳에 오기 전에도 이곳은 치르크 족의 활동 범위에 포함이 되었기에 인간들이 이곳으로 발을 끊은 지 오래되었다. 결국 무성하게 갈대들만이 이렇게 자란 것도 당연한 것이었다.

"자, 형제들이여! 승리가 우리들을 기다리고 있소! 모두 바람처럼 달려가서 번개처럼 인간들의 목을 베어버립시다! 형제들이여, 달립시다!"

나는 피곤하다는 다리의 말을 무시한 후 애써 힘을 내 달려나갔다.

"가자! 가자~ 크르르르……"

나는 다리가 피곤하다고 느낄 때마다 소리를 내질렀다. 형제들도 내가 소리를 내지를 때마다 장단을 맞추듯 같이 웃으며 달려주었다.

아마 형제들이 없었다면 나는 이렇게 달리지 못했을 것이다. 이내 피곤함을 이기지 못하고 쓰러졌을 것이다.

"헉! 헉! 헉!"

어느샌가 우리들은 갈대밭을 지났고 나의 눈에는 세린과 놀았던 언덕이 보였다. 하라만도 형제 모두는 도착하자마자 힘이 풀려 그 자리에서 쓰러질 뻔했지만 두 도끼로 바닥을 딛고 겨우 설 수가 있었다. 아무리 체력이 좋은 우리들이라도 빠른 걸음으로 7시간 이상 걸어야 할 곳을 겨우 한 번만 쉬고 달려온다는 것은 거의 불가사의한 일이었다.

"우아아아아아아~ 으아아아악~!"

무척 익숙한 함성 소리와 고통에 대한 신음 소리가 마을에서 울리고 있었다. 헉! 벌써 늦은 걸까? 아닐 거야. 우리가 뭣 때문에 이렇게 힘들게 달려왔는데! 늦어선 절대 안 돼!

"모두 힘을 내시오, 형제들이여. 다 왔소. 여기가 마지막이오. 저 언덕만 넘으면 되오!"

막 언덕을 넘으려 할 때였다. 수십의 기사들이 헐떡거리며 우리를 향해 달려오고 있었다. 어떤 이는 방패만 들고, 어떤 이는 검만 들고, 또 어떤 이는 심지어 투구까지 어디로 갔는지 없어져 기사다운 모습이 아니었다. 더욱이 헐떡거리며 죽도록 뛰는 그들의 모습에 왠지 모를 이질감에 나는 입술을 질끈 깨물었다.

어떻게 된 것이지? 독수리가 검을 잡고 날아가고 있는 문장인 걸 보니 이 마을에서 온 기사들 같은데, 왜 저렇게 헐떡거리며 어딜 그렇게 뛰어가고 있는 중이지? 검이며 투구는 어다다 버려두고 저렇게 개처럼 뛰는 거지? 무기는 기사의 팔이요, 투구는 기사의 얼굴이 아닌가?

혹시 벌써 마을이 당해버려 저 기사들이 도망치고 있는 것이 아닐까?

우리 쪽 방향을 향해 뛰어오다가 우리 6파얌의 인원이 나타나자 수십의 기사들은 한순간 멈춰 서 우리를 보고는 경악을 금치 못하고 '아!' 하고 여기저기서 탄성을 터뜨렸다.

"아! 젠장, 망했다! 오, 오크다!"

"젠장! 뒤에는 파스틴의 개들 파스리오 군대가 우리를 뒤쫓고, 앞에는 오크들이라니. 왜 이곳까지 오크들이 나타난 거지? 젠장할! 우리 주 크리오틴님은 이런 상황을 보고도 가만히 계시는 건가? 크리오틴님은 우리를 버린 것인가?"

"어떻게 된 거야? 저 갑옷을 입고 있는 것들은? 또 다들 얼굴은 오크들이지만 왜 몸은 인간들보다 더 탄탄한 근육을 가지고 있는 것이지? 오늘따라 재수없는 날이군. 오크들을 처리하려면 시간이 꽤 걸릴 텐데, 그러면 그사이에 저 파스틴의 개들에게 따라잡혀 죽을 텐데."

인간 기사들은 웅성거리며 우리들을 바라보고 다급한 듯 뒤를 힐끔 보면서 어쩔 줄을 몰라 했다. 그들은 우리와 멀리 떨어진 커다란 바위 앞에서 어느 곳으로도 가지 못하고 가만히 있었다.

이 인간 기사들, 너희들 지금 도망치는 중인가? 마을을 내버려 두고? 제길, 아이들을 어떻게 하고 도망치는 거야? 있는 힘껏 싸우다가 죽을 때까지 마을을 지키고 있어야 하는 게 너희들 기사의 몫이 아닌가! 제길, 이럴 때가 아니야. 아이들이 위험하다!

"저들입니까, 샤코로움이시여."

"아닙니다, 기르츠여. 우리들이 상대해야 할 인간들은 더욱더 흉포한 자들입니다. 기르츠, 이히리, 샤아오여, 나를 따라 달리시오. 저 인간들은 상대하지 마시고 말입니다. 다른 형제들에게 그렇게 일러주시오, 갑시다!"

우리 형제들이 뛰기 시작하자 언덕에 흔들릴 듯한 발소리가 나기 시작했다. 인간 기사들은 달려가는 우리 전사들을 보고 당황하여 한 걸음씩 뒤로 물러났다.

아이들을 나 몰라라 하고 도망친 기사들이지만, 자신들도 기사들이라고 검이 있는 자는 검을 빼 들고 방패가 있는 자는 방패를 앞으로 내세우고 달려오는 우리 전사단을 대비하는 듯한 진열을 만들었다.

내가 가장 선두에서 달리니 인간 기사들은 나를 의식하는 듯했다. 자신들을 향해 달려들 줄 알았던 우리가 그들의 옆을 획 돌아가자 의외라는 듯 무척 당황한 듯한 표정을 지었다.

"뭐야? 저 갑옷을 입은 오크들, 그리고 그 뒤를 따르는 오크들이 왜 우리를 피한 거지? 뭐야, 어떻게 된 거야? 저놈들 사람을 당황하게 만드는군."

"휴, 살았네. 저렇게 많은 오크들이 떼로 덤벼도 우리들에겐 상관없지만 뒤에 파스틴 이단자들 때문에 큰일날 뻔했어. 어서 이곳에서 벗어나자. 아마 저 오크들이 우리들을 피한 건 우리 주 크리오틴님의 가호 때문이겠지."

뭐? 인간 기사들아! 오크들이 떼로 덤벼도 괜찮다고? 후훗, 우리 전사단 하고 일 대 일로 붙어서 너희가 이길 것이라고 장담하는군. 우리들은 예전의 비계 덩어리의 전사들이 아니다. 너희 인간 기사들에게도 우리들의 실력을 보여주고 싶지만 너희가 버리고 온 아이들 때문에 산 줄 알아라!

마을을 향해 뛰어가는 우리 전사단들과 마을에서 벗어나려 도망치는 인간 기사단과의 방향은 완전히 달랐기에 몇 분도 안 되어 인간 기사들은 완전히 시야에서 사라지게 되었다.

언덕을 넘으니 오밀조밀 건물들이 붙어 있는 마을이 보였다. 다행히 불길이 치솟지 않은 걸로 보아 크리샨이란 나라의 군대는 아직 마을에 들어가지 않았거나 마을에 들어가서도 의외로 만행을 저지르자 않았을 것이다.

조금은 다행이다. 불길이 치솟지 않았다는 것은 방화가 시작되지 않았다는 것이니. 제길. 그러나 벌써 이 마을을 지켰던 인간 기사들이 도망을 갔다. 어서 세린이 다치기 전에 가자!

마을 입구를 지나 마을 안으로 들어가니 시체는커녕 사람 하나조차 보이지 않았다. 나의 심장은 엄청 두근거려 나 스스로도 주체를 못할 정도였다. 그러나 마을에서 시체가 보이지 않으니 그나마 안심이어서 한숨을 푹 내쉰 후 마을 안으로 더 깊숙이 들어갔다.

"모두 진정하십시오. 저희 친구들은 모두 괜찮을 것입니다. 마을 주민 여러분, 모두… 제발 진정하십시오. 우리들에겐 우리 주 크리오틴님이 계시지 않습니까?"

"크리오틴이라고? 린도, 지금 네가 크리오틴이라고 했느냐? 지금 이 늙은이를 희롱하는 것이냐? 성기사라고 하는 것들은 벌써 우리 아들을 방패막이로 마을 앞에 내버리고 도망갔다! 크리오틴님의 가호를 외치던 성기사들은 벌써 이곳에서 도망쳤다! 크리오틴님이든 저 파스틴이든 빨리 우리 아들들을 데려와라! 린도, 너도 크리오틴이란 소리 좀 작작하고 어서 내려와라! 그렇게 믿었던 성기사들은 우리에게 욕을 지껄이고 벌써 도망갔다!"

"저… 할아버님, 크리오틴님은 우리들을 지켜주시고 계십니다. 우리 모두 우리 주 크리오틴님에게 기도를 합시다."

저 골목 뒤로 사람들이 웅성거리는 소리와 젊은 목소리가 들려왔고
이어 늙은 남성의 목소리가 뒤따라왔다. 골목 뒤에서 아이들이 우는
소리며 꺅꺅거리며 비명을 지르는 여자의 소리 등 많은 소리가 들려
왔다.

저 골목 뒤에 사람들이 모여 있는가 보군. 우리가 가면 모두 놀라겠
지? 홋! 하지만 아이들의 목소리가 들려오니 안심이군. 크리샨 국가의
기사단은 아직은 들어오지 못한 모양이야. 정말 다행이군.

"인간의 소리입니다. 냄새도 짙습니다, 샤코로움이시여."

"압니다. 자, 그럼 갑시다."

난 아무 일 없다는 듯이 소리가 나는 쪽으로 발걸음을 옮겼다. 우리
가 소리에 가까워질 때마다 소리는 점점 줄어들어 결국 정적이 흘렀
다. 그때.

"까아아아~~ 오크닷!"

"헉! 모두… 모두……!"

우리가 골목을 돌아가자 수백의 사람들은 자신들에게 다가오는 거
대한 발자국 소리가 궁금했는지 아무 소리도 내지 않고 우리 쪽을 바
라보고만 있었다. 결국 오크인 내 몸이 골목에서 드러나자 성인 여자
와 늙은이들은 우리를 보며 비명을 질러댔다. 하지만 인간이 아닌 오
크의 모습을 보자 성인 인간들과는 달리 환한 미소로 나를 반기는 존
재들이 있었다. 어린아이들의 안전한 모습에 안심한 나는 아이들을
향해 웃어주었다.

"앗! 돼지 아저씨~"

세린이 나를 보고 달려오려 하자 세린의 엄마인 듯한 사람이 세린
을 꼭 잡고 놓치 않은 채 부들부들 떨고 있었다.

“마법사님이시다! 마법사님!”

“와아아아아아~ 아저씨다!”

마을 아이들을 꼭 잡고 있던 엄마의 손길을 뿌리치고 모두들 나를 향해 달려왔다.

아! 역시 언제나 환한 미소를 짓는 착한 존재들. 그렇기에 내가 이렇게 달려온 것이지.

“세린……”

세린은 금빛 생머리를 바람에 휘날리며 나의 가슴으로 뛰어 들어왔다. 다른 아이들 역시 나의 가슴에 하나둘씩 뛰어 들어오고서는 나를 보면서 헤헤거리며 웃어댔다. 하지만 웃는 그들과는 달리 아주 죽을 듯한 얼굴을 하는 자들이 있었으니, 아이들의 엄마들이었다.

“아, 세린! 어서 돌아와! 오크에게 뭐 하는 짓이야!”

“에리스! 에리스!”

“치란! 지금 어딜 가는 거야! 치란! 어서 돌아와~”

“지라네오스! 지라네오스~”

마을 광장에선 나의 주위는 기쁨으로 가득 찼지만 내게서 멀어질수록 성인 인간들에게선 걱정과 당혹, 경멸의 기운이 느껴졌다.

“왜 아이들이 저 흰 갑옷을 입은 오크에게 달려간 것이냐. 왜 오크가 아이들을 해치지도 않고 안아주고 있지? 오늘은 뭐가 어떻게 된 거지? 살면서 이런 장면은 처음 보는구나. 어서 아이들을 데려와야 할 텐데.”

“세린! 어서 엄마에게 돌아와라~ 오크들에게서 돌아와~ 왜 그 오크에게 달려간 거야, 세린!”

순식간에 마을 광장은 아수라장이 되어 어떤 엄마는 울면서 아이의 이름을 불러대고, 또 어떤 엄마는 우리를 향해 뛰어오려다 마을 노인들에 의해 저지당했다.

"돼지 아저씨! 잉? 아저씨 뒤에 아저씨처럼 생긴 돼지 아저씨들이 많잖아? 모두 왜 온 거야? 다른 아이들이 울고 있었어. 아빠가 저기로 갔거든."

"맞아요, 마법사님. 저희 아버지를 성기사님께서 끌고 가 저기로 데리고 갔어요. 마법사님이 우리 아빠 데리고 올 거죠? 마법사님은 마법을 잘 쓰시잖아요."

"우리 큰오빠도 찾아줘, 아저씨."

아이들이 하는 말을 들어보니 모두들 자신의 아버지며 오빠들이 징집당해 전쟁터로 끌려간 모양이었다.

난 너희들을 구하러 온 거야, 아이들아. 추악한 성인을 구하러 온 것이 아니라고. 하긴, 우선 너희들을 보호하기 위해선 저기 파스리오 국의 군대를 물러가게 만들어야겠지.

"그래그래."

결국 속마음과는 달리 아이들을 안심시키기 위해 거짓말을 하고야 말았다.

"샤, 샤코로움님!"

우리 하라만도 형제들이 아이를 꼭 안고 있는 나를 불렀다. 하라만도 형제들은 무슨 충격적인 것을 본 듯 모두 놀라며 나를 바라보고 있었다. 하기야 지금 내가 안고 있는 존재들이 누구인가? 우리 하라만도 족의 복수의 대상이자 경멸의 대상인 인간의 자식들이 아닌가?

"아! 형제들이 놀라는 것도 당연합니다. 나는 그동안 인간의 아이들을 만났습니다. 형제들이여, 우리가 상대를 해야 하는 것은 이렇게 여린 존재가 아닙니다. 추한 성인 인간들이지요. 형제들이여, 이 아이들은 단지 여린 존재에 불과합니다. 인간의 자식이라 생각하지 마십시오, 형제들이여. 단지 여린 존재로만 보아주십시오.”

나는 말을 끝내고 형제들을 바라보았다. 한동안 정적이 흐르더니 한 형제의 탄식 소리와 함께 정적이 깨지면서 웅성거리는 소리가 들리기 시작했다. 어느 정도 예상한 반응들이었다. 하지만 우리 형제들도 아이들을 만난다면 나와 같은 행동은 당연한 것으로 인식할 텐데.

“형제들이여, 우리가 온 것은 이곳에 추악한 성인 기사단들과 전투를 하기 위함이었습니다. 자! 힘을 내십시오!”

“그런데 샤코로움님이시여, 샤코로움께서 안고 계신 아이들은 추한 인간들의 자식들이 아닙니까?”

“예, 그렇습니다. 하지만 제가 말했던 대로 이들을 여린 존재로만 보아주시라는 말씀을 드리고 싶습니다. 이 환한 미소를 보십시오. 도저히 추한 인간들에게 볼 수 없는 미소입니다. 우리 하라만도 형제들의 아이들을 생각해 보십시오. 우리 하라만도 아이들도 저런 미소를 짓습니다. 어떻습니까?”

“오… 오……!”

하라만도 형제들은 감탄을 하며 입을 크게 벌려댔다.

이제 겨우 설득이 되었군. 휴~ 이제 이곳으로 적 파스리오의 군대가 들어오기 전에 마을 성곽으로 가야겠군.

“세린, 린도, 에리스, 파이테, 세갈, 가덴스, 아저씨가 내 친구들을 데려왔어. 너희들을 지키기 위해서 말이지. 너희들의 안전은 걱정 마. 너희들에게 지옥을 보여주지 않을 테니까.”

“웅! 그런데 지옥? 지옥이 뭔데? 아무튼 세린은 아저씰 좋아해!”

"세갈도!"

"에리스도!"

"가덴스도!"

"그래, 아저씨들이 너희들을 지켜주실 거다. 그럼 잠시 후에 보자. 기르츠! 이히리! 샤아오! 모두 힘을 내시오. 그대들이 오랜 행군으로 지쳤다는 것을 아오. 하지만 우리에겐 영광의 승리가 기다리고 있소! 갑시다, 형제들이여!"

나는 나를 꼭 붙잡고 있는 아이들을 살며시 떼어낸 후 꿇고 있던 무릎을 펴고 당당하게 일어섰다. 마을 사람들은 어떻게 된 상황인지 몰라 웅성거리며 계속 아이들의 이름만을 불러대고 있었다.

내가 일어서자 마을 사람들의 웅성거림이 더욱 커졌고 나의 뒤를 따르는 하라만도 형제들의 발걸음이 커질수록 웅성거림은 곱절이나 커져 갔다.

자신들을 해칠 거라고 생각했는데 아무 일 없이 아이들을 놓아주고, 또 우리들이 마을을 벗어나자 황당한 상황에 당황하여 아무 말도 잇지 못하고 있었다.

마을 광장에서 벗어나 반대 편 전쟁터로 향하는 우리 형제들의 발걸음은 하늘을 파괴시키고 바다를 가를 듯한 기상을 가지고 있었다.

철컹철컹.

철갑 전사들의 소리는 리듬을 만들었고 힘찬 우리들의 웃음소리는 노래를 만들었다.

이제야 전쟁터가 보이는군. 그렇지만 코를 찌를 듯한 이 피비린내는?

전쟁터가 조금씩 눈에 들어오면서부터 우리 전사들의 코웃음 소리는 더욱더 커져 갔다. 전쟁터의 열기와 피비린내는 그리 싫지는 않았다. 코를 찌르는 그 특유의 비린내에 손에 땀이 나도록 도끼 자루를 꽉 쥐게 되었다.

마을에 도착했을 땐 모두들 체력이 소비되어 피곤한 듯했지만 지금은 언제 그랬냐는 듯 번뜩이는 눈으로 가소롭다는 듯 크르르르 하고 웃고 있었다.

전쟁터 깊숙한 곳에선 비명 소리가 들려오고 있었다. 뭐라고 크게 외치고 있었지만 정확하게 들리지 않아 더욱더 가까이 다가가야 알아들을 수 있었다.

"형제들이여, 모두 훈련했던 대로 2인 1조가 되고, 그 1조는 철갑 전사를 기점으로! 철갑 전사는 19인 1조가 되고, 그 1조는 각 수장을 따르시오! 일렬 평대!"

나의 말대로 형제들은 철갑 전사를 중심으로 2인 1조가 되어 하나의 열을 만들었다. 우리들은 뱀의 그것처럼 기다란 대형을 유지한 채 앞으로 나아갔다.

훗! 이건?

동그란 물체. 눈을 부릅뜬 채 목이 잘려 버린 얼굴 하나가 바닥을 뒹굴고 있었다. 아직 피를 뿌리고 있는 걸로 보아 죽은 지 그리 오래되지 않은 모양이었다. 이 얼굴 말고도 주위에 가끔씩 잘려진 팔이며 다리며 쓰레기처럼 너저분하게 흩어져 있었다. 죽은 이들이 썼던 병기였던 것 같은 검이며, 매스, 방패들은 피를 머금은 채 주인에게서 떨어져 있었고 바닥은 더러운 핏빛 모래가 더럽히고 있었다.

"으아아아아아아악! 죽어라, 이 파스틴의 개들! 우리 크리오틴님의 성기사단은 어디 간 거야? 죽어라! 이 자식들! 나는 우리 마을을 지킬

테다!"

　점점 고함 소리와 비명 소리는 가까워졌다. 팔이 잘리고 목이 잘린 시체는 조금 전보다 월등히 많이 보였다. 심지어 걷기에도 불편할 정도로 죽어 있는 인간들 때문에 앞으로 나아가는 속도가 늦춰졌다.

　훗! 나도 이제 시체 따위를 봐도 아무렇지도 않게 되었군. 전혀 아무렇지도 않아. 변해 버린 나를 확실히 느낄 수 있어. 오히려 불쌍하게 죽어버린 인간들의 시체를 발로 차버릴 수도 있겠어. 언제부터였을까… 내가 이렇게 바뀌어 버린 것은? 그래도 예전에는 미안한 감이라도 들었거늘.

　전투를 벌이고 있는 결전지에 도착을 하니 한 20여 명 정도의 사내만이 적군 크리샨 군대에 포위당해 죽어가고 있었다. 다친 곳이 없는 사내들은 고래고래 크리샨의 군대를 향해 욕을 해대고 있었고, 팔이 잘리고 상처를 입은 사내들은 고통으로 인해 비명을 지르고 신음을 토하고 있었다.

　크리샨의 기사들은 다 죽고 조금밖에 안 남아 끈질기게 버티고 있는 사내들을 조롱하고 병사들은 비웃으며 죽이자고 소리치고 있었다.

　"병사들이여, 모두들 진정해라! 이들은 적군이긴 하지만 하나의 인간이다! 기사들이여, 그만 해라! 비록 그대들이 나의 자랑스러운 기사단이라고는 하나 기사도 정신을 잊고 이런 행위를 한다면 나 단테스는 화를 낼 수밖에 없다! 알겠느냐?"

　훗, 네가 기사단장이라고는 하나 전쟁터와 훈련장도 구분을 못하는 듯하구나. 전쟁터에서 적군은 인간이 아니다. 그렇게 기사도 정신에 빠져 지휘를 한다면 너의 기사단장이란 지위는 너의 부하에 의해 짓밟힐 것이다.

둘러싸인 사내를 조롱하고 욕하던 기사와 병사들은 한순간에 조용해져선 사내들을 향해 칼과 창을 들이댔다. 그들의 얼굴에는 기분이 나쁘다던가 불쾌하다는 표정은 나타나 있지 않았다. 오히려 엄숙한 분위기만 조장되었을 뿐이었다.

"단테스 단장님, 죄송합니다. 저희들이 잠시 기사도 정신을 잃고 이 전쟁터의 분위기에 휩싸인 모양입니다. 용서해 주십시오."

포위를 하고 있던 기사 몇 명이 포위 진형에서 빠져나와 기사단장 단테스를 향해 무릎을 꿇고 말했다.

"아니다. 그대들은 우리 주 파스틴의 자식들이고, 자랑스럽고 영광스러운 우리 파스리오 제국의 명예스러운 기사들이다. 전쟁터란 게 그런 것이다. 그대들은 이번에 갓 견습 기사에서 벗어나 명예로운 정식 기사로 임명되었다. 견습 기사는 전쟁터에서 가끔 기사도 정신을 잊어버리지. 다 경험이다. 이번 경험을 토대로 다음부턴 기사도 정신을 잊지 않기 위해 노력하면 될 것이다. 명예스러운 그대들은 충분히 신의 기사가 될 수 있다! 그대들은 이 세상에서 그 누구도 막을 수 없는 엄청난 잠재력을 가지고 있다. 그대들은 이 세상에서 가장 훌륭한 기사들이다! 자부심을 가져라!"

"옛! 단테스 단장님, 명심하겠습니다! 저희들도 단장님처럼 명예스러운 신의 기사가 되고 싶습니다!"

이 분위기는 뭐야! 병사들과 기사 모두 저 기사단장이라는 자를 절대 신뢰하고 존경하고 있군. 이 세계에 살아가면서 저런 기사단장은 처음 보는군. 어쩌면 기사단장이라면 저 정도는 되야 하지 않을까? 내가 그동안 보아왔던 기사단장과는 전혀 다르군.

"그대들은 충분히 해낼 수 있다! …앗! 저놈들은?!"

이제야 눈치 챈 것인가, 단테스? 우리가 왔다는 걸 지금에서야 눈치 채다니. 너 역시 전쟁터의 열기에 휩쓸렸던 모양이군.

"크르르르……."

검은 바다에 둥둥 떠 있는 밝은 돛단배 달, 헤엄쳐 다니는 반짝이는 고기 별들. 아름다운 검은 하늘 아래 피로 물든 잔인한 전쟁터. 그 전쟁터에서 나는 파스리오 군대의 병사들을 죽이기 위해 성난 송곳니를 드러내고 으르렁거리면서 도끼를 하늘 높이 치켜들었다.

"추악한 인간들을 죽이시오! 형제들이여, 영광의 승리가 기다리고 있소! 형제들이여~~ 돌격! 크르르르르르르!"

나는 사내들을 둘러싸고 있던 파스리오 군대를 향해 야수처럼 달려들었다. 전사들은 철갑 전사를 중심으로 2명씩 모여 인간 군대를 향해 도끼를 쳐들었다.

"이 오크들은 순식간에 어디서 나타난 것이지?! 모두 쳐라!"

"High Fire Force."

나는 달려들다 문득 생각나는 게 있어 마법 운용 법칙을 생각하면서 시동어를 외쳤다. 마나들이 전부 팔로 몰리면서 불의 힘으로 바뀌어 손으로 집중되었다. 손에서 나타난 불꽃은 이내 검과 팔까지 번져 거대한 불의 지옥이 펼쳐졌다.

이젠 걱정없어. Fire Force까지 운용했으니 저깟 기사단쯤이야!

파스리오 군대의 단테스 기사단장이 가장 선두에서 달리는 나를 맞이하기 위해 두 손으로 검을 일직선으로 세워 잡고 서 있었다.

훗! 나를 막을 참인가, 기사단장?

"네놈이 대장인 듯하군! 그런데 네 팔에 있는 불은 뭐냐? 훗! 자신의 몸에 불을 지른 것이냐? 추악한 오크! 너희들이 왜 우리를 공격하는진 모르지만 얼마든지 상대해 주겠다! 덤벼라!"

눈과 코만 보일 듯한 투구에서 낮은 음이 튀어나오면서 뛰어오는 나의 머리를 향해 번개처럼 검으로 내려치려 했다. 하지만 나도 미리 그런 공격쯤은 생각해 놓아서 간단하게 옆으로 피한 후 기사단장의 목을 한순간에 베어버리기 위해서 도끼를 좌에서 우로 내질렀다.

하지만 기사단장은 고개를 숙여 너무나 간단하게 피해 버리고 이어서 나의 배를 향해 검을 찔러 들어오려 했다. 기사단장 단테스의 검술은 경쾌하고 쾌속했다. 호랑이의 이빨과 매의 발톱처럼 강렬한 힘과 쾌속함을 지닌 기사단장의 검술에 한순간 멍하니 쳐다보기만 할 뻔했다. 기사의 움직임은 보이지 않고 심지어 검도 보이지 않았다.

빨라도 너무 빨라! 어떻게 이럴 수가!

찔러 들어오는 검을 나의 검으로 힘차게 밑으로 내려치니 둔탁한 파동음과 함께 손이 부르르 떨려왔다. 어떻게 검을 내려쳤는지도 기억나지 않았다. 단지 얼떨결에 나온 동작이라 그런지 힘은 그렇게 많이 들어가지 않아 기사단장의 검과 부딪치며 흔들린 쪽은 오히려 나의 불타는 도끼였다. 그리고 이어서 불꽃이 흔들거리면서 잠시 주춤하던 나는 얼굴을 찍어내리려는 기사단장의 검에 뒤로 물러서야 했다.

내가 지금 인간에게 힘으로 지고 있는 것인가?

기사단장의 동작 하나하나엔 빈틈이란 게 없었다. 나의 도끼가 그의 팔 쪽에 다가갈 때 나의 도끼에서 활활 타고 있는 불꽃은 기사단장의 팔을 휘감았으나 기사단장은 얼굴을 한번 찡그릴 뿐 그의 오른손에 있던 검은 어느새 왼손으로 옮겨져 나의 몸 어느 한구석을 향해 찔러 들어왔다.

제길. 기사단장! 어떻게 Fire Force의 힘을……

기사단장의 팔 부분의 플레이트 메일은 불에 그슬려 군데군데 검은 그을음이 남아 있고 손목을 잇는 부분의 언뜻 보이는 살갗으론 화상 자국이 역력히 나타나 있었다.

역시. 고통을 참고 있을 뿐이다! 이 상태로 밀어붙이자.

주위는 기합 소리와 비명 소리, 신음 소리로 가득 차 혼란을 이루고 있었다. 여기저기서 피가 하늘로 치솟고 그 뒤를 몸에서 잘려 나간 기사의 팔이며 우리 전사단의 다리가 허공을 날아다니고 있었다.

"이 오크자식들은 뭐야! 단장님! 오크자식들이 갑옷을 입질 않나, 그리고 비정상적으로 강합니다. 철갑을 입은 오크들은 하나하나 우리 기사들과의 비슷한 실력입니다!"

"모두 겁먹지 마라! 저들은 오크에 불과하다!"

기사단장이 뒤에서 들려오는 소리에 답하려 고개를 돌렸다.

방심은 금물이라고 하지 않았던가, 기사단장!

그 순간을 노려 기사단장의 손목을 내려쳤다. 그러나 나의 도끼가 닿는 순간 기사단장이 손목을 뒤로 빼는 바람에 손목은 잘리지 않고 나의 팔을 휘감고 있던 불이 기사단장의 검으로 옮겨갔다.

불에 휩싸인 검을 잡고도 기사단장은 검을 떨어뜨리지 않았다. 다만 투구 속에서 보이는 그의 눈동자만으로 그가 느끼는 고통이 어느 정도인지를 어렴풋이 느낄 수 있을 뿐이었다.

기사단장은 일반 플레이트 메일과는 달리 장갑만은 연한 천을 사용해 검을 쉽게 사용하려 했던 모양이었으나 이제 그 장갑은 훨훨 타 재가 되어 대지에 떨어졌고 기사단장의 손은 불에 휩싸였다.

"으윽… 윽! 기, 기사의 새, 생명은 검이다! 검을 떨어뜨려서는 기사라고 할 수 없다. 기사의 검은 죽는 순간에도 언제나 손에서 떨어뜨리면 안 된다. 으으윽! 오, 오크! 나의 모든 힘을 쏟아 부어주겠다!"

기사단장의 몸이 순간 흐릿해지더니 두 개가 되고 찔러오는 검은 네 개가 되어 어느 것이 진짜인지 구분이 안 갔다. 네 개가 된 검도 어느 곳에서 어떻게 오는지 인간의 3배가 되는 오크인 나의 시각으로도 따라잡을 수가 없었다. 이번 동작은 순식간에 일어난지라 기사의 경쾌하고 쾌속한 검이 시야에서 아물거렸다.

당한 건가? 이런, 당했어! 헉!!

푹!

기사단장이 내리찍은 검에 나의 어깨가 베이면서 피가 팔을 타고 도기 자루로 흘렀다. 나는 왼손으로 어깨를 움켜잡고 기사단장을 노려봤다. 기사단장은 손을 태우는 불에 의해 고통을 겪으며 헉헉거리면서도 여전히 검을 놓지 않고 이어 나를 찔러 들어왔다.

나는 찔러 들어온 검을 어떻게 피했는지도 모른다. 어깨에서 고통이 나의 정신을 희미하게 만들었다. 반쯤 찍힌 어깨에선 피는 쉴 새 없이 흘러나오고 순식간에 많은 양의 피가 배출되자 정신이 희미해지기 시작했다. 나의 오른팔을 감싸고 있던 Fire Force는 정신이 희미해지면서 사라져 팔목에서 팔꿈치까지 착용한 하얀 갑옷이 나타났다.

기사단장의 검자루에서 활활 타고 있던 고통의 불이 없어지자 투구 안에서 의미심장한 그의 눈빛을 볼 수가 있었다.

왜 하필이면 어깨에… 제길, 기사 인간도 잘 보았군. 다른 곳은 드워프가 만들어준 단단한 갑옷으로 가려졌으나 어깨, 허벅지, 목만은 노출되어 있으니. 헉! 헉! 정신이…….

다리가 비틀거리고 도끼를 휘두를 때마다 어깨의 고통은 더욱더 심

해졌다. 약하게 벌어졌던 어깨도 이제는 뼈가 보일 정도로 깊이 찢어
져 흐르는 피는 끊이지 않았다.

"오크! 죽어라! 정의의 검이다!"

어느 것이 진짜인지… 너무 빨라! 제길. 어떻게 검이 보이지 않을
수가 있냐고! 보이지 않는 검과 어떻게 싸우느냔 말이다! 어느 것은
위에서 내려찍어 오다가 허리를 베어오고, 어느 것은 목을 관통시켜
버릴 듯하다가 나의 신체 어느 부분을 베어오고……. 확실히 어느 부
분을 공격하는지 보이지 않았다. 나는 뒤로 피하다가 돌부리에 걸려
넘어져 기사를 올려다봐야 했다. 어른어른거리는 두 개의 기사의 신
형이 이쪽으로 갔다가 저쪽으로 가며 네 개의 검을 사방으로 찔러 들
어오려 할 때였다.

나는 죽었구나!

나는 지금까지 많은 인간을 죽이고 전투도 상당히 치렀다. 내 실력
에 자부심을 가지고 있었다. 마법도! 힘도! 그렇지만… 제길. 여기서
죽는 건가! 윽! 어떻게 검이 보이지 않을 수가 있지?!

네 개의 하얀 것이 누워 있는 나의 몸을 향해 찔러 들어오려는 것을
보자 나는 눈을 질끈 감았다.

이쯤 되면 찔리고도 남을 시간인데 어떻게 된 거지?

"샤코로움이시여!"

나를 부르는 커다란 고함 소리에 정신이 확 들어 눈을 떴다. 제길.
정신을 잃어서는 안 된다. 이까짓 어깨를 베인 것 때문에 정신을 잃는
것은 수치스러운 일이지.

번쩍 눈을 뜨니 샤아오의 든든한 주먹이 보였고 어떻게 된 것인지
기사단장은 고개가 돌아가 땅바닥으로 향해 있었다.

주위에는 우리 하라만도 전사들의 머리가 굴러다니고 있었다. 주인을 잃고 외롭게 피를 흘리며 쓰레기처럼 굴러다니는 머리들. 인간 병사의 기다란 창에 복부가 찔려 피를 토하며 죽어가는 형제들, 방패에 얼굴이 짓눌리며 인간 기사의 철화에 얼굴이 찍혀 죽어가는 형제들. 제기랄!

확실히 우린 6파얌, 180명의 인원이었지만 적 파시리오의 군대는 어느 정도인지 분간이 되지 않았고 수백 이상이라는 것만 알고 있었다. 수백이 넘어가는 대인원이었기 때문에 인원수에서부터 밀리기 시작했다.

제길. 우리 하라만도 형제들을 왜 이끌고 온 것일까. 이렇게 인원수에서부터 밀리는 전투에. 치밀한 전략을 세웠어야 하는데 나만의 감정의 치우쳐 이런 상황까지 오고야 말았구나. 모두 나의 잘못이다. 모두 나의 잘못이야!

"으아아아아아아아아악!"

나는 모든 것이 나의 잘못이라는 생각에 하늘을 향해 고함을 내질렀다.

"오크! 죽어라! 두 놈의 협공이라, 우리 기사단을 뛰어넘을 듯한 실력이라. 후훗, 재밌어. 모두 덤벼라! 정의의 심판을 보여주겠다!"

기사단장 단테스의 굵은 음성이 들려왔다. 샤아오의 입가엔 은은한 미소와 함께 피가 흐르고 주먹에는 여러 상처들로 뒤덮여 있었다. 샤아오의 하얀 갑옷 어느 부분에도 피가 튀기지 않은 부분이 없었다.

기사단장이 나에게 보여줬던 화려한 검술이 또다시 시작되어 기사단장의 검은 네 개로 변해 사방으로 샤아오를 찔러 들어갔다. 샤아오는 피하기에 바빠 뒤로 훌쩍훌쩍 뛰며 아슬아슬하게 피해갔다. 하지만 기사단장 단테스의 검에 샤오의 하얀 갑옷은 여기저기 금이 가 있었다.

어떻게 된 거야! 갑옷을 금이 가게 만들다니. 그리고 저 검은? 어떻게 갑옷을 내려쳤는데도 검이 멀쩡할 수가 있지? 아니, 검 따윈 신경 쓸 바가 아니다. 어떻게 갑옷을 금 가게 할 수가 있냐고! 제길. 이러다가는 샤오가 당하겠어! 시도해 보자. Extra를! Extra만 성공한다면 전세는… 전세는 역전할 수 있어! 샤오뿐만 아니라 많은 형제들을 구할 수 있다!

6클레스까지의 마법 지식을 가지고 있으나 3클레스의 마나까지밖에 가지지 못해 언제나 High에서 막히고 더욱 강력한 힘을 발출할 수가 없었다. 하지만 지난 드래곤의 만남 이후부턴 조금씩 마나가 활발히 느껴지더니 이제는 이전보다 월등히 나아졌다는 것을 느낄 수 있었고, 4클레스의 초반에 들어갔음을 알 수가 있었다.

나는 4클레스 마법사인데! 제기랄. 인간 기사 따위에게 당하다니!

눈을 감고 주위를 느끼기 시작했다. 주위의 거대한 기가 움직이고 휘몰아치면서 나의 몸 주위를 돌기 시작했다. 불의 이미지를 떠올리고 나의 신념을 강하게 불어넣었다. 이거다!

"Extra Fire Force!"

한순간 몸이 뜨거워지고 정신은 혼란스러워졌다. 이 과정이 지나가자 오히려 경쾌함이 다가왔고, 지금까지 느껴보지 못한 거대한 기운이 몸 밖으로 뛰쳐나옴을 느낄 수 있었다. 모든 것을 삼켜 버릴 듯한 거대한 기운은 불의 힘으로 바뀌어 나의 온몸으로 퍼져 갔다. 모든 것을 녹여 버리고 모든 것을 소멸시켜 버릴 듯한 불의 힘. 그것이 나의 온몸을 지배하고 몸 밖으로 뛰쳐나갔다.

뭐야? 이것은, 이 기운은? 이렇게 거대한 기운이 나의 몸 안에 있었던 것인가?

이 세상 모든 것을 불태워 버릴 듯한 잔인한 불이 나의 팔이며 다리에서 피어 오르기 시작하더니 한순간에 나의 온몸을 휘감았다. 모든 것이 빨갛게 보였다. 하얀 갑옷도 빨갛고 기사단장의 투구에서 반짝이는 보석도 빨갛다.

피를 많이 흘릴 때보다 더욱더 정신은 가물가물해졌다. 오로지 거대한 불의 기운만이 느껴질 뿐 아무것도 보이지 않았다. 눈앞을 가로막는 거대한 기운……

"으으으아아아아악!"

제길… 나는 샤코로움 하크다! 하라만도 전사들의 신이고 그들을 책임져야 하는 샤코로움 하크란 말이다! 나의 성급한 감정으로 인해 우리 하라만도 형제들의 소중한 목숨이 하나둘씩 없어지고 있다. 여기서 내가 정신을 잃는다면 나는 패배자요, 형제들을 배반한 자가 된다! 제길. 힘을 내라! 이깟 불의 기운쯤이야!

샤! 코! 로! 움! 하! 크! 그게 나의 이름이다!

제18장 Fire Devil 하크

나의 온몸에서 발출되는 불에 모두들 전투를 하다가 놀란 눈으로 나를 바라보았다. 나도 나의 기운에 정신을 빼앗기지 않기 위해 정신을 똑바로 차리고 빨갛게만 보이는 세상에 한 걸을 내디뎠다.

"악… 악… 악마다!"

"불의 악마! 악마가 다가온다! 악마다!!"

"Fire… Fire… Devil… 불의 악마……."

"뜨, 뜨거워!"

'악마' 라고 소리를 내지르는 수십 개의 음성이 나의 귓속을 파고들었다. 그런 소리 따위엔 신경 쓰이지 않았다. 강력한 불의 기운에 정신이 가물가물하는 한편 경쾌하고 폭발적인 감정이 치솟았다. 모든 것을 한 번에 삼켜 버릴 듯 활활 타오르는 불은 그 열기가 이 전쟁터 곳곳에 퍼져 나의 곁에 있는 사람은 물론 멀리 있는 사람까지 서서히 뒷걸음쳐 나에게서 멀어지게 만들었다.

나에게 가까이 있던 한 사람은 나의 몸에서 뿜어져 나오는 열기에 의해 갑옷이 빨갛게 달아올라 처절한 고통의 비명을 내지르며 갑옷을 벗지 못하고 바닥에서 뒹굴고 있었다.

나의 몸에서 뻗어 나오는 지옥의 불길은 내 옆에 있는 거대한 고목에 옮겨 붙어 불의 춤을 추게 만들었고, 그 후에 남는 건 새까맣게 타버린 고목의 초라한 모습이었다. 살짝 건들기만 해도 부서져 버릴 것 같이 타버린 고목은 푸르고 무성했던 옛 추억을 회심하는 듯 초라하게만 보였다.

나의 몸에서 솟구치고 있는 불의 기운이 나의 온몸을 휘감으면서 강렬한 기운을 전해주었다. 몸에서 발출되는 지옥의 불은 악마의 칼춤처럼 모든 이들의 눈을 즐겁게 하는 한편 두려움에 벌벌 떨게 만들었다.

"헉! Devil… Devil! 도, 도망치자!"

"으아아아악! 악마님! 살려주세요~ 으아아악!"

"도망치자!!"

파스리오 군대의 병사들은 들고 있던 검과 방패를 떨어뜨린 줄도 모르고 벌벌 떨며 소리를 지르기 시작했다. 그렇게 질서 정연하던 파스리오 군대는 한순간에 오합지졸로 변해 버렸고, 피비린내가 뒤덮인 전쟁터는 아수라장이 되어버렸다.

정신이 산만해져 단지 적군인지 아군인지 구분만 갈 뿐이었다. 희미한 시야에 들어오는 건 적군이 들고 있는 날카로운 칼과 넓적한 방패뿐이었다. 날카로운 칼에는 우리 하라만도 형제의 피가 묻어 있었고, 방패의 중앙은 우리 형제를 짓눌렀는지 피로 물들어 책을 물고 있는 사자의 문장이 보일 듯 말 듯했다.

기사의 더러운 검 밑에는 목이 잘려 이미 죽어버린 불쌍한 하라만도 형제들이 있었다. 목이 잘린 몸뚱어리는 모래로 뒤덮여 버려져 있는 까닭에 인간들은 뒷걸음치면서 우리 하라만도 형제의 죽어버린 몸을 질끈 밟고 있었다. 잘려 버린 목 역시도 발길질에 저 고목 옆으로 데굴데굴 굴러가 다른 형제의 목과 부딪쳤다.

'샤코로움이시여, 저희들의 복수를 해주십시오. 저 악한 인간들에게 저희들의 복수를 해주십시오!'

귀가 잘려 버리고 목의 혈관을 드러내 몸과 분리되어 고통을 호소하고 있는 우리 형제들의 얼굴이 모래를 뱉으며 나에게 간절한 목소리로 말했다.

"그래! 내가 복수를 해주겠소, 형제들이여. 그대들의 죽음이 헛되지 않게 승리를 전해주겠소!"

나의 몸을 지배하고 있던 불길이 우리 형제의 몸을 짓밟고 있던 기사에게 달려들었다. 기사를 향해 달려드는 불길 주위에 자라고 있는 새파란 생명의 꽃이며 풀들은 고래싸움에 새우 등 터진 격으로 지옥의 불에 의해 생명을 잃고 불에 타 들어갔다.

"아, 악마가 불을 내뿜는다!"

"으… 으… 으아아아악!"

기사를 덮친 지옥의 불은 기사의 온몸을 씹어 먹으면서 기사의 비명 소리를 반찬으로 즐기고 있었다. 불에 휩싸인 기사는 팔을 좌우로 바둥거리면서 서서히 비명 소리도 사라져 갔다. 기사의 비명이 완전히 사라지자 기사의 육체는 쿵! 소리를 내며 우리 하라만도 형제의 피로 물든 대지로 쓰러졌다.

쓰러진 기사의 몸에선 피가 흘러나오지 않았다. 단지 단백질이 타는 노린내만이 진동했을 뿐이었다. 플레이트의 메일을 입은지라 몸이 어떻게 타버렸나 보이지는 않았지만 투구의 빈틈 속으로 보이는 기사의 얼굴은 까맣게 타버려 과연 이게 사람 얼굴일까라는 생각이 들 정도였다.

주위를 둘러보았다. 주위는 나를 중점으로 점점 멀어지는 병사들이 검과 방패를 버린 채 뒤도 돌아보지 않고 도망치고 있었다. 플레이트 갑옷을 입은 기사 몇몇만이 기사단장 단테스를 중심으로 나를 향해 검을 겨누고 있었다.

바람이 나의 뒤에서 불어오면서 나의 몸에서 옮겨 붙은 불들은 대지 곳곳으로 번져 나갔다. 나를 중심으로 사방으로 활활 타 들어가는 풀이며 나무들을 보며 나의 입끝에 미소가 걸렸다.

"모두 진정해라! 우리 주 파스틴님께서 우리를 지켜보고 계신다! 저 악한 악마를 처단하자, 병사들이여!"

기사단장의 낮은 톤의 목소리가 울려 퍼졌으나 병사들은 겁에 질려 기사단장의 말을 듣지 못했는지 좌우로 왔다 갔다 하며 점점 멀어져 갔다.

"후퇴하지 마라! 후퇴하는 자에겐 죽음뿐이다! 후퇴하지 마라, 병사들이여!"

"단테스 단장님! 저… 악마는… 도대체… 불로 뒤덮여 형체도 알아볼 수 없습니다. 단지 순수한 불. 그 파괴적인 힘만 느껴집니다!"

"이런, 우리 주 파스틴님이 그대들을 보호하고 있다. 기사들이여, 저 악마를 처단해야 한다!"

단테스는 말을 하면서 주위를 둘러보았다. 하지만 주위에 남아 있는 것이라고는 몇 안 되는 기사들과 뜨거운 열기, 버려진 병기들만이 있을 뿐이었다. 한데 그때 그는 무엇을 보았을까?

우리 하라만도 형제들도 하나의 진형을 이루고 멀리서 나를 지켜보고 있었다. 파스리오 군대에게 포위당했던 몇 안 되는 사내들도 보이지 않았다. 벌써 시체가 되었거나 마을로 도망쳤겠지.

"병사들은 모두 후퇴한 것인가? 제길! 기사들이여, 우리들만이라도 저 악마에게 파스틴님의 영광을 보여줘야 한다. 모두 힘을 내라! 그대들은 파스틴님의 영광의 아들들이요, 파스리오 제국의 자랑스런 기사들이다. 그대들을 막을 자는 아무도 없다! 저런 악마 따위가 우리를 어떻게 막겠느냐! 축복받은 우리의 검을 보여주자! 우리를 막을 수 없다는 것을 보여주자! 우리는 최고다! 우리는 최고의 파스리오 제국의 기사들이다!"

도망치지는 않았으나 검이 부르르 떨리고 웅성거리던 기사들은 기사단장 단테스의 말이 끝나자 검을 제대로 잡아 들고 매서운 눈으로 나를 노려봤다. 그들의 눈에서는 진지함과 투지가 끓어오르고 있었다.

너희들은 나의 불에 휩싸여 죽음을 맞본 동료 기사를 보지 못한 것이냐? 겨우 저깟 기사단장의 말에 나에게 덤벼들려 하다니. 나조차도 나의 몸에서 뿜어져 나오는 강렬한 기운에 정신이 혼란할 지경인데 이 지옥의 불에 너희들이 뛰어들겠다는 것이냐? 그래! 좋다!

Extra의 힘을 보여주겠다. 덤벼드는 걸 후회하게 만들어주마!

기사 10명 정도가 기사 단장을 중심으로 좌우로 반원 모양으로 진형을 만들었다. 기사단장의 바로 옆에 있는 두 명은 파란 창을 들고 있었고 나머지는 기다란 장검을 들고 있었다. 그들의 창과 검은 절대 흔들리지 않고 나를 노려보았다.

그래! 죽고 싶다면 덤벼라! 너희 추한 인간 따위야 얼마든지 상대해 줄 수 있다. 우리 형제들의 복수를 해주겠다. 우리 형제들의 죽음에 대한 죄를 묻겠다!

나의 몸에서 발출된 불길은 어느새 모든 것을 태우며 주위로 퍼져 나갔다. 죽어 있는 우리 형제의 시체에겐 편안한 안식의 길을 주었고, 죽어 있는 파스리오 군대의 시체에겐 더욱더 고통스런 죽음을 주었다.

파닥~ 파닥 타타닥~

나무와 풀들이 타는 소리가 경쾌한 박자를 이루었다. 바람이 불어오면서 주위의 불길은 더욱더 세차게 번져 갔다. 나무와 풀들이 존재했었는지조차 의문이 들 정도로 주위에 푸른 생명은 찾아볼 수가 없었다. 오로지 더러운 생명의 인간들만이 나를 향해 검을 겨누고 있을 뿐이다.

기사들! 그래, 이제 가마!

나는 기사들을 향해 천천히 걸어갔다. 불로 뒤덮인 발이 대지에서 떨어졌다. 다시 떨어질 때마다 불들이 허공에서 춤을 추었고 바람이 일렁일 때마다 나의 몸에서 흔들리는 불은 바람에 흔들리는 갈대 같았다. 자연에 동화되어 자연 그 상태를 집어삼키는 지옥의 불길. 그것은 나의 몸이 움직일 때마다 치솟았다.

"단장님! 저 악마가 다가옵니다. 불길이 무척 뜨겁습니다. 후퇴를 해야 하지 않을까요? 가까이 다가가지도 못하겠습니다!"

"모두 겁먹지 마라! 우리들을 막을 것이라곤 아무것도 없다! 저까짓 불로 치장한 악마 따위를 우리가 겁낼 것 같으냐! 어림도 없다!"

기사단장, 그런가? 불로 치장한 것 같은가? 이건 순수한 지옥의 불이다! Extra를 무시하는군. 으음… 보여주겠다, 치장인지 아닌지.

클레이스가 전해준 마법 Extra High Fire Line의 운용 법칙을 되새겼다. 하늘 높이 치솟고 나의 온몸을 뒤덮은 불들이 사방으로 일렁이더니 나의 손끝으로 모아졌다. 거대한 기운이 손끝으로 모아짐에 나는 이 정도일 줄은 생각도 못했기에 당황하여 선뜻 기운을 다스리지 못했다.

"으윽……."

다스리지 못한 기운은 나의 얼굴로 올라와 엄청난 열기를 전해주었고 입에선 한 움큼의 피를 토한 후에야 다시 기운을 밑으로 내려보낼 수 있었다. 토해져 밖으로 뱉어진 피는 대지에 닿기도 전에 가열돼 승화되어 하늘 위로 사라져 버렸다.

거대한 기운을 운용하자 정신이 어찔하여 잘못하면 그대로 다리에 힘이 풀려 쓰러질 뻔했으나 굴러다니는 하라만도 형제의 얼굴과 세린과 마을 아이들의 천진난만한 웃음을 떠올리는 순간 다시 정신을 차릴 수 있었다.

모든 것을 소멸시켜 버릴 기운이 차츰 손끝에서 미동 치기 시작했다.

죽어라 기사!

"Extra High Fire Line."

나의 손끝에서 미동 치던 기운은 다섯 손가락에서 뿜어져 다섯 줄기의 지옥의 불이 태풍처럼 엄청난 열기를 일으키며 기사들의 목으로 향했다. 공기를 태워 버리고 공간을 소멸시켜 버릴 듯한 이 엄청난 기운에 마법 시전자인 나조차 놀라 아! 하고 탄성을 토해냈다.

강력한 기운에 정신이 몽롱해지는 것을 두 주먹과 입술을 질끈 깨물며 버텼다. 내 앞에는 기사 몇 명이 나를 향해 검을 겨누고 있었다. 또한 그 기사단장 단테스란 자의 눈에서 뿜어져 나오는 투지와 집념은 나의 불보다 더 거센 것 같았다.

"저 악마가 이끌고 오는 것은 불이 아니다! 추악한 존재일 뿐이다! 저것들은 우리를 막을 수 없다! 자랑스러운 파스리오의 기사들이여! 나가자!"

공기를 가르며 무척 빠른 속도로 달려오는 기사단장과 그 뒤를 따르는 기사들 때문에 나도 모르게 뒷걸음을 쳤다. 제길. 내가 왜 뒷걸음을 치는 거냐! 나는 강력한 Extra의 힘을 지니고 있다. 저런 기사들 따위는 손만 스쳐도 죽어!

뒷걸음을 치던 다리를 멈추고 달려오는 기사들을 향해 나도 같이 그들을 맞이하러 달려들었다. 기사들과 거리가 가까워질수록 기사들의 눈은 찌푸려지고 어떤 기사는 고통의 비명 소리를 지르며 달려왔다. 기사들에겐 두려움이란 없었다. 오로지 저들이 악마라 칭하는 나를 죽이기 위해 달려올 뿐이었다.

"자랑스런 파스리오의 기사들! 그렇다! 우리들은 대단하다! 우리들은 강력하다! 저 악마를 무찌르자! 파스틴님, 우리에게 영광을!!"

갑자기 기사단장의 몸에서 하얀빛이 오로라처럼 주위로 퍼져 가더니 기사들을 감싸기 시작했다. 하얀빛이 감싸자 기사들의 갑옷에 묻은 피는 밑으로 떨어지고 검이며 방패까지 모두 하얀빛으로 반짝였다. 또한 나에게 다가오면서 뜨거운 열기로 인해 고통스럽게 찡그리고 있던 눈들도 평상시의 눈으로 바뀌고 나를 향한 살기만 더 커져 갔다.

"드디어 신의 기사 단테스 단장님의 신성력이!"

달려오는 기사들의 말에 반가움이 서려 있었다.

신성력? 뭐가 뭔지 모르겠군. 이 세계엔 그런 것도 있었어? 가만히 놔두면 큰일나겠군. 너부터 죽여주겠다, 기사단장!

기사들의 달려오는 속도가 느려질 때는 기사단장의 말 한마디로 다시 복귀되고 고통으로 인해 고함을 지를 때는 기사단장의 말 한마디로 정적이 흘렀다. 이제 저들은 코앞으로 다가왔다. 순식간에 하얀빛에 휩싸인 기사들의 검이 나의 눈앞에서 아른거렸고, 나는 그것들을 막기 위해 나의 몸에서 불의 힘을 방출시켰다.

거대한 불의 힘에 방출되었음에 불구하고 기사들은 불에 휩싸여 고통스럽게 죽어가거나 하지 않았다. 단지 멀리 튕겨져 바위에 부딪혔는지 약간의 피만 흘릴 뿐이었다. 10명의 기사들은 사방으로 흩어졌고 그들의 무기인 창과 칼은 어디론가 날아가 버렸다.

나는 자연스럽게 날아가는 창과 칼을 보고 미소를 지은 후 기사단장 단테스에게 다가가서 그의 목을 잘라 버리기 위해 불의 힘을 손에 모았다. 1m가량 치솟은 불이 나의 손을 휘감으면서 엄청난 열기를 뿜어냈다.

단테스의 오른손은 아직도 그의 기다란 검을 꽉 잡고 있었다. 단테스는 땅을 딛고 일어나 거대한 불 자체인 나를 향해 다시 검을 겨누었다.

단테스의 행동을 본 기사들 몇은 아무것도 지니지 않은 채 단테스 곁으로 뛰어갔고 몇은 주위에 떨어진 검을 들고 소리를 지르며 다가왔다. 나는 다른 기사들은 신경 쓰지 않았다. 단지 저 기사단장 단테스를 죽이기 위해 손을 휘둘렀다.

손에서 불이 뿜어져 나오면서 주위의 기사들도 공격해 들어갔지만
나의 손을 막는 하얀빛이 서려 있는 기사들의 검에 의해 기사들은 또
다시 상처 하나 입지 않고 뒤로 넘어졌다.

차마 검을 들지 못하고 팔로 막은 기사들은 고통스럽게 비명을 지
르며 바닥을 뒹굴었다. 나의 손은 기사단장의 목을 향했다. 기사단장
이 목을 숙이는 바람에 목을 치지 못하고 불에 휩싸인 투구만 멀리 날
아갔다. 투구가 벗겨지자 기사단장 단테스의 얼굴이 드러났다.

허리까지 닿을 듯한 기다란 금발 머리가 모습을 드러냈고 여리지만
왠지 모를 강함이 느껴지는 소녀의 얼굴이 나타났다.

투구가 날아간 기사단장의 표정은 금방이라도 죽을 것처럼 당황하
고 찡그려지면서 날아간 투구를 본 후 이내 입술을 질끈 깨물고 나를
죽일 듯한 눈으로 쳐다봤다.

"단테스! 여자인가?!"

"악마! 난 자랑스런 파스틴님의 아들이다! 파스틴님! 저에게 영광
을!!"

얼굴에 어울리지 않는 목소리가 나오면서 더욱더 하얀빛이 기사단
장 단테스를 휘감았다. 나는 눈이 부셔 몇 발자국 뒷걸음을 친 다음
서서히 눈을 떠 기사단장을 쳐다보았다. 기사단장은 어느새 검을 들
고 나에게 달려들고 있었다.

훗, 그깟 신성력 따윈 나의 불의 힘에 못 미친다.

나는 검을 막기 위해 팔을 가볍게 들었다. 보이지도 않는 검은 어느
새 나의 팔을 공격했고, 검이 나의 팔에 닿자 팔이 잘려 나갈 것 같은
고통과 함께 숫구치는 피를 만들었다. 다행히 Extra의 불의 힘 때문에
팔은 약간만 잘렸을 뿐이었다.

이런, 또 검이 보이지 않았어. 다음엔 나의 목이 될 수도 있겠군.

"단테스! 그래, 전력을 다해주마."

불의 거대한 기운을 한번에 뿜어냈다. 기사단장 단테스는 거대한 기운에 반항코자 검을 들어 막으려 했지만 뜨거운 열기가 덮치면서 멀리 날아갔다. 기사단장이 날아가자 나를 공격해 오는 건 파스리오의 기사들이었다. 하지만 그들의 하얀빛이 어느새 없어져 있어 나에게 가까이 다가온 것만으로도 극심한 고통을 느끼며 비명을 질러댔다. 힘이 빠진 검만 휘두를 뿐 나의 발길질에 불에 휩싸여 바닥으로 뒹굴었다.

"이 악마! 영광의 기사들을 네가!"

기사단장은 나에게 다가오지 않고 불길에 휩싸인 그의 부하에게 달려갔다. 기사단장의 눈에선 눈물이 뺨을 흐르고 있었다. 주위는 온통 불밖에 없었다. 푸른 풀이며, 거대한 고목이며, 회색의 바위들도 불에 휩싸여 있었고 바닥을 뒹구는 우리 형제들의 시체, 인간 기사들, 병사들의 시체 또한 불에 휩싸여 있었다.

"샤코로움이시여!"

불의 장벽 너머로 나를 찾는 하라만도 형제들의 목소리가 들려왔다. 그들은 무척이나 급한 듯 억양이 높아져 있었다.

무슨 일이지?

"샤코로움이시여!"

나를 찾는 소리가 더욱더 커졌다. 이 기사단장을 죽여야 하는데. 그래도 이깟 인간 목숨 하나보단 우리 하라만도 형제들이 더 급하지.

"기사단장 단테스, 다음에 보자. 다음에 만날 땐 목을 내밀고 기다려라."

나는 불의 장벽을 통과하면서 뒤를 보고 말했다. 불의 장벽이라고
해도 불의 근본적인 힘을 방출하고 있는 나에겐 전혀 방해물이 되지
않았으나 금발을 휘날리면서 나의 뒤를 쫓은 기사단장 단테스는 불의
장벽에 가로막혀 나를 향해 소리를 질렀다.

"악마! 어딜 가느냐! 파스틴님의 영광을 보여주겠다! 우리 파스리
오의 기사들을 그렇게 죽여놓고서는 발뺌이냐! 어서 돌아와라!"

난 가소롭다는 듯이 기사단장을 향해 비웃음을 날린 다음 나를 찾
는 소리가 난 쪽으로 다가갔다. 다가가니 인간 기사 몇 명을 중심으로
수백의 병사들이 모여 우리 하라만도 형제들과 전투를 벌이고 있었
다.

도망간 패잔병들이 벌써 모였단 말인가?

인간의 시체 따위는 눈에 들어오지 않았다. 오로지 우리 하라만도
형제의 시체들만이 눈에 들어왔다. 고통스럽게 죽은 듯 피눈물을 흘
리면서 바닥을 굴러다니는 우리 하라만도 형제들의 얼굴이 불쌍하게
만 보였다.

살아 있는 우리 형제들은 대략 120명 정도밖에 안 되었고 나머지
인간 병사들은 400명 정도가 넘는 것으로 보였다. 인간 병사들은 우
리 하라만도 형제들을 포위하고 그 포위 진형을 점점 좁혀 들어가고
있었다. 살아남은 하라만도 형제들 대부분은 철갑 전사들로 하얀 갑
옷이 눈에 띄었다.

내가 불의 장막을 헤치고 나오자 나의 뜨거운 열기를 느낀 수백의
병사와 기사들, 그리고 하라만도 형제들은 일제히 나를 쳐다보았다.
하라만도 형제들에겐 반가움이, 인간들에게는 공포가 다가왔는지 서
로 표정이 달라 장관이었다.

"으으… 또 왔다. Fire Devil… 악마다! 후퇴하라!!"

덩치가 커다란 기사 한 명이 나를 보고선 인간 병사들을 향해 외쳤다.

"단장님은 당하신 것인가? 신의 기사인 우리 단장님이?!"

기사 몇의 웅성거림에 병사들의 표정은 더욱더 공포로 인해 일그러졌다.

"아, 악마다! 역시 악마였어! 저 불… Fire Devil!"

"으아아아악! 도망… 도망만이 살길이다!"

"부… 부… 불이 다가온다! 불! 불!"

파스리오의 병사들은 포위 진형을 포기한 채 나를 보자 다시 도망치기 시작했다. 기사단장과의 싸움이 끝난 후부턴 나의 정신은 점점 가물가물해져 시야가 흐릿해졌다. 조금이라도 정신을 놓는다면 이 자리에서 쓰러질 것만 같았다.

그래, 어서들 도망가라. Extra의 힘은 대단하군… 제길. 그 대신… 무리였어. 정신이 가물가물해.

"모두 후퇴하라! 장소는 메텐 성이다! 메텐 성으로 후퇴하라!"

기사들도 하라만도 형제들을 신경 쓰지 않고 도망가기에 바빴다. 수백의 병사들이 소리를 지르며 도망가자 하라만도 철갑 전사들은 병사들의 뒤를 쫓아가 도끼로 하나하나 찍어갔다. 피가 분수처럼 퍼지면서 땅으로 쓰러지는 인간 병사들의 허망한 모습과 어느새 전세가 바뀌어 날뛰는 우리 형제들의 모습을 본 후에야 안심이 되었다.

안심이 된 까닭일까? 한순간 정신을 놓아버리자 눈앞이 깜깜해지고 다리에 힘이 풀려 바닥으로 쓰러졌다. 나의 곁으로 달려오는 하라만도 형제들의 발걸음 소리와 웅성거리는 소리도 점점 멀어지면서 완전히 정신을 잃게 되었다.

그래, 이번 전투는 끝났다. 우리들의 승리지…….

극심한 두통과 피곤한 몸을 일으키며 눈을 떴다. 머리를 누군가 도끼로 찍어버리는 것같이 흔들거리고 고통이 심했다. Extra의 후유증인가.

"앗! 샤코로움이시여, 깨어나셨습니까?"

굳은 피로 뒤덮인 하얀 갑옷을 입은 철갑 전사들이 내 곁으로 하나둘씩 모여들었다.

"전투는 어떻게 되었습니까?"

"샤코로움이시여, 우리는 영광의 승리를 얻었습니다. 크르르르르."

"그렇습니까. 으윽!"

역시 정신을 잃기 전의 생각대로 우리는 승리를 얻었다. 하지만 극심한 두통 때문에 나는 그 자리에 다시 누웠다.

아! 세린과 아이들은 어떻게 되었지?

"아! 혀, 형제들이여, 인간 아이들은 어떻게 되었소?"

나는 깨질 듯한 머리를 움켜쥐며 말했다. 그러나 나를 둘러싸고 걱정스런 눈으로 쳐다보던 많은 형제들에게선 대답이 들려오지 않았다.

이런. 혹시? 아이들이 어떻게 된 게 아닐까?

"형제들이여, 인간의 아이들은?"

"아… 예, 저쪽을 보십시오. 저 끝에 인간들이 모여 있지 않습니까? 그곳에 있겠지요."

하라만도 형제가 가리킨 곳으로 고개를 돌려보니 많은 인간들이 모여 있었다. 어떤 이는 시체를 옮기고, 어떤 이는 시체를 붙잡고 울고,

어떤 이는 시체를 찾으려 주위를 두리번거렸다. 아이들은 엄마의 치맛자락을 꼭 잡고선 치마 뒤에 숨어서 이미 시체가 되어버린 그들의 아버지, 형, 오빠를 보면서 훌쩍거렸다.

우리 하라만도 형제의 시체는 우리 형제들이 한곳으로 잘 모아놓았다. 하라만도 전사단의 정예라 할 수 있는 하얀 철갑 전사들의 시체는 몇 구밖에 보이지 않았다. 대략 8구 정도?

그런데 나를 보는 몇몇의 눈빛이 신경에 거슬렸다. 존경과 신뢰를 내뿜었던 눈은 이제는 칙칙해져 나를 노려보고 있는 것만 같았다. 나는 단지 내가 마법을 쓴 후 신경이 예민해져서 그런가 보다 하고서는 시선을 돌리고 말했다.

"영광의 상처를 얻고 이미 이 세상을 떠나 버린 철갑 전사 형제들의 갑옷을 걷어오시오, 형제들이여. 그리고 그 갑옷 뒤에는 철갑의 주인이었던 형제의 이름을 새기시오. 그리고 새로운 8명의 철갑 전사들은 선택될 것이오. 선택된 새로운 전사들은 철갑 전사의 이름과 함께 영원히 승리를 만끽할 수 있을 것이오."

"예, 사크로움이시여."

평소 때와는 다른 목소리였다. 다른 때에는 커다랗고 용맹스런 목소리였었는데 지금은 힘이 들어가지 않아 축 처진 목소리였다.

너무 신경이 예민해졌군… Extra의 휴유증이다.

"그럼 나는 한숨 더 자고 일어나겠소. 상처를 입은 전사와 전투를 하느라 힘이 들었던 형제들은 모두 푹 쉬고 일어나길 바라오. 그럼."

머리가 깨지는 고통에 도저히 잠을 자지 않고서는 참을 수 없었다. 푹 쉬고 일어난다면 어느 정도는 괜찮겠지 하는 마음으로 억지로 눈을 붙였다. 눈을 감았는데도 정신이 흔들리고 안정할 수 없었지만 어떻게 잠이 들었는지 한참을 자다가 눈을 떴을 땐 그런대로 정신은 괜찮은 듯했다.

"샤코로움이시여, 깨어나셨습니까?"

"그렇습니다, 형제여. 형제의 몸에도 많은 상처가 있는데 많이 쉬셨습니까?"

"예, 이깟 상처쯤이야 영광의 승리에 비하면 아무것도 아니죠. 그런데 형제들이 배고파 하고 있습니다. 저도 그렇구요."

형제가 배가 고프다는 말을 꺼내자 나도 갑자기 배가 고프기 시작했다. 엄청난 체력 소모와 정신력 소모. 그 둘을 채울 수 있는 것은 식량이었다.

제길. 나는 이곳에 올 때 식량을 챙겨오지 않았다. 아이들을 구하기 위한 욕심으로 아무것도 보이지 않았지. 식량을 어디서 구한단 말인가. 내가 3주 간 거처했던 산으로 올라가서 동물들을 잡고 싶었지만, 형제들은 지금 모두 상처를 입고 피곤해하고 있다. 역시 인간 마을의 식량밖에 없는 걸까. 어차피 이 마을은 우리가 구해주었으니.

나는 땅을 짚고 일어났다. 그래도 아직까지 후유증이 남아 있는지 정신이 흔들거려 헛발을 짚고 쓰러질 뻔했다.

"형제여, 그럼 식량을 가져오겠소."

이곳은 마을의 입구에서 조금 바같으로 넓은 초원이었다. 전쟁터의 피비린내 냄새도 풀의 싱그러운 향기에 씻겨 내려갔다. 내가 마을 입구로 걸어가니 인간들의 웅성거리는 소리는 더욱더 커져 갔다.

"앗! 돼지 아저씨~"

"마법사 아저씨~"

마을 입구에 설치되어 있는 방어용 성곽 위에서 어린아이들이 나를 보고 반가운 듯 소리를 질렀다. 하지만 아이들의 미소는 그리 행복하기만 한 미소는 아니었다. 슬픔이 곁들어진 암울한 미소였다.

그렇기도 하겠지. 아버지를 잃었으니. 하지만 난 너희들을 구한 것만으로도 족하다.

마을 안으로 들어가니 이 마을의 장로들로 추정되는 노인 몇이 나를 기다리고 있었다. 허리까지 닿는 하얀 수염이 바람에 나풀거렸다. 노인들은 마을 입구에서 의자를 놓고 앉아 있었는데 기세가 꺾이거나 그런 면을 보이진 않았다. 오히려 너무나 반듯해 나를 향해 살기를 내뿜는 것만 같았다.

"오크! 왔군. 나는 알고 있다. 네가 인간 말을 할 수 있다는 것을. 신기할 뿐이지. 아이들이 그러더군. 네가 잘 대해줬다고. 도대체 이유가 뭔가? 우리 마을을 구해준 이유는 또 무엇이고? 너는 정말 오크가 맞는가. 나는 살면서 인간 말을 한다는 오크를 본 적이 없다. 더군다나 믿진 않지만 아이들 말로는 마법까지 쓴다더군. 마법을 쓴다는 말은 믿지 않는다. 우리 남대륙에 마법을 쓸 수 있는 마법사 분들은 왕정 마법사 파스톤님과 그의 제자들뿐인데, 네가 마법을 쓸 수 있다는 말은 말이 되지 않아. 그건 그렇고, 도대체 왜 우리 마을을 구해준 것인가?"

벗겨진 머리가 시원스럽게 생긴 노인이 엄중한 어투로 말했다. 나는 주위를 둘러보았다. 어느새 마을 사람들이 모여들었지만 남자라곤 어쩌다가 한두 명씩만이 보일 뿐이었다.

"노인장, 너무 말을 함부로 하는군. 아이들의 할아버지로서 대우를 하고 이만 참겠다. 나는 단지 아이들이 좋았다. 너희 인간들이 좋았던 것은 아니지. 하지만 아이들의 부모로서 대우는 해줄 수 있다. 마을을 구한 이유는 그것이다. 깨끗한 아이들이 좋아서, 그 자체로 좋아서였다. 그리고 내가 이 마을에 들어온 것은 지금 이 마을을 구하느라 힘이 들어 쓰러져 있는 우리 형제들의 식량을 구하기 위해서이다."

"단지 아이들이 좋아서?"

나와 노인의 말을 듣기 위해서 흐르던 정적은 갑자기 흩어져 버렸고 사람들은 웅성거리며서 '말을 하는 오크' 인 나를 신기한 듯 쳐다보았다.

"인간들! 그렇게 쳐다보지 마라. 오해하지 마라! 너희들이 좋아서가 아니란 말이다! 그렇게 쳐다보다간 너희들의 목을… 목을……."

나는 나를 동물원의 원숭이를 쳐다보듯 하는 인간들을 향해 소리쳤다. 살기가 담겨져 있는 나의 말에 사람들은 겁을 먹고 조용히 하였다. 계속 말을 이으려던 나는 마을 어린아이가 나를 지켜보고 있다는 생각에 '목을… 목을' 하고서는 말을 잇지 못하고 고개를 돌렸다. 나를 동그랗게 둘러싸고 구경하고 있던 사람들은 몇 발자국씩 물러났다.

"오크, 흥분하지 마라. 이 노인네가 마을 사람들을 대신하여 사과하겠다. 이제 우리 마을을 어떻게 할 셈인가?"

"그건 나도 생각해 보지 않았다. 지금 나에게 필요한 건 120여 명 정도의 형제가 2일 동안 먹을 식량이다. 우린 적어도 여기서 2일 동안은 쉬어야 한다. 그리고 의술을 익힌 자들은 우리를 돕길 바란다. 나중에 다시 파스리오의 군대가 쳐들어온다면 막을 수 있는 것은 우리들뿐이니. 아! 그리고 우리들은 인간들보다 식욕이 3배 이상이나 좋다는 것을 명심하고 식량을 준비해라. 너희 인간들이 아이들의 안전을 책임질 수 있을 때 나는 이곳에서 떠날 것이다."

"오크여, 당신이 왜 이렇게 우리 아이들에게 집착하는지는 모르겠소. 우선 우리 아이들을 위해주는 것은 매우 고마운 일이지만, 솔직히 우리들로선 너희들이 두려울 뿐이다. 식량은 준비해 주겠다. 하지만 그 이후에 나가주었으면 한다."

이번에는 허리까지 닿는 흰 수염을 가진 노인이 자신의 수염을 쓰다듬으면서 말했다. 인자한 말투에 사람들은 고개를 끄덕이면서 노인의 말에 긍정을 표했다.

나로선 아이들의 안위만 걱정스러울 뿐이다. 적 파스리오 군대, 신의 기사 단테스가 이끄는 군대. 다음번에는 나를 대비할 확실한 계책을 가지고 쳐들어올 것이다.

Extra의 힘까지 사용한 나의 공격에 상처 하나 입지 않은 단테스. 아무리 생각해도 우리 하라만도 형제들이 떠난다면 이 마을은 적 파스리오 군대의 손아귀에 들어갈 것이다.

"돼지 아저씨~"

갑자기 멀리서 세린이 성곽에서 뛰어 내려와 나를 향해 달려왔지만 세린을 안고 놓아주지 않는 세린의 엄마 때문에 나의 품 안에 들어오지는 못했다. 세린은 엉엉 울었고, 그런 세린을 안고 있는 세린의 엄마는 골목 저편으로 사라졌다. 세린……

"노인장, 뭘 모르는가 보군. 나는 당신들 인간을 걱정하고 있지 않다. 난 순수한 아이들만이 걱정스러울 뿐이다. 아이들의 안전이 보장될 때 이곳에서 나가주겠다. 그럼 어서 식량을 가져와라. 그리고 구경꾼들도 모두 돌아가게 하고."

"주민 여러분, 모두 돌아가시오."

대머리 노인이 마을 사람들을 향해 말하자 마을 사람들은 거리 곳곳으로 흩어졌다. 노인이 가까이 있던 젊은 사내를 향해 귓속말로 뭐라 하자 사내 역시 왼쪽 골목으로 사라졌다. 내 주위에 몰려 있던 마을 아이들은 엄마들의 손에 이끌려 모두 울면서 사라졌다. 내 앞에 있는 노인들만 빼놓고 갑자기 사람들이 사라지자 오히려 이상한 기분이 들었다.

드르르— 드르르르—

살아남은 마을 남자 몇 사람이 커다란 수레에 한가득 뭘 싣고 나에게 다가왔다. 과일이며 육류 등, 많은 식량이 한가득 실려 있어 나는 고개를 끄덕이면서 포대 자루에서 과일을 하나 꺼내 베어 물었다. 상큼하면서도 새콤달콤한 맛이 입에 퍼지고 과일에서 나온 물은 말라버린 나의 목을 촉촉하게 적셔주었다.

"그럼 나는 이만 가겠다, 노인장. 너희들은 어서 너희들 스스로 마을을 지킬 것에 대해 생각해 보아라. Power!"

나는 놀라는 마을 사람들을 뒤로하고 이 커다란 수레를 옮길 만한 2서클의 마법을 운용했다. Extra의 후유증에 머리가 어지러웠지만 그런대로 마나는 보충되어 참을 만했다.

돌부리에 걸릴 때마다 덜컹덜컹 소리가 났고 평탄한 길에서 끌고 갈 때는 바퀴 윗부분에서 끼리릭— 끼리릭— 소리가 났다.

끼리릭— 끼리릭— 덜컹덜컹.

마법을 운용해서 그런지 수레는 쉽게 움직였다. 관자놀이에 맺힌 땀은 힘이 들어서가 아닌 더운 햇빛 때문이었다. 팔로 쓱 하고 훔친 다음 나는 식량을 구했다는 기쁜 마음으로 형제들이 휴식을 취하고 있는 곳으로 향했다. 아, 맞다! 모포랑 붕대. 치료약과 여러 가지 필수품 등을 가져올 것을 깜빡 잊었군. 우선 형제들에게 식량부터 나눠주

자. 모두들 배가 고플 테니.

마을에서 떠나기 전에 먹었던 과일의 맛을 되새기며 침을 삼켰다. 내가 커다란 수레의 끼리럭거리는 소리와 함께 형제들이 있는 곳에 도착하자 상처를 입은 몸을 이끌고 하나둘씩 나의 곁으로 다가왔다.

"샤코로움이시여, 식량입니까?"

"그렇소. 모두들 모이지 말고 제자리에 앉아 있으시오. 내가 하나하나 나눠주겠소, 형제들이여."

과일을 한 포대 들고서는 형제들에게 10개씩 나눠준 다음 육류는 1크리(kg) 정도의 무게로 나눠주었다. 형제들은 쩝쩝 소리를 내며 아주 게걸스럽게 먹어댔다. 나도 형제들과 마찬가지로 배에 거지가 든 듯 과일과 육류를 먹어댔다. 그런 후 주위를 돌아다니면서 살이 베이거나 약간 잘린 부분 정도는 마법으로 치유해 주었다.

그때마다 형제들은 치유된 자신의 신체를 보고 신기해하며 크르르 하고 웃었다. 하지만 팔이 잘리거나 다리가 잘려 버린 형제들은 대략 30여 명이 넘어갔다. 그들을 마법으로 치유를 할 수가 없었다. 발이 잘리고 팔이 잘린 전사들은 신체가 멀쩡한 다른 형제들이 부러운 듯이 쳐다보았고, 나는 그런 형제들에게 무척이나 미안했다. 이 전투는 우리 형제들을 위한 전투가 아니었다. 나 때문에 형제들의 팔과 다리가… 제길. 나 때문에, 나만의 생각 때문에……

팔과 다리가 잘려 버린 형제들을 위해 인조 발과 인조 팔 정도는 어느 정도 마법을 사용하면 만들 수 있을 것 같았다. 그러나 약간의 생명을 불어넣는 마법은 특정한 마법 재료가 필요했으나 구하기가 쉬운 것이 아니었다. 자신의 팔과 다리를 보면서 신음하고 있는 형제들을 보니 더 이상 고민할 수가 없었다.

"형제들이여, 조금만 참아주시오. 내가 팔과 다리를 만들어주겠소."

나는 안타까운 듯 고개를 떨구고 자신의 잘린 팔과 다리를 쳐다보고 있는 형제들에게 가까이 다가가서 말했다.

"정말 팔과 다리를 만들 수 있단 말입니까?"

"그, 그렇소. 만들 수 있소. 조금만 참으시오."

내가 못 지킬 괜한 약속을 한 게 아닐까? 구하기가 쉬운 재료는 아닌데. 태양은 서서히 지기 시작하고 아름다운 저녁노을을 만들었다. 형제들은 모두 피곤했는지 내가 치유를 해준 다음부턴 이내 잠만 자고 있었다.

형제들의 코 고는 소리에 왠지 모를 안도감을 느끼며 나도 푸른 초원에 누워 저녁노을의 장관을 생각하면서 눈을 감았다. 안도감을 느끼면서 한편으론 괜한 약속을 한 것 같다는 생각에 약간 불안하기도 하였다.

클레이스에게 마법을 배울 당시 마법 재료 혼합, 배합의 이론을 유심히 들어서 어떤 재료가 들어가며 어떤 방식으로 혼합, 배합해야 되는지는 익히 알고 있었다. 우리 하라만도 형제들의 잘린 팔과 다리를 소생시키기 위해선 트롤의 피와 키론의 뿔이 필요했다. 하지만 나는 이름만 알 뿐 트롤과 키론이란 종족에 대해선 전혀 알지 못했다.

피곤한 몸을 이리저리 뒤척이면서 자다가 등에 걸린 도끼 자루와 돌이 부딪치는 소리에 깜짝 놀라 잠에서 깼다. 아직 태양은 떠오르지 않고 주위는 어둡기만 하였고 들려오는 소리라곤 주위의 끼룩끼룩 우는 작은 벌레 소리와 우리 하라만도 형제들의 코 고는 소리뿐이었다.

트롤과 키론이라…….

그 두 종족을 찾아 나서기에는 지금은 너무 일렀다. 아직 파스리오 군대가 다시 쳐들어오지 않을 것이라는 믿음도 없고, 대부분의 마을 남자들은 이번 전투로 죽고 없었다. 마을 남자들이 죽음으로써 이 마을의 치안은 누가 맡고 누가 힘든 노역을 할 것인가?

전쟁이란 것은 겨우 사람의 죽음과 재물의 피해만 가져오는 것이 아니다. 비록 전쟁이 끝났다고는 하나 제2의 전쟁이 남아 있다. 마을의 치안! 이 마을의 소문을 듣고 위로는 못해줄망정 어디선가 강간범, 살인범, 강도 등 온갖 흉악범들은 몰려들 것이 뻔했다.

우리 하라만도 전사단이 여기서 물러난다면 우리 전사단의 희생은 물거품이 되고 만다. 흠… 아무래도 이 마을의 안위가 보장될 때까지 당분간 이곳에서 치안을 맡아야겠군. 이왕이면 치르크 족의 영토였던 그 산에서 벗어나 이 마을 가까운 곳에 새로운 마을을 짓는 게 좋겠어. 하지만 우리 형제들이 이곳의 인간들과 잘 적응할 수가 있을까?

투두둑. 투두둑!

그때 암흑으로 뒤덮여 있는 하늘에서 한두 방울씩 빗방울이 나의 몸과 대지로 떨어졌다. 조금씩 떨어지던 빗방울은 강물이 모여 바다가 되듯 모여모여 커다란 빗줄기로 변해 피비린내와 핏자국들을 씻겨 내려갔지만 이내 그쳐 잠시 동안 내린 소낙비에 불과했다.

어차피 이곳에선 우리 마을까지 7시간 정도밖에 걸리지 않으니 철갑 전사를 둘로 나눠 이곳에 치안대와 비슷한 성격의 새로운 마을을 세워야겠어. 하라만도 형제들의 상처가 어느 정도 치유되고 휴식을 취하고 나면 계획대로 하자. 형제들에게는 잘 말해야겠어.

어느새 태양은 동쪽 하늘에서 지렁이처럼 산 능선을 타고 조금씩 조금씩 떠오르고 있었다. 희미하게 밝아오는 세상에 나는 한껏 기지개를 켠 다음 자고 있는 형제들 사이를 걸으면서 지쳐 있는 형제들의 얼굴에 한숨을 내쉬었다.

나는 고목 아래 앉아 시간을 보내면서 형제들이 깨어나기를 기다렸다. 어느 정도 형제들이 깨어나자 조용했던 아침은 형제들의 웃음소리와 대화 소리로 활발하게 바뀌어 있었다.

"형제들이여, 모두 일어났습니까?"

모두 일어난 것을 확인한 나는 형제들의 한가운데로 가서 커다랗게 소리쳤다.

"예! 샤코로움이시여."

다행히 지친 어제와는 상당히 다른 활기가 넘치는 목소리였다. 형제들의 소리침에 목에 있던 힘줄이 튀어나올 것만 같았다. 그럼 이제 형제들이 다 일어났으니 마을 이전에 대해 말을 해야겠군. 아이들의 안전을 위해선 치안을 우리 하라만도 형제들로 하여금 맡게 해야 돼.

단지 '인간들을 보호하기 위해 우리들은 이곳에 머물 것이오' 라고 하는 것보다 그럴싸한 말을 해야겠어.

"형제들이여, 우린 인간들과의 전투에서 영광의 승리를 얻었소. 내가 형제들을 이끌고 이곳에 온 이유는 바로 이곳을 차지하기 위함이었소. 첫 번째로 이곳을 거점으로 '넓은 평원' 을 차지했던 옛 우리 마을의 위치로 세력을 확장할 것이오. 우선 자랑스러운 철갑 전사들을 둘로 나눠 하나의 전사단은 마을로 보내고 나머지 전사단은 이곳에 남아 새로운 마을을 만들 것이오. 즉, 두 개의 마을이 형성되는 것이오. 어느 정도 이곳에 정착이 성공한다면 두 개의 마을을 이곳으로 통합할 것이고, 이곳의 정착에 성공하지 못한다면 두 개의 마을을 산에 있는 현재의 마을로 통합할 것이오."

"세력 확장입니까, 샤코로움이시여?"

도끼를 쓰다듬으면서 은은한 미소를 피우고 있는 기르츠가 말했다.

"그렇습니다. 세력 확장입니다. 하지만 우선 이 인간 마을은 잠시 놔둘 생각입니다. 마침 이 마을 앞에 강이 흐르고 있고 뒤로는 과일 나무가 풍성하게 열매를 맺고 있습니다. 그곳에 정착할 것입니다. 이 인간 마을은 우리 하라만도 형제들의 세력 안에 드는 것입니다. 이 마을에는 현재 흉포한 성인 남자는 거의 없습니다. 그리고 남아 있는 인간이라곤 순수한 아이들뿐이지요. 나는 마을 이전에 대해 어느 정도 진척이 보이면 팔다리가 잘려 버린 형제들의 팔다리를 소생시킬 재료를 구하기 위해 당분간 이곳을 떠날 것입니다. 현재 이 근처는 우리들에게 패배를 당하고 복수하기 위해 노리는 인간들이 많을 것이오. 그 인간들을 감시하기 위해 우리 세력 안에 드는 마을과 이곳 강을 중심으로 형제들을 배치시켜 놓을 것이오. 힘이 없는 노인과 아이들은 우리의 앞길을 막지 못하므로 죽이지 않아도 될 것입니다."

"좋습니다, 샤코로움이시여! 역시 샤코로움이십니다. 이전 마을을 되찾는다! 우리의 넓은 평원을 되찾는다! 크르르르르."

다행히 하라만도 형제들은 나의 말을 믿고 좋아라 입을 크게 벌리며 웃어댔다.

정말 다행이군. 이제 이 마을의 치안은 우리 하라만도 전사단에게 맡기고 나는 어서 트롤의 피와 키론의 뿔을 찾으러 가야겠군. 이왕이면 최대한 많은 양을 가져와서 이 다음에 있을 전투에도 유용하게 써야겠어.

"형제들이여, 철갑 전사는 다음에 뽑기로 하고 우선 두 패로 나누겠소. 한 패는 이곳에 남아 우리의 예전 마을을 되찾기 위하여 전투를 하는 것이고, 또 한 패는 지금의 우리 하라만도 마을에 가서 마을을 보호하는 것이오. 우선 형제들의 의견을 따르겠소. 철갑 전사 중 이곳에 남을 형제는 이쪽으로, 마을로 돌아갈 형제는 저쪽으로 가시오."

"크르르르… 크르르르……."

형제들은 고민하는 듯 선뜻 나서지 못하고 이리저리 왔다 갔다 하다가 결국 시간이 지나자 패가 형성되었다. 하라만도 마을에 있는다는 여론보다는 이곳에서 세력을 확장시키겠다는 여론이 월등히 높았다.

다행이군. 혹시나 마을로 거의 다 가겠다면 어쩌나 했는데. 어차피 마을 주위엔 적들도 없으니 그리 신경 쓰지 않아도 될 거야. 역시 이곳에 새로운 마을을 지어 이곳을 주력으로 하고 이전 마을은 광산의 보조 역활을 하는 셈으로 해야겠군.

"그럼 62명 중 52명은 이곳에 남기로 했으니 철갑 전사들은 각각 선택한 대로 가족을 이끌도록 하시오. 그리고 상처가 아직도 아물지 않은 형제는 나의 곁으로 오시오."

상처가 벌어져 핑크 빛 살을 드러낸 형제에겐 상처를 아물게 했고 팔과 다리가 잘린 형제에게는 고통을 느끼지 못하도록 해주었다.

"그럼 나머지 전사들은 어떻게 하겠습니까? 이곳에 남겠습니까? 아니면 하라만도 마을로 돌아가겠습니까?"

"이곳에 남아 이전의 넓은 평원의 영광을 되찾을 것입니다, 샤코로움이시여!"

이번에도 전사들 중 몇 명만 빼놓고는 거의 이곳에 남겠다고 말했다.

아침 식사를 한 후에 다리가 잘린 형제들은 들것에 메고 하라만도 마을로 향했다. 많은 인원이 사망하고 부상을 입었다 하더라도 형제들 대부분은 승리의 기쁨에 취해 모두들 만족해하고 있었다.

다만 이상한 눈빛을 하고 바닥에 고개를 떨구고 있는 형제들을 볼 때면 마음이 칙칙할 뿐이었다.

우리 전사단과 나는 바람에 휘날리는 갈대를 가르며 앞으로 나아갔다. 동쪽에서 우리를 환하게 비추던 태양이 서쪽으로 조금씩 기울어져 갔고 바람에 휘날리던 갈대들도 차분히 가라앉았다.

"앗! 샤코로움께서 돌아오셨다! 우리 하라만도 형제들이 돌아온다!"

마을에선 전투에 나가지 못했던 1파얌의 갓 자란 전사들이 손을 크게 휘저으며 몰려들었다. 승리를 이끌고 왔다는 말에 1파얌의 전사들은 자신의 승리인 양 크게 기뻐하며 어쩔 줄을 몰라 했다.

나의 뒤를 따라온 전사들로부터 내가 형제들을 치유하고, 또 이번엔 잘린 팔과 다리를 소생시킬 것이라는 말들이 들려왔다. 그런 말들을 들은 마을에 남아 있던 1파얌의 전사들과 여자와 아이 오크들은 정말인지 눈이 커다란 수박처럼 커져 '샤코로움이시여' 하면서 땅에 엎드렸다. 모두들 흙을 신체에 묻히며 땅에 엎드려 있는 모습을 보니 다시 내가 자랑스러워져 그 기분을 되새기면서 모두를 일으켰다.

이번 전투에 대해서 말을 해준 다음 마을 이전에 대해 말을 하자 모두들 긍정적인 반응으로 약간의 형제들만 이 마을에 남을 것이라 했다. 마을은 거의 축제의 분위기로 모두들 들떠 있었고, 전투로 인해 사망한 가장이 있는 가족들은 그들의 죽음을 애도하면서 더욱더 자랑스러워했다.

왜 가장이 죽었는데 자랑스러워하는 것이지? 도저히 이해할 수가 없어.

아무리 영광의 승리를 위해서 죽었다지만, 그래도 정을 주었던 존재가 죽는 것은 그토록 힘이 들고 슬픈 일일 텐데.

"샤코로움이시여, 저는 이곳에 남겠습니다."

떠들썩한 마을 바위 위에 앉아 형제들을 내려다보고 있던 내 뒤로 익숙한 음성이 들려왔다.

"기르츠 형제인가? 왜 그러냐고 묻진 않겠네, 형제여. 단지 형제의 자유겠지. 그럼 기르츠여, 형제는 이곳에 남아 있는 마을 형제들을 이끌고 내가 연락을 할 때까지 기다리시오."

"예, 샤코로움이시여."

나는 기르츠가 돌아서서 사라지는 모습을 본 후에야 산을 보면서 드워프들이 생각났고, 이윽고 한 달이 지난 지금 광산이 완성되었나 궁금해졌다. 바위 위에서 일어나 들떠 있는 마을을 벗어나 부드러운 오솔길의 흙의 촉감을 느끼면서 걷자 곧 드워프들이 있는 곳에 도착할 수 있었다.

밤이라서 그런지 광산의 입구엔 커다란 횃불 세 개가 활활 타오르고 있었는데 마치 아름다운 밤의 공간을 커다란 보석으로 장식한 듯했다. 횃불에 은은하게 퍼진 빛들이 주위를 연하게 밝히면서 잠을 자고 있는 드워프들의 모습을 조금씩 드러냈다.

내가 차지하려 했던 광산보다 더욱더 튼튼하게 생겼고 끝이 보이지 않는 광산의 굴에 나는 흡족해 미소를 지었다. 광산의 옆에는 어디선가 가져다 놓은 연장이 여러 개 모여 있었고 튼튼한 광산의 기둥은 Extra의 힘을 줘도 쓰러지지 않을 것만 같았다.

횃불이 밀물과 썰물처럼 바람에 밝아졌다 흐려졌다 하며 흔들리는 통에 나의 그림자는 이리저리 춤을 추며 흔들거렸다. 드워프의 수장 런디프와 그의 동료 30여 명 정도 중 잠에서 깨는 자는 아무도 없었다. 그들은 모두 얼굴과 몸에 덕지덕지 모래가 묻어 있고 검은 흑탄으로 더럽혀져 있었다.

정말 열심이었나 보군, 드워프. 거만한 그들의 성격은 싫지만 약속 하나는 잘 지키는 이들의 성격은 본받아야 해. 이렇게 좋은 광산까지 있으니 조만간 우리 하라만도 형제들은 철기를 생산하고 모두들 철갑을 입고 인간들과 전투를 할 수 있겠지. 훈련으로 인해 민첩함과 타고난 근력에 철기까지 더해진다면 그야말로 무적이지.

"크르르르……."

앞으로 있을 찬란한 미래에 대해 생각하니 자동적으로 입에선 웃음이 흘러나왔다.

"누구냐!"

나의 웃음소리를 듣고 잠이 깼는지 한 드워프가 횃불 사이로 흰 수염을 드러내며 나타냈다. 고집불통 옆집 할아버지처럼 생긴 드워프로, 날의 크기가 허리만한 양날 도끼를 들고 나오는 폼이 꼭 런디프였다.

"런디프인가? 나다."

"누군가 했는데 너였군, 오크. 왜 왔는가?"

흔들거리는 횃불에 혼자 외롭게 춤을 추고 있던 나의 그림자는 런디프의 그림자와 같이 춤을 추며 이리저리 흔들거렸다. 광산 속에서 톡톡 하면서 물방울 떨어지는 소리를 들으며 광산의 땅 깊숙이 박혀 있는 연장을 본 후에 런디프를 쳐다봤다.

"당연한 것 아닌가? 약속 기일인 한 달은 지났다. 대충 훑어보니 광산은 훌륭하게 완성되었더군. 정말 대단해. 이런 광산을 한 달 안에 만들다니. 너희 드워프 종족은 정말 신이 내리신 축복의 종족이다."

나는 진심으로 박수까지 치면서 탄복했다. 나의 박수 소리에 여기 저기서 드워프 몇몇이 깨어나 나와 런디프를 쳐다보고 있었다.

"하하하, 오크! 볼 줄 아는군. 그렇다. 우리들은 대지의 아들들이다. 약속은 지켰다! 내일이면 우리 형제들을 모두 마을로 돌려보내고 나와 두 명의 형제만 이곳에 남아 너희들에게 여러 가지 광석 캐는 법과 네가 말한 대로 제련법을 가르칠 것이다."

런디프의 커다란 입이 쫙 벌어지며 통쾌한 웃음이 터져 나왔다. 아무리 약속을 잘 지키는 드워프라도 그들이 경멸하는 우리에게 제련법을 가르치는 약속을 지킬지 믿음이 가지 않았는데 잘됐군. 이로써 제련법만 배운다면 우리 하라만도 형제들은 강력해지는 거야.

"드워프, 내일 이곳에 우리 형제 몇 명이 올 것이다. 그들 모두 드워프 언어를 할 수 있으니 언어에 대해선 걱정하지 않아도 될 것이다. 그들에게 광석을 캐는 법과 제련법을 전수해 준다면 이 은혜는 하늘과도 같을 것이다. 너희들 드워프는 정말 신의 자식들이다."

"당연하지. 추한 너희들과는 엄연히 다르지. 하늘과도 같을 것이라……. 하하하하!"

드워프들! 그래, 너희들 정말 잘났다. 그래, 광산도 완성됐고, 이제 제련법만 배우면 된다. 후훗. 그리고 엄연히 너희들과 우리들은 다르지. 거만한 드워프 종족 따위가 훌륭하고 용맹한 우리 종족에 비교될 수 있을 것 같으냐? 나는 마음속으로 반박을 한 후 씁쓸함을 삼키며 런디프를 향해 굳은 미소를 지었다.

"그럼 드워프, 나는 이만 가겠다. 내일 우리 형제들을 보낼 것이다."

나는 바다처럼 출렁이는 런디프의 그림자를 밟으며 캄캄하기만 한 오솔길로 들어섰다. 하라만도 마을과 광산은 거리가 무척 가까워서 조금만 걷자 마을의 입구가 보였고, 아직까지 마을의 떠들썩한 시끄러운 소리가 여기까지 들려왔다.

그럼 이 광산을 기르츠에게 맡긴 후 어서 마을을 이전하고 많은 양의 트롤의 피와 키론의 뿔을 찾아 나서야겠군. 어서 서두르자. 인간들이 복수하러 오기 전에.

제19장

오크 인간들과의 동행

　햇불의 빛이 주위를 밝게 만들고 하라만도 형제들의 웃음소리는 끊이지 않고 들려왔다. 크르르거리며 웃는 소리에 나 역시도 나지막하게 웃으며 마을 광장의 중앙으로 나아갔다.

　"형제들이여, 떨어져 있는 것은 싫지만 어쩔 수 없습니다. 우리는 이전 넓은 평원을 되찾기 위해 나아갈 것입니다. 자, 이전할 마을로 향할 형제는 저를 따라와 주십시오. 그럼 갑시다, 형제들이여."

　"와~ 샤코로움이시여!"

　"기르츠여, 이전에 제가 말했던 대로 이곳에 남아 있는 형제들을 이끌고 드워프에게 기술을 배우길 원하는 형제는 배우도록 하게 해주시오. 당분간 다른 형제들은 드워프와 언어가 통하지 않아 고생할 테니 기르츠여, 형제의 역할은 참으로 크오. 그럼 곧 들르리다."

　나를 따라왔던 형제들은 자신들의 가족을 이끌고 나의 뒤를 따라오고 있었다. 그들 손에는 단지 도끼만 있을 뿐 들고 있는 것이라곤 아무것도 없었다.

처음 갈대밭을 걷던 형제들은 바람에 흩어지는 갈대의 광경에 감탄을 하며 걸었지만, 곧 싫증을 느끼고 끝없이 되풀이되는 이 갈대의 숲에서 빨리 빠져나가기 위하여 발걸음을 재촉했다. 발걸음을 재촉한 결과 5시간 후에 우리들은 이 지겨운 갈대 숲에서 벗어나 파릇한 풀잎을 밟을 수가 있었다.

마을 옆에 커다란 강이 흐르고, 그 뒤에 과일 나무들이 풍성하게 열려 있었다. 아침이면 싱그러운 햇살이 강을 비추고 과일들은 햇살을 받아 활짝 웃음을 머금었다. 햇살에 비친 황금빛 대지는 우리들에게 팔을 활짝 벌려 오랜 친구를 맞이하는 듯했다.

우선 우리 형제들이 할 일은 3주 동안 내가 살았던 산에 올라가 사냥을 하고 강 뒤로 가 과일 채집을 한다든지 낚시를 하는 등 식사를 위한 행동이었다. 산에는 동물들도 많았고 강에는 물고기들도 많아서 형제들이 사냥을 하거나 낚시를 하기에 불편 사항이라곤 없었다. 어느 정도 배가 채워지고 휴식을 취하고 나자 형제들은 여느 때와 같이 한낮임에도 불구하고 코까지 골며 잠을 자기 시작했다.

수십 개의 움막이 생기는 건 한순간이었다. 형제들이 잠에서 모두 깨자 나는 형제들을 데리고 산으로 올라가 엄청난 양의 나무를 베어 왔다. 베어온 나무로 움막을 지으니 단순하면서도 비바람을 막을 수 있었다.

미관으론 그렇게 좋지만은 않지만 그 효율만은 내세울 만했다. 우리들이 기합 소리도 넣어가면서 마을을 짓기 시작하자 멀리서 인간 노인 하나가 오고 가고를 반복하며 이곳에 오기를 망설이고 있었다.

나는 짓고 있던 움막을 마저 짓고 난 다음 그 노인에게 다가갔다.
예전에 마을에서 대화를 나누었던 노인으로 허리까지 허연 수염이 닿
고 바다 빛 눈동자를 가져 둥그스름한 턱선과 조화돼 선하게 생긴 모
습이었다.

"노인장, 왜 그러는가?"

노인은 대답하기를 망설였고 곧 몸을 돌려 먼 하늘을 쳐다보면서
대답했다.

"너희 오크들은 왜 우리 마을 옆에다가 너희들의 마을을 짓는 것이
지?"

하기야 인간들로서는 우리 오크들을 의심할 수도 있겠지. 하지만
너희 마을 사람들이 더 이상 빼앗길 게 무엇이 있느냐? 황금? 그런 건
버리란 말이다. 너희들은 벌써 가장을 잃고 추락하는 약한 존재에 불
과해. 빼앗길 것이라곤 너희들이 가진 순수한 아이들뿐이다.

"훗, 너희들 마을 상태는 지금 어떤가? 아마 도적들이 날뛰고 있을
걸? 네 얼굴이 평온한 걸 보니 강간, 살인까지는 일어나지 않았군. 하
지만!"

"오, 오크, 어떻게 아는가? 또 우리를 죽일 생각인가?"

전쟁 후의 인간 마을이야 뻔하지 않은가.

"그런 것쯤이야. 전쟁 후의 인간 마을이야 뻔하지 않은가? 그리고
우리는 너희를 죽일 생각이 없다. 우리들은 추악한 너희들이 아니라
순수한 아이들을 지켜주러 이곳으로 마을을 이전한 것이다. 너희들에
게 지금 시급한 것은 마을의 치안이겠지. 그것과 파스리오의 군대에
대한 대비책이겠지. 이 두 가지에서 우리가 너희를 지켜주겠다. 너희
들이 충분히 아이들을 지킬 수 있는 힘을 기를 때까지."

"……."

늙은 인간은 대답을 하지 않았다. 그의 눈에 촉촉한 액체가 맺히기 시작했다. 노인은 그것을 나에게 보이기 싫었는지 얼른 몸을 돌려 팔 등으로 훔치고는 먼 하늘을 바라보았다.

"우리들은 너희들을 경멸하는데 왜 우리의 아이들을 보호해 주기 위해 마을까지 이전했는지 모르겠다. 너희 오크들도 이번 전쟁으로 인해 많은 희생이 있었을 텐데. 너희 오크들은 멀리서 왔겠지? 그 멀리서까지 와서 전쟁을 애써 치르다니. 왜 그런 것이지? 이제 살 만큼 산 나로선 세상 경험을 다했다고 생각했었는데 그게 아니었나 보군. 아직도 배울 게 많아. 마을 사람들을 대표하여 고맙게 여기겠다. 많은 우리의 아들들이 죽었다. 내 아들도 이번 전쟁에서 죽었지."

노인의 어투는 상당히 가라앉아 있었고 혼자 중얼거리는 듯했다. 새파란 하늘 위에 나무가 물에 둥둥 떠 있는 듯이 하얀 구름들이 조각배들처럼 떠다니며 서쪽으로 서쪽으로 향하고 있었다. 노인은 그 배들을 타고 가고 싶은 듯 구름만 쳐다보았다. 그리고 곧 노인의 눈동자에선 햇빛에 반짝이는 아름다운 액체가 흘러나왔다.

"고맙다, 오크여. 너흰 우리들이 알고 있는 오크란 종족과 상당히 다르구나."

"그렇다. 네가 나를 무시하는 태도를 바꿨으니 나도 바꾸겠다. 노인이여, 너희 인간들이 알고 있는 우리 종족의 성격은 전혀 다르다. 곧 알게 되겠지. 단지 색안경을 끼고 바라보지 말고 모든 이들이 너처럼 우리를 인정하길 바란다. 그럼."

구름의 그림자에 가려진 노인을 뒤로한 채 나는 형제들을 돕기 위해 도끼를 들고 낑낑대며 힘들어하는 형제의 뒤를 받쳐주었다.

마을을 이전시키는 데 걸린 시간은 딱 이틀이었다. 움막을 완전하게 새로 만들고 훈련장으로 쓸 넓은 공터를 찾았다. 식량은 마을 앞쪽에 흐르는 강이나 과일 나무, 산에서 얻으면 되는 것이었다. 마을 이전은 생각보다 무척 단순하였고 쉬웠다. 인간과는 달리 한가족이 가지고 있는 소유품이라고 해봤자 도끼 몇 자루와 모포 몇 개, 그리고 하반부를 가릴 천 몇 개뿐이어서 그런지 이전이 아니라 떠돌이 유목 생활을 해도 아무 문제 없을 것 같았다.

노인이 다녀온 다음날부턴 마을 아이가 몇 명씩 짝을 이루어 노인의 손을 꼭 붙잡고 나를 찾아왔다. 머리를 두 갈래로 나눠 기다랗게 땋은 동글동글한 토끼 눈을 가진 세린은 내가 배고플세라 집에서 빵과 우리 형제들과 나눠 먹으라고 조리된 많은 음식들을 가져왔다.

"돼지 아저씨! 이거 우리 엄마가 나눠 먹으래. 엄청 많지? 세린은 이렇게 많이 못 먹으니까 돼지 아저씨하고 아저씨 친구들하고 많이많이 먹어!"

아무리 날 음식에 길들여진 형제들이라도 조리가 된 음식의 냄새를 난생처음으로 맡아보자 하나둘씩 모이기 시작하더니만 곧 모든 마을 형제들이 모였다. 세린은 갑자기 많은 형제들이 자신을 둘러싸니 무서웠는지 눈에 눈물이 맺혔다. 나는 세린을 들어 내 어깨 위에 올려놓았다.

세린은 이내 와~ 하면서 크게 웃고서는 연신 헤헤거리면서 내 목을 간지럽혔다.

"샤코로움이시여, 이 냄새는 처음 맡아보는 냄새입니다. 침이 계속 나오고… 먹어보고 싶습니다."

"그렇습니다, 샤코로움이시여. 먹어보고 싶습니다."

형제들은 도저히 참지 못하겠다는 듯 몸을 이리저리 비틀면서 말했다. 나는 평소에 식사를 할 때도 멀리 산으로 들어가 불로 익혀 먹었고, 이전 세계에서 이런 것은 많이 먹어보았기 때문에 전혀 새롭진 않았지만 형제들에겐 참을 수 없는 커다란 혁명으로 다가왔는가 보다.

하지만 거의 300명이 가까운 모든 형제들을 먹이기엔 양이 무척 적었다.

"세린, 내 친구들이 모두 먹기엔 부족하네. 이거 어쩌지?"

고개를 뒤로 치켜 올려 내 목 위에 있는 세린의 얼굴을 보았다. 세린을 향했던 질문의 대답은 세린이 아닌 내 뒤에서 들려왔다.

"오크여, 거의 모든 마을 사람들은 너희 오크들에게 고마워하고 있다네. 자신들의 아이들을 지켜주니 말일세. 하지만 간혹가다가 너희들을 싫어하는 사람들이 있을지도 모르지만 그건 일부분에 불과하네. 어떤가? 우리 마을에 한번 오는 게. 솔직히 나도 너희 오크들을 처음 보았을 땐 모습이 흉하여 눈살을 찌푸리게 되었지만 지금은 아무렇지도 않다네. 많이 보아서 그렇겠지. 그것이라네. 자네들은 우리 마을이 예전처럼 될 때까지 우리들을 보호해 준다고 했네. 그게 1년이 걸릴지 10년이 걸릴지 아무도 모른다네. 이왕이면 마을 사람들과 안면을 익히는 게 좋겠지. 신기한 일이지만 마을 아이들은 모두 자네를 좋아하더군. 그래서 자네 종족에게 아무 거슬림 없이 다가가는 것 같네. 어떤가? 마을에 오는 게 싫다면 마을 장로들과 희망하는 자들에 한해 이곳으로 데려오겠네."

그렇기야 하겠지. 나도 처음에 우리 형제들의 모습을 보고 많이 놀랐으니까. 이 노인 말대로 안면을 익힌다면 편하기야 하겠지.

"노인이여, 우리들이 가는 것보다 그대들이 이곳으로 오는 게 좋겠군."

"그럼 가까운 시일 안에 오겠다, 오크여. 세린, 그만 가야지."

"싫어싫어, 세린 오크 아저씨랑 놀 거야!"

세린의 끈질긴 저항도 노인의 푸근한 미소와 함께 손바닥으로 세린의 엉덩이를 때리자 세린은 울면서 끌려갈 수밖에 없었다. 인간들이 가고 나자 형제들은 요리 근처에 와선 꿀꺽 하는 침 넘어가는 소리가 들릴 정도로 요리를 먹고 싶어했다. 나는 울면서 끌려가는 세린의 모습과 인자하게 웃으면서 때리는 노인의 모습에 자연스럽게 웃음이 나왔다.

세린과 노인은 갔다. 하지만 이걸 어쩌지? 제길. 버릴 수밖에 없겠어. 누군 먹고 누군 먹지 않으면 안 되지. 하지만 이 냄새 너무 고소하군. 으음, 참을 수 없을 정도로 맛있는 냄새가 나는군. 맞아! 이렇게 하면 되겠지.

"형제들이여, 제가 한번 먹어보겠소. 이 음식이 과연 먹을 만한 것인지."

나는 불그스름하게 간에 저린 고기의 구수하면서도 달콤한 냄새를 맡으며 한 움큼 집고서는 입에 넣었다. 냄새대로 구수함과 달콤함이 혼합되면서 묘한 맛을 내었고 너무 오랜만인 까닭도 있겠지만 너무 맛이 있어 눈물이 나올 뻔했다.

입속에서 잘근잘근 씹히는 맛과 다른 맛있는 음식들의 화려한 냄새가 코를 자극했다. 하지만 난 이렇게 맛있는 음식을 먹으면서도 찡그린 표정을 짓고서는 입에 넣었던 한 움큼의 고기를 거의 다 먹고서는 남은 부분을 뱉어냈다. 형제들은 내가 음식을 뱉자 웬일인가 나를 뚫어져라 쳐다보았다.

　"형제들이여, 이것 정말 이상하군요. 먹을 게 못 됩니다. 냄새만 그럴듯하지 인간들이 잘못 가져온 것 같군요. 이런 걸 먹으면 형제들의 몸에 좋지 않습니다."

　나는 오크 형제들이 뭐라고 하기 전에 재빨리 음식들이 담은 쟁반을 들고 강으로 갔다. 쟁반을 기울여 음식을 강에 떨어뜨리자 음식들은 강물에 떠내려갔다. 오랜만에 저린 고기를 먹어서 그런지 입속에서는 계속 고기를 넣어달라 외치고 있었다. 입속의 간곡한 요청에 그만 나는 마지막 음식은 형제들의 눈을 피해 한 움큼 집어 입에 넣었다.

　내 등만 바라보고 있던 형제들은 내가 한 움큼의 고기를 집어넣는 걸 알아채지 못하는 건 당연한 일이었다.

　버리기 무척이나 아깝지만… 할 수 없지. 아깝다… 아까워. 뭐, 곧 노인이 음식을 가져온댔으니까 조금만 참자. 냇물에 둥둥 떠내려가는 음식들을 보고 형제들은 아까운 듯 입을 쩍 벌리고 있었다. 하지만 형제들을 전부 먹이기엔 부족하고 그렇다고 특정 인물만 먹이기엔 싸움이 날 것 같아 전부 버린 것이었다.

　"샤, 샤코로움이시여, 음식들을 왜 강물에?"

　"형제들이여, 이 음식은 먹을 게 못 돼서 그랬습니다."

　"그렇지만……."

　몇몇의 형제들이 나에게 따지듯 말했고 거의 대부분은 사라진 강 너머만 보고 있었다. 하지만 강 너머에 있는 것이라곤 초록색 풀잎과 커다란 나무뿐이었다.

　"형제들이여, 이번 음식은 이상했습니다. 곧 빠른 시일 내에 올바른 인간들의 음식을 가져온다고 합니다. 정 그렇게 아쉬우시다면 그때 모두 푸짐하게 먹을 수 있게 해드리겠습니다.”

“예…….”

형제들은 아쉬움을 머금으며 여전히 강물에서 눈을 떼지 못했다. 내가 형제들 사이를 스치고 지나가면서 움막을 짓기 시작하자 이내 오크 형제들도 돌아와 마무리 작업을 하기 시작했다.

이전된 마을은 그럭저럭 완성되었고 우리들은 뿌듯한 성취감을 안으며 거대한 고목 아래 앉아 쉬었다. 해는 뉘엿뉘엿 기울고 다시 달이 찾아왔다.

아침이 되어 잠에서 깨어나 주위를 둘러보니 형제들은 어느새 일어나 인간들이 오기를 기다리고 있었다. 어느새 태양이 머리 가운데 떠 있고 강렬한 빛을 내리쬐는 정오가 되었다. 한숨 자고 일어났는데도 형제들은 그 냄새를 잊지 못하고 있었다. 오늘 왔으면 좋겠는데. 아! 저것은?!

달그닥― 달그닥―

마을 여자 20명 정도와 엄마 손을 잡고 나를 애타게 부르는 마을 꼬마 아이들이 노인을 중심으로 타이가 모는 수레를 이끌고 다가오고 있었다. 그들이 다가오면서 어제보다 더 달콤하고 구수한 냄새 역시 가까워지고 있었고, 우리 하라만도 오크 족 형제들은 인간들을 위해 스스로 길을 비켜났다.

수레가 멈추자 우리 하라만도 형제들은 수레 곁으로 다가갔다. 마을 여자들 역시 어제 세린이 울 뻔했던 것과 마찬가지로 겁을 먹고 뒷걸음질을 했지만 나의 말에 형제들은 수레에서 물러났고 노인의 설명과 함께 평온한 얼굴로 돌아왔다.

“아! 오, 오, 오크… 오크 씨, 어, 어, 어제는 양… 양이 적다고 해서… 이, 이렇게 가져왔어요!"

아랫입술이 덜덜 떨리며 말을 하는 여자의 옆에는 세린이 있었다. 세린은 나를 향해 하늘하늘한 코스모스 웃음을 띠면서 말을 더듬고 있는 여자의 옷자락을 잡고 있었다. 여자의 하늘빛 눈동자와 은빛 생머리가 바람에 휘날리고 분홍색 치마도 나풀거렸다. 바람에 의해 원피스가 달라붙자 날씬한 허리와 풍만한 가슴의 형태가 드러났다.

"아! 그, 그리고 마을 사람들을… 대, 대표로… 고맙습니다. 우리… 우리… 아이들을 지켜주셔서… 요. 장로 어르신에게 말씀 많이… 들었습니다."

나는 우리를 보면서 입술을 벌벌 떨며 말하는 아름다운 여자를 보자 이질감보다는 유머스러워서 웃음이 풋 나왔다.

"세린의 엄마인가 보죠? 그렇게 겁먹을 것 없습니다. 음식을 가져다 주어서 우리들은 모두 즐거워하고 있습니다. 겁먹지 마십시오."

내가 정중하게 말을 하자 여자는 고개를 떨구고 땅만 쳐다보면서 고개를 끄덕였다. 나는 끄덕이는 그녀가 무척이나 귀여워 뺨을 쓰다듬고 싶은 충동을 느꼈지만 손에 힘을 꽉 줘 그녀의 뺨 대신 나의 옷자락을 잡았다. 나는 정신이 아찔해지면서 그녀에게 눈을 뗄 수가 없었다.

"그럼, 음식은 고맙게 받겠습니다."

마을 여자들은 정중하게 나오는 나의 태도에 안심을 했다는 듯이 여기저기서 커다란 안도의 한숨이 나왔다. 불안하고 무서웠는지 다리를 덜덜 떨었던 여자들도 이제는 모두 다리를 심하게 떨지 않고 있었다.

"형제들이여, 인간들이 음식을 가져왔소. 모두 각자 그 자리에 앉으십시오. 한 명도 빠짐없이 나누어 드릴 테니."

"그럼 음식 좀 나눠 주는 것을 도와주십시오. 너희들도 도와주고."

나는 마을 여자들에게 시선을 돌려 허리를 굽혀 정중히 말했고, 초롱초롱한 눈으로 나를 바라보는 아이들에게도 손을 내밀며 말했다. 마을 여자들은 처음에는 음식을 나눠 주는 것에 머뭇거렸다.

우리 하라만도 전사들의 몸에서 특유의 냄새가 나서 그런지 얼굴도 찡그리고 있는 여자들도 있었다. 선뜻 나서지 않는 여자들을 이끈 건 나를 찾아오던 노인이었다. 노인이 한 손으로 지팡이를 짚고 한 손으론 쟁반을 옮겨 가까운 하라만도 형제에게 전했다. 노인은 쟁반을 계속 옮겼는데 내가 보기에도 노인의 떨리는 팔에 흔들거리는 쟁반은 불안하기만 하였다.

마을 여자들도 보기에 안타까웠는지 노인을 가까운 그늘진 곳에 모셔다 놓고서는 직접 하라만도 형제들에게 음식을 나눠 주기 시작했다. 하라만도 형제들도 추악한 인간들이지만 음식 때문에 적대적인 행동을 보이지 않았고 마을 여자들 역시 공손하기만 하였다. 어느 정도 시간이 지나자 초조해하며 불안해하던 마을 여자들도 조금은 적응이 되어 초조함과 불안의 빛을 띠지 않고 있었다.

아름다운 세린의 엄마가 나에게도 커다란 음식을 쟁반에 담아 가지고 다가왔다. 그녀에게선 핑크 빛 향기가 은은히 퍼져 나왔고 미소를 짓고 있지 않은 표정에서도 온화함이 나타나고 있었다.

나는 그녀의 얼굴에서 시선을 도저히 뗄 수가 없었다. 쟁반을 어떻게 전달받았지도 모를 정도였다. 그녀가 다른 형제에게도 음식을 전해주기 위해 나에게서 벗어나자 쟁반은 나의 앞에 있었다.

하라만도 형제들은 음식을 게걸스럽게 먹기에 바빴다. 먹다가 흘린 음식은 곧바로 주워 먹고 입 주위엔 여러 양념들이 묻어 있었다. 그렇게 맛있게 먹는 모습을 보고 있던 여자들의 입가엔 어느새 조금씩 은은한 미소가 퍼지고 있었다.

인간들의 음식을 먹은 다음날부터는 우리 하라만도 전사들은 익힌 고기와 따끈한 음식만을 찾기에 바빴다. 고기를 날로 먹을 수는 있으나 형제들의 표정에는 노골적으로 익힌 음식을 찾는 표정이 나타났다.

"샤코로움이시여, 어떻게 인간들의 음식이 우리 하라만도 형제들의 음식보다 맛이 있습니까?"

세린 어머니 외 여러 명의 여자 인간들이 매일같이 음식을 가져다주길 2주일이 넘어갈 때쯤 더 이상 참지 못하고 여러 형제들이 나에게 다가와 물었다. 형제들의 눈은 왕방울만큼 커져 나를 쳐다보고 있었다. 나는 그런 그들이 기다리는 대답을 하기 위해 입을 살며시 열기 시작했다.

"불입니다, 형제들이여."

"옛? 샤코로움이시여, 당신의 무기 말씀이십니까?"

형제들은 창조신 샤코로움의 무기를 불로 생각하고 있었다. 인간들도 과거 원시 시대 때에도 불을 신성시하고 영묘시하는 성격을 가지고 있듯이 우리 하라만도 형제들 역시 불을 그렇게 여기고 있었다.

"그렇습니다, 형제들이여. 불은 나의 무기이자 모든 형제들의 무기가 될 수도 있습니다. 인간들의 음식이 우리 형제들이 날로 먹는 음식보다 맛있는 이유는 불에 익혔기 때문입니다."

과거 인간들도 불로써 음식물을 요리하고 건조, 저장할 수 있게 되어 여러 영양물을 섭취에 급격한 중대에 따라서 생활 환경도 일취월장(日就月將)하게 되었었다. 점토(粘土)를 불로 구워서 만든 토기가 발명되고 그 이상으로 높은 온도를 만들어 금속 시대를 열고 화약의 발명과 산업 혁명까지 이르게 되었다.

어차피 우리 형제들도 광산 일을 하게 되면서 불을 인위적으로 알게 되는 것보단 이렇게 음식을 통해서 자연적으로 익히는 게 더욱 괜찮을 듯싶다.

"그렇습니다, 형제들이여. 이것입니다. 자, 보십시오. Fire!"

내 앞에 놓여 있는 조그마한 풀밭에 불을 향해 손을 뻗치니 손끝에서 뻘건 기운이 나갔다. 뻘건 기운은 곧 불로 바뀌어 풀밭을 원의 형태로 타 들어갔다. 불을 보는 형제들의 눈에 또 다른 불이 생겼다.

"샤코로움이시여, 이 불이……!"

"그렇습니다, 형제들이여. 거기 놓여 있는 고기 좀 가져다 주시구려."

키가 큰 오크 형제가 한 움큼의 고기를 가져다 주었다. 나는 그것을 받고선 불을 향해 털썩 던져 넣었다. 시간이 조금씩 지나자 불에 타 들어가는 고기에선 구수한 냄새가 우리들의 코를 자극했다.

"아, 아… 이렇게……."

형제들은 말을 잊고 타 들어가는 고기를 보면서 침을 삼키고 있었다. 나는 고기가 적당히 익자 불을 끈 다음 익은 고기를 형제들 앞으로 내밀었다.

"자, 먹으시오, 형제들이여. 이것이 나의 무기이자 우리 형제들의 무기인 불로 만든 고기입니다."

"샤코로움이시여, 고맙습니다."

수십 명의 형제들이 몰려들어 커다란 고기를 뜯어 먹기 시작했다.

인간들이야 피부가 얇아서 익힌 고기에서 나오는 열기에 손도 대지 못하지만, 우리 오크 형제들의 피부는 두껍고, 특히 손은 다른 피부보다 월등히 두꺼워 약간 뜨거운 것 정도야 간단히 잡을 수 있었다. 심지어 온몸에 불이 붙어 타죽기까지는 인간들보다 8배 이상의 시간이 걸리기까지 했다.

"형제들이여, 자, 보십시오. 이 불은 우리 형제들의 무기입니다. 인간들도 이 불을 사용할 수 있습니다. 단지 그것은 시간의 문제입니다 누가 먼저 사용했느냐에 따라서 불의 주인은 결정되는 게 아닙니다. 우리 형제들이야말로 인간들보다 불에 대한 적응력이 월등히 뛰어납니다. 이것은 우리들의 무기입니다. 형제들이여! 우리들의 무기 말입니다! 크르르르."

"크르르르……."

밤이 되면 오히려 시력이 3배 이상 좋아지고 청각과 촉감 역시 좋아지니 밤을 밝게 비추는 불은 조명으로썬 우리 형제들에게 그리 필요는 없었다.

음식을 다 먹은 우리 형제들은 나무 그늘 밑에서 쉰 다음 훈련장으로 향했다. 훈련장으로 가는 것은 키호리코(오크 족의 간단한 놀이)를 하는 것같이 일상으로 여겨져 이제는 훈련장으로 향하는 것이 당연하듯이 여겨지고 있었다. 갓 성인이 된 오크 형제들은 키호리코라는 것은 몰라도 훈련장은 알고 있었다.

훈련은 단순했다. 진형 연습과 대열 정열 및 대련을 중심으로 했다. 시간이 지날수록 내리는 땀방울같이 우리 형제들의 근육과 민첩성은 날로 날로 늘어만 갔고 자유로운 우리 형제들에겐 어느새 규율이라는 게 조금씩 잡혀가기 시작했다.

하지만 전쟁터에서일 뿐이다! 자유롭게 자신만을 믿으며 전투를 하는 것보다 일정한 규율을 따르며 서로 통합적인 힘을 발휘하는 게 살아남고 승리를 하는 데 더욱더 효율적이다! 규율이란 게 자유를 억압하는 기능을 가져 늙은 전사들에겐 거부감을 느끼게 했지만, 난 그들에게 영광의 승리를 위해서라며 다독였다.

점심을 먹고, 약 6시간의 훈련이 끝나고 저녁을 먹고, 쉰 다음 자고, 이렇게 일상이 반복된 지 2개월이 지나갔다. 그동안 나는 한 달에 한 번. 총 2번 정도 광산 옆에 있는 다른 하라만도 형제의 마을에 가서 기르츠를 만나보았다.

2개월 동안 형제들은 드워프들에게 광산의 사용법과 도구의 사용법, 광산 문제점의 대응, 여러 광물을 캐는 법을 배우고 있었다.

우리 마을도 처음엔 갑자기 바뀐 환경 때문에 어수선하긴 했지만 2개월이 지난 지금은 어느 정도 안정되고 있었다. 마을 앞으론 강이 흐르고 뒤에 있는 과일 나무는 마을 장로들과의 협의 결과 반절씩 나눠 쓰기로 하였다.

나를 따르던 인간 아이들은 우리 하라만도 오크 족 마을로 매일같이 놀러 왔다. 아이들이 놀러 오기 시작한 처음 한 달 간은 마을 사람들도 아이들이 우리 마을에 오는 것을 암암리에 막았으나 이제는 아이들에게 우리가 아무런 해도 끼치지 않고, 아이들 역시 즐겁고 아쉬운 마음으로 돌아오니 막지 않게 되었다.

마을 사람들과 마찬가지로 우리 하라만도 형제들도 처음엔 인간 아이들이 오는 것을 거북해했었다. 하지만 아이들의 순수한 행동과 마음을 본 후부턴 거부감이 느껴지지 않는 모양이다.

인간 아이들과 우리 오크 족 아이들과도 자주 어울렸다. 모습이 서로 다른 것 따윈 아무렇지도 않게 생각하고 서로 순수한 아이 그 자체로 마음이 통하는지 시끄럽게 떠들며 지금도 이쪽저쪽 산으로 서로 손을 잡고 뛰어다니고 있다.

제20장
전쟁엔 살인은 없다

인간 아이들과 우리 오크 족 아이들이 손을 잡고 산으로 사라지는 광경을 눈에 담은 후 우리 형제들에게 돌아왔다. 형제들은 어제 내가 알려준 불에 고기를 익히는 방법을 써 음식을 만들고 있었다. 노릇노 릇하게 변하고 구수한 냄새가 풍기자 형제들의 얼굴엔 조금씩 미소가 피어 오르고 있었다.

"샤코로움이시여, 이 고기 좀 드셔보시죠."

막 뜯어낸 뒷다리에서 모락모락 김이 나 하늘로 오르고 있었고, 그 김에서 나는 구수한 냄새가 나의 코를 자극했다. 나는 샤아오가 주는 뒷다리를 잡고선 냄새를 음미하며 조금씩 뜯기 시작했다. 고기가 입 에서 씹히는 느낌이란 포만감과 미소를 뒤따르게 했다.

달그닥. 달그닥. 달그닥.

언덕 너머로 이제는 익숙한 수레에 실린 물건들이 수레에 부딪치고, 수레의 바퀴가 길을 달리면서 나는 마찰음이 들려왔다.

장로가 오는 건가? 무슨 일이지?

"오크여, 내가 왔네. 이번에 가져온 건 음식이 아니라 모포일세. 그대들의 모포가 너무 더러운 것 같아서 우리 마을 여자들이 스스로 모포를 짰다네. 그것이 이것이네. 어린아이의 생명을 구해주고 마을에 도적이 들지 못하도록 애쓰는 그대들에게 우리의 마음을 보여주기엔 너무 작은 물건에 불과하지만, 그런대로 쓸 만하니 받아두게."

장로를 따라온 마을 여자들도 장로가 나에게 모포를 전해주듯 여러 형제들에게 전해주기 시작했다. 형제들은 음식을 받을 때와 같은 눈빛을 띠었다.

"고맙다, 장로. 이 모포는 우……."

장로에게 고맙다는 말을 이으려는 나를 가로막은 것은 조금씩 들려오는 수십의 말발굽 소리였다. 말발굽 소리에 온 땅이 진동하는 듯했고, 노인 역시 갑자기 들려오는 소리에 소리가 나는 쪽으로 시선을 돌렸다. 오늘따라 비가 올 듯 먹구름이 잔뜩 낀 게 불안하기만 했었는데, 마침내 말발굽 소리는 예측대로 나를 불안하게 만들었다.

"오크여, 이 소리는 무엇인가? 오크, 당신의 형제들인가?"

노인은 점점 커지는 말발굽 소리에 당황하며 물었다.

"아니다. 이것은 우리들 형제들의 소리가 아니다. 우리 형제들은 말을 타지 않는다. 이것은 무슨 소리지?"

말발굽 소리는 그치지 않고 끊임없이 들려왔다. 멀리서 모래 바람을 이끌고 오는 말발굽 소리에 나는 등 뒤에 있는 도끼를 꺼내 꽉 쥐었다. 말발굽 소리는 점점 가까워졌다. 적어도 수십 마리의 말이어야만 이렇게 커다란 말발굽 소리를 낼 수가 있었다.

말발굽 소리가 가까워지면서 소리를 내는 존재들의 모습이 조금씩 조금씩 나타나기 시작했다. 태양 빛에 반사되는 회색 빛깔의 갑옷, 피가 뚝뚝 떨어지는 기다란 검, 핏빛이 선 뻘건 눈동자, 피가 군데군데 묻어 있는 투구, 넓적한 방패며 무겁게만 생긴 철갑들.

피에 찌든 회색 갑옷을 입은 수십 명의 기사들이 말을 타고 우리 쪽으로 다가오고 있었고, 그 뒤를 따르는 수백의 병사들이 기합을 맞춰 소리를 내지르며 행군하고 있었다.

'독수리가 검을 들고 날아가는 문장' 이 그려져 있는 붉고 파란 수십 기의 깃발들이 바람에 펄럭였고 모래는 미친 듯 보병들 사이를 휘젓고 있었다.

"이런. 인간 기사단이다! 왜 이곳에 온 거지?"

"샤코로움이시여, 어떻게 할까요? 우선 우리 하라만도 전사들을 모으겠습니다."

"그러시오, 샤아오여."

샤아오는 내 대답이 끝난 즉시 마을로 뛰어 들어가 전사들을 소집하기 위해 소리를 질러댔지만, 옆의 장로는 아무 문제 없다는 듯 평온한 표정으로 나를 바라보았다.

"오크여, 저것은 우리 크리샨 국의 성기사단이오. 이제야 오는가 보군. 저번에 우리의 아들들을 전쟁터에 방패막이로 내몰고 도망친 기사들이오. 왜 이렇게 늦게 온 거지? 전쟁이 끝난 지 2개월이 넘어가는데."

"장로, 저것이 크리샨 국의 기사단인진 알고 있소. 하지만 저들은 이미 당신들을 버리고 도망쳤소. 파스리오 국의 단테스가 이끄는 강력한 군대가 두려워서 말이오. 왜 저들이 이곳에 온 것인지는 두고 보면 알 것이오."

난 어렴풋이 기사단이 오는 이유를 알 수 있었다. 어디선가 이 땅에 소유자가 없다는 소문을 듣고 왕이라는 작자가 다른 영주를 내려보낸 거겠지.

하지만 나의 생각과는 달리 기사단의 모습이 가까워질수록 그들은 오크인 우리들을 보고도 놀라지 않고 더욱더 검을 빳빳이 세웠다. 창을 든 기사는 창의 끝을 우리의 심장을 겨냥하고 말을 타지 않은 보병들은 지금이라도 우리에게 달려들 준비가 되어 있었다.

기사들은 우리를 향해 달려들지 않고 느긋하게 조금씩 조금씩 걸어오고 있었다. 보병들의 힘을 아끼고 말에게 피로를 주지 않기 위해서라지만 그들의 그런 느긋한 행동은 우리 오크와 기사단의 만남으로썬 어울리지 않는 것이었다.

"나는 크리샨 국의 제3기사단장 페르만이다! 레프센 시의 장로는 거기 있는가?"

이 수백의 군대를 이끄는 총기사단장 페르만이 앞으로 나서면서 말했다. 장로는 흰 수염을 한번 쓰다듬고서는 천천히 앞으로 나갔다.

"내가 이 레프센 시의 장로요. 페르만 단장이라고 하셨소? 이 늙은 이를 왜 찾는 거요? 그대들은 우리를 버리고 떠났지 않소? 왜 이제서야 온 거요."

장로의 말이 끝날 때쯤 샤아오는 마을에 있는 전사들을 모두 모아 이곳으로 데리고 왔다. 페르만 단장은 갑자기 모인 우리 전사들을 보고 눈이 커졌지만 전혀 동요하지 않고 느긋하기만 하였다.

우리 전사단들은 두 달 만에 인간 기사단이 보이자 모두 크르르 웃으며 지켜보고만 있었다. 이 두 달 간 우리 형제들도 충분히 쉬어서 이제는 몸이 뻐근할 정도인지라 형제들은 전투를 하고 싶은지 도끼의 날을 쓰다듬고 있었다. 수백의 인간 군대와 우리 하라만도 전사단의 사이를 갈라놓는 건 커다란 하나의 고목 나무였다. 고목 나무의 푸른 잎이 바람에 흔들리며 우리들을 바라보고 있었다.

"장로, 그대 레프센 시의 마을 사람들은 모두 제3차 가이프 전쟁을 틈타 이단을 꾀했다. 적국 파스리오의 파스틴을 믿고 따랐으며, 우리 주 크리오틴님에게 등을 돌렸다. 우리 성기사단은 너의 마을 사람들을 이단 심판할 것이다. 그리고 이곳은 새로 오실 페스만! 나의 형님이 이곳의 영주가 되실 것이다. 그럼 장로, 마을 사람을 전부 불러모아 모두 순순히 이단 심판을 받아라!"

기사단장의 말을 묵묵히 듣고 있던 장로는 어이가 없는지 아무 말도 못하고 기사단장의 얼굴만 쳐다보고 있었다. 내가 생각해도 저 크리샨 국의 성기사단은 정말 기가 막힌 기사단이었다. 전세가 불리하자 마을 남자들을 방패막이로 내세우고 자기들은 도망을 쳐놓고 이제 와서 자신의 형님을 영주로 만들기 위해 이 마을 사람들을 이단으로 몰아넣다니! 하긴, 인간이란 원래 저런 존재인 것이다.

"페르만이라고 했는가? 왜 우리 마을 사람들이 이단인가! 우리 마을 남자들은 크리오틴님의 영광을 위해 죽었고, 우리 또한 마을이 살아남기까지 크리오틴님의 이름을 불렀다! 그런 우리가 왜 이단인가?"

장로의 평온한 얼굴도 어느새 분노를 이기지 못하고 상기되어 있었다.

"훗, 증거를 말하는가? 우선 첫 번째 증거는 마을이 온전하다는 것이다. 적 파스리오의 군대가 이곳을 접수했다고 들었는데 그들이 너희들에게 피해를 주지 않았다! 왜 피해를 주지 않았는가? 그것을 어떻게 설명할 텐가? 두 번째 증거는 너희들 옆에 있는 오크들이다. 오크들은 더럽고 추한 이단자들이 믿는 파스틴이란 놈의 자식들이다. 추한 오크들! 파스틴의 자식들과 더불어 살아가는 너희들을 뭐라 부를 텐가! 이단자가 아니란 말인가?"

페르만이란 기사단장의 말은 가면 갈수록 오류와 모순을 담고 있었다. 장로는 기사단장의 말에 반박을 했지만 페르만은 자신만의 생각을 앞세우며 장로의 언행을 비난하고 짓밟았다.

"페르만! 그만 해라! 너는 왜 도망쳤으면서 이제 와서 돌아온 거냐?"

나도 더 이상 장로와 기사단장의 말싸움이 끝나도록 기다리지 못했다.

"헉! 오, 오크가 말을……."

기사단장은 여느 인간들처럼 내가 인간 말을 하는 것을 보고 놀라며 뒷걸음쳤다. 애꿎은 기사단장의 말은 뒷걸음치다가 커다란 돌부리에 걸려 넘어질 뻔했다. 기사단장 뒤에 있는 수백의 군대에선 조용함을 잊어버리고 웅성거리기 시작했다.

"그렇다. 인간! 나는 너희들 인간어를 할 줄 알고, 너희들의 생각을 알고 있다. 너는 너희 형을 이곳의 영주로 만들기 위해 마을 사람을 전부 이단으로 몰아 죽이려고 하는 것이지?!"

"오, 오크! 우선 우리들 언어를 할 수 있는 것을 칭찬하마! 하지만 이 마을 사람들은 전부 이단이다! 너 역시 추악한 몬스터이고!"

더 이상은 말을 해봤자 입만 아프겠어. 하지만 인간 기사들과 이곳에서 1:1식으로 전투를 벌인다면 많은 피해를 입을 게 뻔하다. 이렇게 하는 수밖에 없겠어.

나는 계획대로 페르만이라는 기사단장을 향해 달려갔다. 바람을 가르며 힘차게 내딛는 나의 다리에선 투지가 끓어올랐고 두 손에 꽉 쥔 도끼는 나의 심정을 아는 듯 굳건하게 기사단장을 바라보고 있었다.

내가 갑자기 기사단장에게 달려드니 순식간에 일어나서 그런지 기사단장은 어이가 없는 듯 '아! 아!' 하며 중얼거리기만 하고 나를 멀뚱히 보고만 있었다. 얼굴과 목을 감싸는 투구와 갑옷의 중간 지점에 기사단장의 구릿빛 피부가 드러났다. 이전 전투에서 나는 인간의 목을 한 번에 벨 수가 없었다. 그래서 나는 그 이유를 완력 부족으로 생각하고 훈련을 할 때 완력에 힘을 쏟았었다.

나의 오른손에 들려 있던 핸드 엑스가 하늘 높게 치솟자 그제야 기사단장은 엉거주춤 자신의 칼을 빼 들려는 시늉을 했다. 하늘 높이 치솟은 도끼를 기사단장의 목을 향해 내려쳐지는 동안 주위에서는 정적이 흘렀다.

툭!

정적을 깨뜨린 건 거만하게 허리를 꼿꼿이 세우고 말에 타고 있던 기사단장의 몸에서 떨어진 머리가 낸 소리였다. 잘려진 기사단장의 목에서 분수처럼 뻘건 피가 주위로 뿌려졌고, 장로며 인간 기사들과 병사들은 이 현장을 가만히 보고만 있었다. 아무 소리도 내지 않은 채. 심지어는 바람 소리는 물론 숨소리조차 나지 않았다.

데구르르.

소리라곤 기사단장의 몸에서 떨어져 나간 목이 어디론가 굴러가는 소리뿐이었다. 밑으로 굴러가던 얼굴은 피를 뿜으며 지나간 행적을 남겼고 이내 커다란 돌에 막혀 더 이상 나아가지 못하고 돌에만 뻘건 피를 뿌려댔다.

기사단장의 따뜻한 피가 나의 얼굴과 몸을 덮으면서 이전에 느꼈던 야릇함이 나의 몸을 뒤덮었다. 바위 앞에 있는 기사단장의 얼굴에 달려가 짓밟아 버리고 싶은 충동이 들어 몸을 그쪽으로 향했다가 멈춰섰다.

정신 차려, 하크! 이건 추악한 인간의 피일 뿐이다. 더러운 피라고! 더러운 얼굴이다. 얼굴을 짓밟다니? 그런 잔인한 생각을! 제길. 내가 이런 잔인한 생각을 하다니!

나의 입에서 떠오르려는 미소를 억지로 막은 채 조용하기만 한 이곳에 커다랗게 소리를 내질렀다. 모두들 이 상황을 가만히 지켜보고 있으면서도 아무 소리도 내지 않았다. 모두들 시간이 멈춘 것처럼 손가락 하나 움직이지 않았고 눈만 껌벅껌벅하면서 기사단장의 몸에서 뿜어져 나오는 피만 바라보고 있었다.

"High Fire Arrow."

머리 위로 커다란 불의 화살이 20개가 생겼고 나는 그것을 인간 기사들과 보병들의 중심 부분에 흩어 던졌다. 기사들은 자신의 검으로 나의 마법을 막았지만 보병들은 막지 못하고 심장과 얼굴이 뚫려 타 죽은 채 쓰러지게 되었다.

기사단장이 죽고 갑자기 자신들이 공격당하자, 우두머리가 없어 통솔되지 못하는 군대는 우왕좌왕하며 오합지졸로 변하였다.

"으아아아아~!"

"뭐야!!"

"단장님은… 단장님은……."

"저… 불화살은?"

불의 화살이 펑! 터지는 소리와 고함을 내지르는 인간 병사들과 기사들의 음성 덕분에 귀를 막을 정도로 시끄러워졌다. 좀 전까지만 해도 조용하기만 했던 이 장소는 쉴 새 없이 가동되는 중공업 공장보다도, 침이 마를세도 없이 떠들어대는 여편네의 수다 소리보다도 더 시끄러워졌다.

지금은 분산하지만 곧 이들은 정신을 차리고 우리에게 쳐들어올 거야. 우리보다 병력이 많은 건 사실이기에 이곳에서 후퇴를 해 유리한 지형으로 가야겠어. 저쪽 산이 좋겠군.

"형제들이여, 저쪽 산의 정상에서 나를 기다리시오. 곧 내가 그리 가겠소. 영광의 승리가 저쪽 산에서 기다리고 있소."

인간들이 듣지 못하도록 오크 족 언어로 말을 하였다.

"샤코로움이시여, 왜 저쪽 산으로 갑니까? 여기서 샤코로움, 당신처럼 인간들의 목을 이 내 주먹으로 쳐버리면 안 되겠습니까?"

묵묵히 내 옆에서 주먹을 불끈 쥐고 있던 샤아오는 목이 베어져 쓰레기처럼 땅에 버려진 기사단장 페르만의 시체를 바라보고 있었다.

"샤아오여, 시간이 없소. 우선 저 산의 절벽을 조심하면서 정상에 오르도록 하시오. 모두 영광의 승리를 위해서요."

"영광의 승리를 위해서… 예, 샤코로움이시여."

왠지 샤아오의 말에 힘이 들어가 있지 않은 느낌이었다. 하지만 그런 것을 따질 때가 아니었다. 저 군대가 다시 원상 복귀되기 전까지 우리 형제들은 산의 정상에 올라가 유리한 위치에 서 있어야 한다.

"어서 가시오, 샤아오여. 장로는 어서 마을로 돌아가서 우리 형제들이 가는 쪽으로 따라가시오! High Fire Arrow!"

인간 군대를 향해 달려드는 나의 뒤로 샤아오의 외침 소리가 들려왔다. 곧 하라만도 전사들은 철갑 전사를 중심으로 내가 가리킨 산 쪽으로 움직이기 시작했다. 몇몇은 그 자리에서 머뭇거리기도 했지만 커다란 샤아오의 소리에 멀어져 가는 형제들을 따라가고 있었다.

인간 군대에 또다시 20개의 불화살을 날리자 군대의 앞부분은 더욱 더 소란스러워져 덕분에 뒷부분까지 오합지졸로 변해 이곳은 난장판 으로 탈바꿈되었다.

인간 기사들을 덮치는 것은 상당히 힘들 것 같다. 그보다 보병을 덮 쳐 이 혼란함을 더욱더 혼란하게 만들어야겠다. 인간 기사들이 오면 그때그때 빠지면 되겠지.

"Fast Step and High Fire Force."

한꺼번에 두 개의 마법을 운영한 덕분인지 잠시 몸이 흔들거리긴 했지만 4클레스가 된 지금은 이전처럼 3클레스 이하의 두 개의 마법 을 운용했다 해서 머리가 어지럽다거나 몽롱해지지는 않았다.

파란빛이 나의 다리를 감싸고 뻘건 불이 도끼에서 타올랐다. 주위 는 보병들의 소리로 가득 차 시끄러워 죽을 지경이다. 도망가면서 고 함을 질러대는 병사들하며, 병사들을 통솔하느라 바쁜 기사들. 그들 이 내지르는 소리에 이 장소는 온통 소음으로 가득 찼다. 기사단장이 나의 목에 베일 당시의 정적과는 완전 비교도 할 수 없었다.

몇몇의 기사가 불의 화살을 막고 달려들긴 했지만 나는 기사들의 검을 피하고 Fast Step을 이용해 보병 속으로 들어갔다. 말을 타고 있 던 기사들은 사람이 많은 쪽을 헤치고 들어가는 나를 쫓아올 수 없었 고, 말을 타고 있지 않은 기사들 역시 마법을 이용해 재빨라진 나의 몸을 뒤쫓을 수 없었다.

"이 오크의 도끼에서 나오는 불은 뭐야?"

수백의 보병들 사이로 들어가니 처음에 보병들은 나를 보고 칼 짓이며 발길질을 해댔지만 나의 도끼에서 뿜어져 나오는 불 때문에 모두 도망치기에 바빴다.

"으아악~! 뜨거워! 누가 좀 도와줘!"

나의 도끼에 허리가 약간 스친 인간 기사의 몸은 도끼에서 뿜어져 나오는 불에 뒤덮였다. 주위에 있던 병사들은 머리끝부터 발끝까지 불이 붙은 몸으로 고통의 비명 소리를 내지르며 주위를 뛰어다니는 병사를 피했다. 불에 뒤덮인 병사는 단백질 타는 썩은 달걀 냄새를 풍기면서 잠시 후, 형태도 알 수 없을 정도로 타버려 땅으로 쓰러졌다. 병사의 몸에선 하얀 연기만 모락모락 피어 올랐다.

아무것도 보이지 않았다. 오로지 돌아다니는 단백질 덩어리들과 철제 병기들만이 존재했다. 나는 몸에 익을 대로 익어버린 도끼질을 반복적으로 행했다. 나를 향해 단백질 덩어리가 날아 들어오면 그 단백질 덩어리의 생명을 맡고 있는 목이나 심장을 향해 도끼로 찍고 베어 들어갔다.

도끼가 단백질 덩어리를 베어버릴 때면 뜨끈한 빨간 액체가 나의 몸을 뒤덮었고, 비리지만 왠지 익숙한 냄새가 나를 자극했다. 심장 박동은 더욱더 빨라져 이제는 아예 가슴을 찢어버리고 나올 것만 같았다. 체온도 불처럼 뜨거워져 화끈화끈해 땀까지 흘러내렸지만 이런 건 단백질 덩어리를 베는 쾌감에 비할 바가 되지 못했다. 단백질 덩어리를 벨 때 도끼날이 푹 박히는 감촉과 이어서 나의 손을 타고 흘러내리는 따뜻한 액체의 느낌을 그 무엇으로 설명할 텐가?

허연 단백질 덩어리들이 뿌리는 피와 타오르는 단백질의 고통 소리가 나의 주위를 휘감았다. 생명 보존의 본능으로 나를 공격하려던 단

백질들은 나의 도끼에서 뿜어져 나오는 불의 힘에 겁을 먹고 도망치
거나 잡아먹혀 생명을 잃어갔다. 왜 더 이상 단백질들이 보이지 않지?
더 공격하란 말이야! 으아!

정신을 차리고 주위를 둘러보았을 땐 약 10명 남짓한 병사들은 목
과 가슴이 베어져 여러 혈관들과 피들이 뿌려져 있기에 나의 주위에
밟혀 죽은 쥐같이 버려져 있었고, 20명 남짓한 병사들은 새까맣게 타
버려 노린 냄새만 풍겼다.

나를 중심으로 5m 안에는 쓰러진 30구 이상의 시체들로 가득했고,
그 시체들이 이루는 경계선 밖으론 어느새 몰려든, 회색 갑옷을 입은
인간 기사들이 나를 향해 경멸의 시선을 보내고 있었다. 나는 시체들
을 보면서 속으로 나의 생각을 되씹고 또 씹었다.

전쟁엔 살인은 없다!

"오, 오크가 왜 저렇게 강하지? 벌써 몇 명이 죽은 거야! 제기랄! 그
리고 저 오크의 도끼에서 나오는 불은 또 뭐야! 제길. 마법은 아닐 거
야. 어떻게 오크 따위가 마법을 쓸 수가 있겠냐! 그렇지 않는가?!"

크리샨의 문장이 커다랗게 그려져 있는 회색 갑옷을 입은 기사가
말했다.

"맞습니다, 부단장님! 그런데 어떻게 해야 할까요? 가까이 다가갔
다간 또 저 불이 우리를 덮칠 것입니다."

"제1기사들은 모두 앞으로 나서 저 오크를 포위해라. 이런 멍청한
것들! 병사들은 뭣 하는가! 모두 뒤로 빠지지 않고! 그리고 모두 천천
히 오크를 공격해 나가는 거다. 그럼 저 오크도 어쩌지 못하겠지. 모
두 우리 주 크리오틴님이 우리를 지켜보고 있다는 것을 잊지 마라. 그
런데 제기랄… 저 자식, 오크가 맞는 건가! 오크 한 마리 때문

에……!"

나를 포위하겠다고? 제길. 저렇게 20명이 넘는 기사들을 어떻게 상대하란 말인가? Extra의 힘을 써? 그것만 쓰고 전투를 끝낼 셈인가? 이번에 저들을 완벽히 물리치지 못하면 곧 쳐들어오고 말 것이다. 인간의 소유욕이 얼마나 강한지… 죽음도 잊어버릴 정도지.

훗! 다가오려면 다가와라! 나는 Jump 마법을 쓰면 되니까.

"제1기사들은 모두 앞으로 전진해라! 저 오크의 도끼에서 나오는 불 따위에 겁먹지 마라! 단지 눈속임에 불과하다!"

"하지만 부단장님, 우리 병사들의 시체는 어떻게 합니까? 시체 때문에 앞으로 나갈 수가 없습니다."

"시체 따위는 모두 치우면 될 게 아니냐! 이렇게 말이다!"

부단장이란 인간은 가슴이 베어져 뼈와 심장을 드러낸 채 죽어 있는 병사의 시체를 발로 걷어찼다. 애꿎은 시체는 부단장의 발길질에 옆으로 굴러갔다. 복부를 맞은 시체의 입에서 퀴퀴한 냄새와 함께 오물들과 피들이 흘러나왔으나 부단장은 시체에 발길질하기에 바빴다. 부단장이 몇 번 발길질을 해대자 가슴이 베인 시체는 산의 비탈을 타고 옆으로 굴러굴러 커다란 나무에 처박혔다.

"부단장님, 하지만……."

"부단장! 부단장 하지 마라! 단장이 죽은 이상 나는 이곳의 단장이다! 모두들 내가 말한 대로 시체를 옆으로 굴리면서 오크를 포위해라!"

나는 시체를 굴리는 부단장의 행위에 눈살을 찌푸렸다. 굴러가면서 흘러내리는 피와 오물 때문이 아니었다. 같은 동족의 시체를 아무 망설임 없이 걷어차는 부단장의 행위가 눈에 거슬린 것이다.

어떤 기사는 조심스레 손으로 시체를 굴리는가 하면 어떤 기사는 부단장보다 더 심하게 시체를 발로 차면서 나를 점점 포위해 들어왔다. 시체들은 산비탈을 타고 굴러가 나무에 처박히거나 강물에 빠져 힘없이 둥둥 떠 밑으로 밑으로 내려갔다.

2m 전방으로 8명의 기사가 나를 둘러싸고 그 뒤로 많은 기사들이 빽빽이 둘러싸 나를 노려보고 있을 때, 나는 준비해 놓은 Jump 마법을 운용하기로 했다.

"High Jump!"

시원한 바람이 나의 폐 속으로 한껏 들어왔다. 용수철을 튕긴 것처럼 하늘 높이 치솟았다. 인간 기사들은 갑자기 뛰어오른 나를 쳐다보기 위해 고개를 한껏 위로 쳐들었고, 나는 곧 인간 기사들의 등 뒤로 떨어져 내렸다.

제21장

세이문 전투

비가 내릴 것처럼 먹구름이 잔뜩 끼어 한 점 햇빛도 들어오지 않아 낮임에도 불구하고 저녁이 된 것처럼 주위는 어둑어둑해졌다. 우리 형제들이 후퇴를 한 산에서는 먹구름이 걷혀 밝은 햇빛이 산을 감싸듯 내려오고 있었다.

"뭐야? 오크가 뒤로 날아가다니! 이런 멍청한 새끼들! 오크를 잡지 않고 뭣 하나!?"

부단장은 격한 음성을 내뱉고는 머뭇거리는 부하의 옆구리를 발로 찼다. 그러자 부하 기사는 그대로 쓰레기통에 처박혀 찌그러진 깡통처럼 묵묵히 옆으로 쓰러졌다.

멍청한 부하 기사 놈! 그렇게 맞으면서 가만히 있냐?

"어서 말을 타라! 저 오크 놈을 잡아라!"

나의 Fast Step으로 빨라진 발걸음을 인간 기사들은 쫓지 못했다.

말을 타고 나의 뒤를 쫓을 때도 이전보다 마나가 늘어났기에 나를 따라잡지 못하고 거리는 점점 멀어졌다.

기사들이 조그마한 점으로 보일 때쯤 산과 마을의 중간쯤에 마을 아이들이 '커가는 나무 동산' 이라 부르는 조그마한 언덕이 나타났다. 마을 아이들과 이 동산에 있는 커다란 고목 나무 위에서 잠을 자기도 하고 고목 나무에 그네를 만들어 매달아 같이 놀기도 하였었다.

말발굽 소리가 커지면 커질수록 뿌연 먼지 덩어리들은 더욱더 날뛰었다. 기사들은 함성을 지르며 나를 쫓기 위에 언덕을 오르는 중이었다. 산에서 시간을 벌기 위해선 이곳에서 거리를 벌려놔야 해. 이 언덕이 산을 잇는 유일한 관문이나 마찬가지이니 이곳만 막으면 되겠군. 마침 4클레스의 Fire Wall 좀 시험해 보려 했는데 딱 안성맞춤이야.

4클레스의 마법을 운용하려 온몸의 기를 불의 기운으로 바꿨다. Extra의 경험으로 어느 정도 익숙해진 뜨거운 불의 기운이었지만, 그 열기는 무시할 수 없을 정도였다. 인간 기사들은 모습이 점에서 점점 형태가 뚜렷해지면서 점점 다가오고 있었다. 어느새 언덕의 중간까지 올라와 나를 향해 소리를 내지르고 있었다.

Fire Wall의 마법 운용이 완전히 끝나자 나는 적당한 자리에 주저앉았다. 기사들은 개미 떼처럼 열심히 나를 향해 올라오고 있었다.

"Fire Wall."

낮은 톤의 굵은 목소리가 나의 입에서 바람에 흩날리듯 흘러나왔다. 손에 모아져 있던 불의 기운이 내가 원하는 장소로 뻗어 나갔다. 곧 모든 것을 태우고 하늘을 파괴시켜 버릴 것같이 엄청난 높이의 불의 벽이 활활 타오르며 열기를 내뿜었다.

하지만 그 열기는 나에겐 오래된 친구처럼 친근하게 느껴졌고, 이
번엔 주위의 풀들과 나무 등에는 전혀 피해를 주지 않았다. 오로지 신
에 대항하듯 하늘 높이 뻗어 오르며 타오르는 불의 벽은 동산의 중간
지점을 거대한 하늘의 문을 지키는 문지기처럼 든든하게 서서 기사들
을 향해 위협을 가하고 있을 뿐이었다.

기사들은 갑자기 생긴 커다란 불의 장벽에서 나오는 열기에 손으로
얼굴을 가리면서 물러서기 시작했다. 불의 장벽은 주위의 것들을 태
우지 않고 나의 신념에 의해 나의 적이라 생각하는 저 기사단들을 향
해서만 뜨거운 열기를 방출했다. 그들이 가까이 오면 올수록 불은 더
욱더 크게 타올라 그들을 덮칠 듯했다.

한 용감한 기사가 불의 장벽에서 내뿜는 열기를 무시하고 강인함을
보여준다는 듯이 꾸역꾸역 올라오고 있었다. '기사를 저지하라' 라는
생각을 하자 불의 장벽은 나와 일심동체가 되어 기사를 향해 불을 내
뿜었다.

커다란 빨간 파도가 밀려오듯이 기사를 향해 덮친 불에 의해 기사
는 비명 소리만을 남기고서 새까맣게 타 재가 되어 불어온 바람에 의
해 공중으로 사라졌다. 가까이 갈수록 커지는 불의 장벽 때문이기도
하겠지만 한 명의 기사가 불의 장벽에 의해 희생당하자 기사들은 이
언덕을 넘을 생각을 전혀 못하는지 언덕 밑 강가로 내려가 타오르는
불의 장벽을 쳐다만 보고 있었다.

기사 부단장이 뭐라고 크게 외치고 있긴 했지만 그 외치는 열정만
큼 몸을 움직이진 않고 있었다. 나는 언덕에 발을 올려놓지 못하는 기
사들을 보면서 핏! 하고 비웃음을 날려주고서는 우리 형제들이 후퇴
한 산으로 향했다.

커다란 나무 수십 개를 얼마나 지나쳤는지 기억조차 나지 않는다. 나를 따라오는 건 먹구름이 조금씩 걷힌 사이로 보이는 동그란 태양뿐이었다.

Fast Step 덕분에 달린 지 채 한 시간도 되지 않아 먹구름이 걷혀 환한 햇빛이 내리쬐는 산에 도착할 수가 있었다. 먹구름이 걷히지 않은 저쪽 언덕은 Fire Wall이 어둠을 헤치며 빛을 내고 있어 그 열기가 상당히 떨어진 이곳까지 느껴지는 듯했다.

Fire Wall이 지속되는 동안 나의 몸에 축적되어 있는 마나가 조금씩 조금씩 빠져나가고 있었다. 산의 정상이 머지않았다. 어서 가자!

빠른 나의 발걸음에 걷어차인 작은 돌멩이들은 투두둑거리는 소리와 함께 아래로 굴러갔고, 나를 막는 나무며 커다란 잡초들은 도끼에 의해 쓰러졌다.

"샤코로움이 오셨다!"

철조망처럼 빽빽이 나를 막고 있던 커다란 잡초를 헤치고 얼굴을 내밀자 많은 형제들이 나를 보고 주위의 형제들에게 내가 왔음을 알렸다.

"형제들이여, 내가 왔소. 모두들 이곳에 모였습니까?"

"예, 샤코로움이시여! 그런데 저기 불은… 무엇입니까?"

형제들 사이를 비집고 나온 샤아오가 말했다. 샤아오는 멀리서 타오르는 나의 Fire Wall을 보면서 물었다. 주위를 둘러보니 다른 형제들 역시 언덕에서 하늘 높이 치솟는 불의 장벽을 보면서 그리 밝지 않은 표정을 짓고 있었다.

"제 힘입니다, 형제들이여. 모두들 얼굴을 펴시오. 추악한 인간 기사들에게 나의 힘을 보여주고 왔소."

"과연 샤코로움이십니다. 샤코로움… 샤코로움……."

형제들에게 절을 받는 것도 우월감에 기분이 좋기는 했지만 지금은 절을 받을 상황이 아니었다. 저 Fire Wall 때문에 많은 양의 마나가 나의 몸에서 빠져나가고 있었다.

어서 최소의 희생으로 최대의 전과를 이룩할 계책을 세우고 저 Fire Wall의 운용을 취소시켜야 하는데…….

산의 동쪽 끝에는 떨어지면 곧바로 죽음인 절벽이 있었다. 마을 사람들도 이 절벽에서 떨어져 많이들 죽었기 때문이다. 또한 이 절벽은 '세이몬의 절벽' 이라고도 불리고 있었다.

그 이름의 유래는 세이몬이라는 왕자가 형제를 떨어뜨려 죽인 데서부터 시작되었다. 세이몬은 제1차 왕자의 난에서 여러 형제들을 죽이고 왕의 자리를 차지한 왕자였는데, 형제들을 모함, 시기하고 마지막에 이르러서는 하나씩 하나씩 죽이기 시작했는데 마지막 6번째 왕자는 절벽 밑에 있는 가시넝쿨로 떨어뜨려 죽였다. 적어도 마을 아이가 가져다 준 '페리넨 대륙의 역사' 라는 조그마한 동화책 형식의 어린이용 책에는 그렇게 쓰여 있었다.

한데 이 세이몬의 절벽은 무언가의 힘. 즉, 귀신이나 알 수 없는 제3의 존재에게 끌어당겨지는 게 아니라 절벽의 지형상 그렇게 느껴지는 것이었다. 동쪽에 절벽이 존재하는데 서쪽부터 약간씩 시작한 경사면이 좁아지고 점점 급격해짐에 따라 이곳에 장난으로 발을 들여놓았다가는 '세상이여, 안녕' 하면서 손을 흔들며 이 세상을 하직해야 할 것이다.

기사들이여, 이 세이몬의 절벽에서 모두 '세상이여, 안녕' 을 말하게 만들어주겠다.

절벽을 보자 인간 기사들을 완전히 박살낼 수 있을 듯한 묘책이 떠올랐다. 떨어지면 목이 꺾이고 뇌가 부서져 도저히 생명을 연장할 수 없는 높이의 절벽. 인간들이 조금만 신경을 쓴다면 나의 계략에 넘어가지 않을 테지만 인간들은 오크들을 너무 우습게 본다. 방심은 금물이라는 말은 잊지 않았겠지?

번뜩이는 묘책을 다시 한 번 머리 속에서 정리했다. 이것저것 뒤섞여 복잡스럽기만 한 정신을 정리하기 위해서 몇 번 정도 신선한 공기를 한껏 들이켰다. 가슴에 구멍이 나고 십이지장, 간, 심장 등 여러 장기들조차 공기의 신선함에 밀려 씻겨 나가는 것 같았다.

신선함이 나의 몸을 소독해 주고 있긴 했지만 내가 인간 부대를 혼란하게 하기 위해 30여 명의 인간들을 죽인 것이 계속 뇌리에서 떠나지 않았다. 눈알이 없어져 고통의 눈물을 흘리며 죽어가던 인간, 두근두근거리는 자신의 심장을 직접 눈으로 보면서 죽어야만 했던 인간, 불에게 잡아먹혀 비명을 질러대던 인간의 시체가 나의 주위에 너저분하게 널려 있었다.

제길… 아무렇지 않다. 그깟 인간쯤이야. 이곳은 전쟁터. 전쟁엔 살인은 없다. 물론 인간이 적이긴 하지만 인간을 죽인 게 꺼림칙하다면 난 단백질 덩어리를 벤 것뿐이라고 생각하면 된다. 그러니 인간을 죽인 것 때문에 꺼림칙할 필요는 없다… 없다… 없다…….

이번에 나에게 달려드는 단백질들은 불쌍하게 죽은 자신의 동족 시체를 아무 감정도 없이 발로 걸어차던 놈들이다. 그런 놈들 따위야 많이 죽어도 상관없다. 하지만… 하지만 그런 단백질들의 발에 차인 시체들은 내가 만들었지 않은가? 불로 지지고, 심장을 후비고, 목을 잘라 버리고… 그것은 모두 내가 했던 짓이다. 제기랄! 전쟁엔 살인은 없다. 추악한 인간 따위를 죽이면 나는 이 사회에 더욱더 헌신을 하는 게 아닌가. 추악한 존재를 없앰으로써 평화스런 사회를 만들기 위해 노력한다! 얼마나 가상한가!

"크르르르……."

쾅!

힘차게 찍어버린 나무에선 흰 나무의 피가 흘러내리면서 옆으로 쓰러졌다.

"샤코로움이시여, 갑자기 왜?!"

"아니오, 아니오. …그럼 모두 나를 따라오시오."

나는 계획을 그대로 실행하기 위해 철갑 보병들을 이끌고 산 정상과 중턱 사이로 내려갔다. 중턱에는 정상에서 보던 대로 동쪽 절벽 옆에서 100미터 앞 정도에 우리 형제들이 숨고도 남을 정도로 커다란 수풀림이 형성되어 있었다.

짙은 초록색 빛깔의 넓은 수풀림 안에선 작은 벌레와 곤충들이 끼륵끼륵 하며 조그맣게 울음소리를 내고 있었다. 내가 수풀 속으로 들어가 발로 몇 번 휘저으니 작은 벌레 몇 마리가 나의 발길질을 피해 하늘 높이 날아 도망쳤다.

갑자기 등이 간지러웠다. 딱딱한 느낌의 작은 감촉들이 등 곳곳에서 느껴졌다. 나의 등에 딱 달라붙은 여러 벌레들을 떼어놓고서 수풀 속에서 빠져나와 형제들의 앞에 섰다.

"형제들이여, 모두 이곳에 매복해 있으시오. 나의 신호를 기다렸다가 신호가 나오면 바로 이쪽으로 인간들을 밀어 나가시오."

세이몬의 절벽이 있는 동쪽을 향해 손가락질을 하며 말했다.

"아! 그리고 형제들이여, 정상에서 보았겠지만 이쪽 끝으론 아주 높은 절벽이 있소. 하지만 곧 절벽은 보이지 않을 것이오. 내가 '그만 하시오!' 라고 할 때까지 인간들을 밀어붙이시오. 그리고 '그만 하시오' 라는 말을 끝내고 나면 절대 더 이상 앞으로 나가지 마시오. 알겠소, 형제들이여?"

"옛! 샤코로움이시여!"

든든하기만 한 나의 형제들의 커다란 목소리가 산의 이곳저곳을 울렸다. 반대 편 산에서도 대답을 해주듯 형제들의 목소리는 메아리쳐 다시 돌아왔다.

"우선 형제들이여, 모두 수풀 속에서 매복해 있으시오. 그럼 난 잠시 후에 돌아오겠소."

차가운 흙의 감촉을 느끼면서 동쪽으로 걸어갔다. 어느새 조금씩 어둑어둑해진 주위에서 들려오는 여러 동물들의 소리에 나 역시 크르르 하고 작게 웃으면서 나아갔다. Fire Wall 때문에 조금씩 조금씩 빠져나가는 마나가 숲 속의 기운에 의해 약간씩 보충되기는 했지만 미약한 양에 불과했다.

제길. 4클레스에 익숙해졌다고 생각했었는데 그게 아닌가 보군. 어느 정도 동쪽으로 걷다 보니 더 이상 땅은 보이지 않고 광활한 푸른 하늘과 넓은 들판과 푸른 숲들, 타오르는 나의 Fire Wall과 아담한 마을의 모습이 보였다.

세이몬의 절벽. 혼이 잡아당기다시피 한다는 이 절벽의 경사면이 시작되는 곳은 바로 내가 서 있는 위치에서 한 발자국 앞이다.

경사면이 계속 형성되어 있어 밑이 보이지 않지만 더 이상 길이 없고 뻥 뚫려 하늘이 보이는 까닭에 이쯤 오면 누구나 이곳이 절벽이라는 것을 알 수가 있을 것이다. 그렇지만 이곳에서부터 한 발자국만 더

걸어나간다면 세이몬의 절벽이라 불리는 이유, 무언가의 힘 때문에
절벽에 떨어져 죽을 것이다.

커다란 판자에 '조심!' 이라는 글자가 써져 박혀 있는 표지판이 있
긴 했지만 그것은 나에게 뽑혀 어느새 절벽 밑으로 떨어지고 있는 중
이다.

눈을 살포시 감고서는 Fire Wall이 아닌 3클레스의 다른 마법의 공
식을 떠올렸다. 3클레스의 마법이긴 했지만 운용 중인 마법보다 1클
레스 이상이 높아 High라는 수식어를 씀으로 그 위력과 지속 시간은
늘어만 간다.

"Fire Wall Cancel and High Illusion."

저 멀리 언덕에서 활활 타오르고 있는 불의 장벽이 한순간 사라지
면서 먹구름에 어두운 암흑으로 뒤덮였던 언덕에서의 유일한 빛이 사
라지게 되었다. 지금쯤 인간들은 갑자기 없어진 Fire Wall에 황당해
하면서 곧 이곳으로 달려오겠지?

그래도 30분 이상은 걸릴 것이다. 내가 Fast Step을 써서 달려온 게
30분이 걸렸으니.

정신을 어지럽게 만드는 혼돈의 기운이 손끝에 맺혔다. 손을 쫙 펴
절벽 쪽으로 향하니 혼돈의 기운은 절벽의 허공으로 날아가 물에 잉
크를 뿌린 듯 곧 암흑이 좌우로 퍼져 나갔다. 암흑이 퍼지는 것을 확
인한 나는 조용히 눈을 감았다.

평범한 산속의 일상처럼 곳곳에선 작은 곤충들과 벌레들이 울음소
리를 내고 하얀 산토끼 몇 마리도 나를 보고 놀라 저쪽 수풀로 사라진
다. 산의 오솔길은 계속 이어졌으며 오솔길을 지키고 서 있는 수많은
나무들의 가지 사이로 햇빛이 들어와 오솔길을 밝힌다. 오솔길 좌우

로 떨어진 나무들의 열매들이 탐스럽게 보여 자연스럽게 침이 꿀꺽 삼켜진다. 산의 다른 곳과 전혀 차별화되지 않은 장면이었다. 다른 곳과 똑같이 조용하고 한가한 산속의 일상.

"완성되었다! Illusion Image to Complete."

Illusion 마법에 쓸 이미지를 완벽히 떠올린 후 눈을 번쩍 뜨면서 외쳤다. 혼돈의 기운으로 뒤덮인 검은 허공은 내가 떠올린 평범한 산속의 이미지로 바뀌어갔다. 이윽고 파란 창공과 절벽 저 밑으로 보이는 숲 속과 아기자기한 마을들은 보이지 않게 되었다. 세이몬의 절벽은 이제 존재하지 않고 내 한 발자국 앞으론 평범한 숲 속의 일상이 시작되는 것이다.

"이곳에 표시를 해놔야겠어. 잘못하면 우리 형제들까지 Illusion 마법에 속아 절벽으로 떨어지겠다."

도끼로 Illusion 마법이 시작되는 지점을 선으로 그어놓았다. 인간들이야 선을 보더라도 아무 문제 없을 것이다. 절벽은 없어지고 생긴 평범한 오솔길을 향해 주위의 커다란 돌을 들어 던졌다. 오솔길의 이미지에 커다란 돌이 닿자 한적한 호숫가에 돌을 던지듯 공간은 찌그러지고 흩어지면서 좌우로 흔들거렸다.

돌은 계속 절벽 밑으로 떨어지고 있겠지?

흔들거린 오솔길의 이미지는 몇 초도 안 돼 원상태로 복귀되었고, 나는 그런 환각을 향해 침을 퉤 뱉었다. 침을 맞고 또다시 흔들거리는 공간의 이미지에 나는 야릇한 미소를 띠고는 형제들을 향해 뛰어갔다.

"형제들이여, 이곳에는 제가 저의 무기인 불로써 인간들을 완전히 몰살시켜 버려 영광의 승리를 얻은 저번 전투에 참가했던 형제들도 있습니다. 저의 신호는 그때와 같습니다. 제가 하늘 높이 불꽃의 신호를 보내면 형제들은 이쪽으로 인간들을 밀어붙여 가십시오. 그리고 제가 멈추라는 말을 하면 그 자리에서 인간들을 상대해야 합니다. 절대 앞으로 나아가시지 말고 말입니다. 알겠습니까, 형제들이여?”

풀밭에 몸을 숨긴 형제들을 향해 말했다. 화형으로 승리를 얻었던 전투를 겪었던 형제들은 그때의 모험담을 주위의 형제들에게 말하며 더욱더 나에 대한 신뢰를 쌓아갔다. 그렇지만 언제부터인지 내가 형제들에게 의견을 제안할 때면 불평인지 그리 좋지 않은 눈빛을 띠며 나를 보는 형제 몇이 보이긴 했다. 하지만 어쩌겠는가? 단체 활동이란 게 모두를 만족시킬 순 없는 것 아닌가. 여기에 맞추다 보면 저곳이 싫고, 저곳에 맞추다 보면 이곳이 싫고.

“예, 샤코로움이시여.”

샤아오의 말엔 왠지 힘이 없다. 내가 샤아오의 말에 힘이 없어진 것을 눈치 챈 건 훈련을 할 때였다. 샤아오는 훈련을 하면서 가끔씩 땅을 힘차게 내려치면서 함성을 지르기도 했다. 나는 그때 샤아오가 훈련에 열중하는 줄 알았는데 지금 생각하니 훈련에 불평이 쌓인 것이 아닐까라고 추측된다.

나의 행동에 약간씩 불평불만을 쌓아가고 있는가, 샤아오? 아니겠지. 샤아오는 저번 골짜기 전투 때부터 기르츠와 함께 나의 오른팔이 되고 단테스로부터 생명도 구해주지 않았던가? 아니야, 샤아오는 나의 오른팔이야. 불평불만이 쌓일 리가 없지.

“샤아오여, 그럼 형제들을 부탁하오. 내가 곧 인간들을 저쪽으로 유인할 것이오. 그럼, 내가 신호를 하면 모두 인간들을 저쪽으로 공격하시오."

"예, 샤코로움이시여."

예, 예, 예. 이제는 그런 말이 조금은 지겹기도 하다. '예, 예, 예, 샤코로움이시여'. 솔직히 듣기 좋은 말이긴 하다. 듣기에 좋으면 좋은 말이지만 단것도 계속 먹으면 질리는 법이다. 이렇게 말하면 이상하게 들리겠지만 이젠 욕도 한번 들어보고 싶고 왠지 싸움도 한 번씩 하고 싶어진다.

마음을 터놓고 확 모든 걸 말할 수 있는 친구가 있어 '나는 이세계에서 왔고, 나는 원래 인간이었다!' 라며 지금까지의 일도 털어놓고 이전 세계와 같이 술도 있다면 같이 한잔씩 걸치면서 술에 취해 흥청대면서 산속을 헤매고 싶기도 했다. 친구라…….

친구도 흥미롭고 전쟁도 흥미롭다. 전쟁이 끝나고 나면 나의 주위론 인간의 시체가 쓰레기처럼 여기저기 버려져 있다. 내가 그들을 죽인 것을 알면 왠지 모를 죄책감이 드는 건 사실이지만 그것도 차츰차츰 익숙해져 버려 이제는 거의 새끼손톱의 때만큼밖에 죄책감이 들지 않는다. 오히려 인간들의 살을 벨 때 푹 박히는 감촉에 입꼬리가 올라간다.

다른 인간들은 나를 비난하겠지. 인간의 정신을 가지고 어떻게 인간을 죽이면서 쾌락을 느끼는가 하면서 말이지. 훗! 추악한 인간들에게 비난을 받기도 싫지만 한편으로 나는 이렇게 반박해 주고 싶다.

어느 좁은 방에 더러운 쓰레기가 많이 버려져 있다. 원래 그 방은 깨끗한 방이지만 그 더러운 쓰레기로 인해 매우 더럽혀져 있다. 그렇다면 깨끗한 방을 원하는 당신은 당연히 그 쓰레기를 치우려 할 것이다. 그 쓰레기를 치우면서 조금씩 조금씩 방이 깨끗해지는 모습을 보

면 어떤 감정이 드는가? 왠지 뿌듯하지 않은가? 나의 심정도 그것과
마찬가지이다.

이렇게 반박을 하고도 나를 이해하지 못하는 추악한 인간들에게 해
줄 말은 따로 있다. 인간이란 게 원래 착한 동물이 아닌 게·확실하다.
인간의 역사는 전쟁의 역사라 해도 좋을 만큼 인간은 전쟁을 통해서
발전해 왔다. 인간들의 역사학자, 사회학자 모두 그것을 인정한다.

전쟁이란 게 상대의 의지를 강제하려고 하는 행위이다라는 것을 부
정할 순 없을 것이다. 상대의 의지를 강제하려고 하는 전쟁을 통해서
살아온 인간으로선 당연히 이기적일 수밖에 없다. 자신만을 알고 남
을 배려하지 못하는 쓰레기. 그리고 내가 살인을 하면서 미소를 짓는
건 전쟁을 통해서 진화한 인간의 본성 때문이다. 단지 때에 찌들지 않
은 순수한 아이들은 예외겠지만 말이야.

이런 생각 저런 생각을 하다보니 어느새 산 밑에서 인간들을 기다
리고 있은 지 꽤 시간이 지나 있었다. 인간 기사단들은 아직 시야에
잡히지 않았지만 곧 나타날 것이다.

십 분 정도 지난날을 회상하면서 먼 하늘을 보고 있었다. 막 어둑어
둑해지는 저녁 하늘을 두 마리의 새가 서로 다정스럽게 날아가는 모
습을 보고 왠지 가슴 한구석이 아파와 그 새들로부터 시선을 외면했
다.

"Hearing Extension(청각 확장)."

간단한 2클레스의 마법을 운용하였다. 귀가 약간 따뜻해지면서 주
위의 작은 소리 하나하나에 신경이 곤두섰다.

다다닥— 다다닥— 다다닥—

멀리서 수십 마리의 말들이 달려오는 소리가 들려왔다. 나는 주저

앉았던 자리에서 벌떡 일어났다. 십 분 정도밖에 인간들을 기다리지 않았지만 왠지 시간은 늦게만 가는 것 같았다. 이윽고 수십 마리의 말 발굽 소리가 아주 가까운 곳에서 들려왔을 때 나는 마음속으로 힘차게 기합을 한번 지른 후 소리가 들리는 쪽을 바라보았다.

많은 말들이 힘차게 달려오는데도 불구하고 초원이라서 먼지는 일어나지 않았다. 덕분에 말 못지 않게 열심히 뛰는 불쌍한 병사들은 먼지를 먹지 않아도 되겠지.

나와의 거리가 약 50m 정도로 보일 때 인간들은 내가 오크임을 확인하게 되자 말을 멈추어 세웠다. 한꺼번에 수십 마리의 말들은 히이잉─ 하는 울음소리를 내며 그 자리에서 멈춰 섰다.

수십 개의 깃발을 들었던 인간 병사들 역시 그 자리에서 헥헥거리며 무릎을 짚고 커다란 숨을 내쉬고 있었다.

"클라네오센 부단장님!"

불에 그슬린 회색 갑옷을 입고 있는 한 기사가 다른 기사들보다 유난히 반짝이는 검을 든 기사를 향해 말을 걸었다.

"부단장이라니! 단장이라고 불러라! 단장이 죽은 이상 내가 단장이란 말이다!"

"예, 클라네오센 부단장, 아니, 단장님! 저기 서 있는 오크는 아까 그 엄청난 불의 장벽을 만든 놈 아닙니까?"

"내가 몇 번이나 말하지 않았나? 오크가 어떻게 불의 장벽을 만든단 말이냐? 우리 페리넨 대륙에서도 마법을 쓸 수 있는 마법사님들은 왕정 마법사님하고 제자들밖에 없다. 마법에 대해 잘 모르는 내가 보더라도 그 불의 장벽은 엄청난 마법이었어. 페레네스 축제 때 어쩌다 우연히 본 마법 역시 그것과는 비교도 되지 않았지."

“그렇지만 부단장님, 저 오크는 하늘 높이 치솟아 우리들의 포위망으로부터 도망쳤고 그 엄청난 불의 장벽을 만들었지 않습니까? 또 저 오크 놈의 도끼에서 이상한 불이 나오고, 그것으로 우리 기사들을 불태워 죽였으며 페르만 단장님까지 죽였지 않습니까? 거기다가 불의 화살도… 잘못하면 부단장님도…… 억!”

부단장 클라네오센 옆에 있던 기사의 투구에서 나오는 음성은 그칠 줄을 몰랐다. 그가 음성을 그치게 된 것은 날아오는 클라네오센 부단장의 두꺼운 주먹 때문이었다. 안면에 그대로 철갑 장갑을 낀 부단장의 날아온 주먹이 직격당하자 아무리 투구를 썼다 하더라도 아픔은 가시지 않는 듯했다.

기사는 투구를 벗고 아픈 곳을 몇 번 문질렀다. 하지만 부단장 클라네오센의 계속되는 발길질에 기사의 상처는 늘어만 갔고 주위의 기사들은 ‘안됐다는 듯’ 한 눈빛을 보내면서도 한 명도 말리려 나서지 않았다. 부하 기사를 한참 동안이나 때린 부단장 클라네오센은 이제는 지쳤는지 씩씩거리면서 입을 열었다.

“네 까짓 게 나를 훈계하려 하느냐! 나의 넓은 아량으로 이만 참는다! 내가 아니었다면 넌 죽은 목숨이었어. 여봐라! 이놈을 끌어내라! 모두에게 다시 말하지만, 저 오크 놈은 마법을 쓴 게 아니다! 저 오크 놈의 몸에는 지금 악마 파스틴이 들어왔다. 우린 크리오틴님의 영광을 받들고 저 악마 놈을 처단할 것이다! 알겠느냐?”

“예!”

“제1기사들 앞으로! 제2보병들은 중앙을, 제3식량 후송 부대는 후방을 맡는다. 그럼 나가자!”

부단장 클라네오센에게 맞아 이곳저곳 피를 흘리며 쓰러져 있는 기사를 끝으로 끌어낸 후 인간 기사들은 말의 고삐를 단단히 잡았다. 부단장이 소리를 지르며 나를 향해 달려오자 인간 기사들은 말의 고삐를 한번 내려쳤다. 수십 마리의 말이 한꺼번에 달려오면서 거리가 점점 가까워지자 청각이 확장되어 귀가 예민해진 나에겐 그 소음이 고통처럼 느껴졌다.

"Hearing Extension Cancel(청각 확장 취소)."

청각이 원상태로 돌아오면서 시원함이 몰려왔다. 두꺼운 집게손가락을 억지로 귓구멍으로 쳐넣은 후 몇 번을 긁었다.

어느새 인간들은 점점 가까워졌고 나는 슬슬 유인할 준비를 했다.

나는 목과 손을 좌우로 흔들며 몸을 편 후 산을 오르기 시작했다. 말을 타고 있던 기사들은 욕지거리를 내뱉으며 말에서 내려 나의 뒤를 쫓아오고 있었다.

"이 악마야! 어딜 가느냐! 거기 서라! 크리오틴님의 영광을 보여주겠다!"

"멍청이들……."

나를 향해 고래고래 고함을 지르며 쫓아오는 인간들을 향해 짧게 뱉어주고서는 나는 유인을 하기 위해 간격을 조절하기에 힘썼다. 평소에 산에서 살았고 또 훈련과 마법으로 인해 민첩해진 나의 몸을 따라오기엔 인간들은 힘들어했다. 한참을 오르다 보니 이제는 소리까지 지르기에 지쳤는지 묵묵히 철컹철컹 갑옷 소리를 내며 나를 따라왔다.

하긴, 그렇게 무거운 갑옷을 입고 여기까지 따라온 것도 칭찬해 줄만 하지만 그들은 이제 칭찬받을 새도 없이 죽을 것이다. 우리 형제들이 매복해 있는 수풀이 시야에 들어왔다. 수풀 쪽을 힐끔 쳐다보니 우리 형제들은 완벽히 매복해 있는지 전혀 눈에 띄지 않았다.

나는 동쪽 세이몬의 절벽이 있는 곳으로 향했고 인간들 역시 매복이 있는지조차 의심하지 않은 채 나를 따라왔다. 산을 오르느라 힘이 빠진 모양인지 모두 어깨에 힘이 들어가 있지 않고 스피드 또한 느려져 있었다. 그래도 평지라 그런지 나를 잘 따라오고 있었다.

"이… 이 악마 놈, 게 섯거라!"

코앞에 바로 내가 설치해 놓은 환각 마법이 넓은 평지의 이미지를 보여주고 있을 때 부단장이 외쳤다. 인간 모두들 내 바로 앞이 절벽이라는 것을 전혀 알지 못하고 그저 평범한 산으로만 알고 있을 게 분명했다. 내가 봐도 내 앞은 절벽이 아니라 평범한 산이니 말이다.

토끼는 우리들의 모습에 놀라 도망치고 주위에선 끼륵끼륵 작은 벌레 소리가 나고 바람에 흔들리는 나뭇잎하며 모두가 평범한 산 그 자체였다. 비록 모습은 평범한 산이지만 한 발짝만 들여놓아도 그대로 절벽으로 떨어진다는 것을 안다면 저렇게 태평한 표정을 지을 순 없겠지.

"크르르르, 멍청한 인간들 Fire Line!"

걸어오면서 Fire Line의 운용 법칙을 되새겼기에 바로 시동어가 나오자마자 하늘 높이 불의 한줄기가 뻗어 올라갔다. 캄캄한 밤하늘에 얇은 불의 줄기 하나가 뻗어 올라가자 인간들은 자신들을 공격하는 줄로 알고 웅성거렸고 기사들은 칼을 빼 들었다. 그러나 아무런 일이 벌어지지 않고 단지 내 손에선 하늘 높이 불의 줄기만 뻗어 올라가기만 하자 인간들 몇 명은 안도의 한숨을 푹 내쉬었다. 하지만.

"크르르르~ 인간들을 죽여라!"

"우아아아아아! 크르르르르~ 영광의 승리를 위해서!"

"크르르르르~ 크르르르르~ 크르르르르~"

서쪽에서 갑자기 들려오는 우리 하라만도 전사들의 함성 소리에 인간들은 깜짝 놀라며 급히 서쪽으로 몸을 돌렸다. 어둠을 헤치고 달려오는 우리 형제들의 번뜩이는 도끼날이 믿음직스러웠다.

"뭐지? 갑자기 오크들이 왜 저기서 나타나는 거지? 이 악마 놈이 소환이라도 했단 말인가?"

멍청하긴. 부단장, 매복이라는 거다. 전술의 기본도 몰라 어찌 부단장이라는 직함까지 얻게 되었는가? 형제들의 함성 소리는 전쟁터의 분위기를 만들었고 나의 코는 피 냄새를 그리워하고 있었다. 인간들역시 지지 않겠다는 듯 형제들을 향해 검을 겨누고는 있지만 산을 오르느라 힘을 다 빼버린 상태라 만만하게 보지 못했고, 부단장 클라네오센은 여전히 나를 향해 달려들진 않고 노려보고만 있었다.

그 순간 내가 부단장을 향해 침을 퉤! 뱉자 부단장은 참지 못하고 나를 향해 달려들었다. 배를 베어버릴 듯이 커다란 동작으로 휘두른 검을 간단히 피하고서는 부단장의 엉덩이를 발로 찼다. 부단장의 몸은 자연스럽게 환각의 이미지 위로 넘어졌다. 환각의 이미지가 좌우로 흔들렸고 부단장의 몸은 이미 절벽 밑으로 떨어지면서 비명을 지르고 있었다.

쾅! 풀썩!

내가 고개를 환각 이미지 속으로 집어넣어 밑을 보니 절벽 밑에 뻘건 피를 흘리면서 두개골이 깨지고, 얼굴이 일그러지고, 목이 툭 반절로 끊겨 버린 처참한 부단장의 시체가 눈에 들어왔다. 나는 입가에 미소를 띠고 다른 환각의 이미지에서 고개를 빼내고 Jump 마법을 운용했다.

"High Jump."

또다시 시원한 바람이 나를 감싸면서 나는 하늘을 나는 듯 인간 기사와 병사들을 뛰어넘어 샤아오 옆으로 떨어졌다.

"앗! 샤코로움님!"

샤아오는 인간 병사를 향해 주먹을 날리면서 나를 발견했다.

"형제들이여, 인간들을 모두 밀어붙여 버리시오!"

"옛! 크르르르르."

시원한 바람이 피 냄새에 젖어 나의 몸을 토닥였다. 우리 형제들의 자신감 넘치는 도끼질에 인간들은 차츰차츰 세이몬의 절벽 쪽으로 밀리고 있었다. 인간들을 밀어붙이는 형제들의 다리 근육은 팽창해 있었고 세밀한 핏줄은 곧 터질 것만 같았다.

형제들의 고함 소리와 웃음소리는 점점 커져 갔다. 지휘관을 잃고 오합지졸이 되어버리고 설상가상으로 급히 산을 오르느라 떨어진 체력 때문에 그들은 힘없이 밀리고 있었다. 나를 상대하느라 동쪽 세이몬의 절벽 쪽에서 나를 공격했던 기사들은 내가 형제들 곁으로 점프를 하자 나를 쫓아오려 하고 있었다.

하지만 기사들은 이 좁은 산에 빽빽이 꽉 차 있는 자신의 병사들의 의해 앞으로 나서지 못하고 동쪽에서 전투를 벌이고 있는 자신의 병사들을 보면서 안절부절못했다.

나는 지금 샤아오의 주먹에 맞아 얼굴이 일그러지고 심장이 반쯤 눌려 터져 죽어버린 인간의 시체를 밟고 있다. 동쪽 제일 선방을 맡고 있는 형제들은 철갑 전사들이었다. 인간 병사들로선 우리 철갑 전사들을 상대하기엔 상당히 역부족이었다.

〈3권으로 이어집니다〉

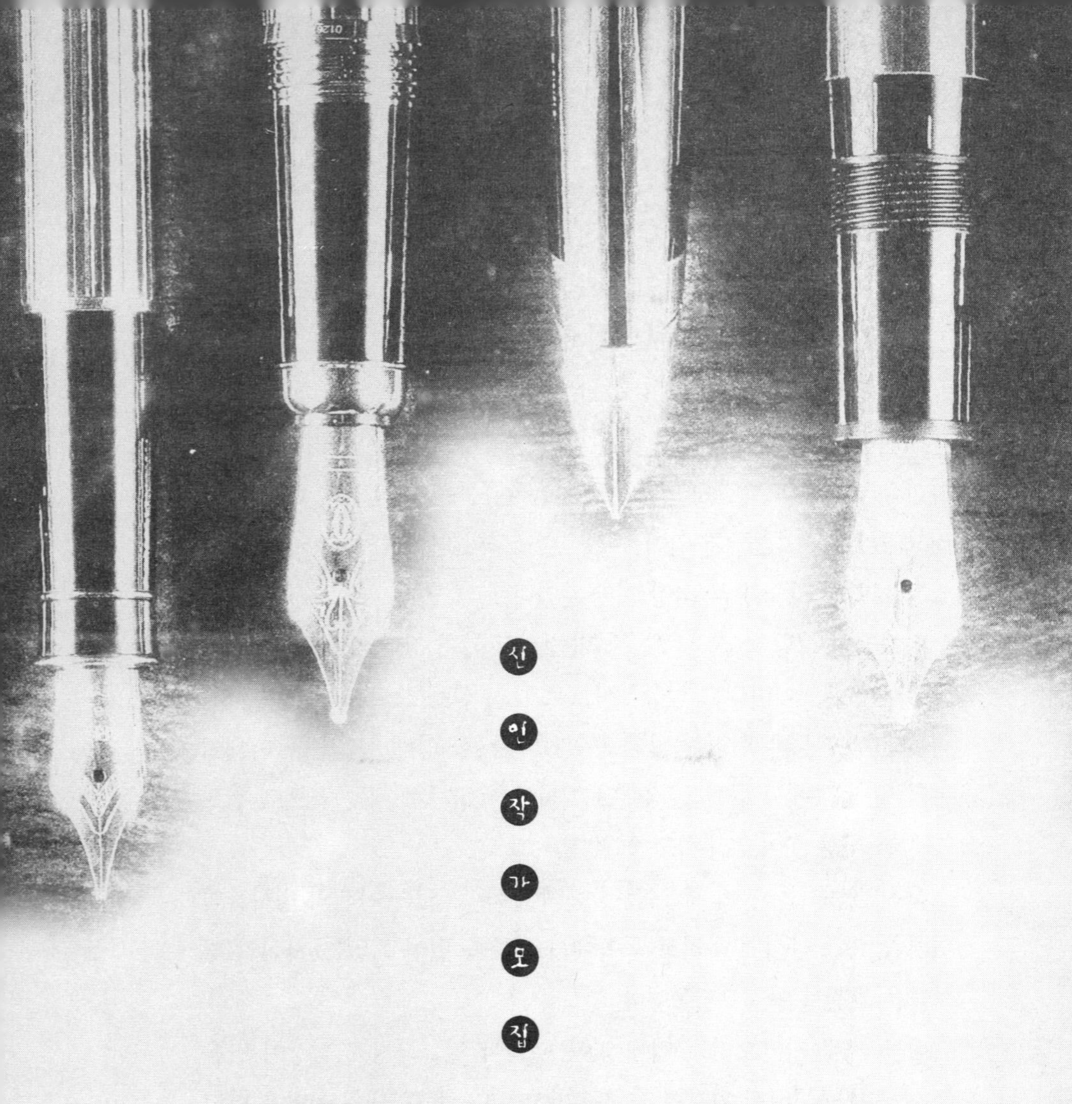